료마전 1

RYOMA DEN volume 1
© YASUSHI FUKUDA 2009
© KUNIKO AOKI 2009

Korean Translation Copyright © HAKGOJAE 2013
Originally published in Japan in 2009 by NHK PUBLISHING, INC.
Korean translation rights arranged through TOHAN CORPORATION, TOKYO.,
and EntersKorea Co., Ltd., SEOUL.

이 책의 한국어판 저작권은 (주)엔터스코리아를 통해 저작권자와 독점 계약한 학고재에 있습니다.
신저작권법에 의해 한국 내에서 보호를 받는 저작물이므로 무단 전재와 무단 복제를 금합니다.

료마전 1

후쿠다 야스시 원작
아오키 구니코 지음
임희선 옮김

학고재

차례

프롤로그 9
제1장 상급무사와 하급무사 15
제2장 대기만성? 65
제3장 위조 통행증 여행 97
제4장 에도의 무서운 미인 121
제5장 검은 배와 검 147
제6장 쇼인은 어디에? 175
제7장 머나먼 뉴요커 205
제8장 야타로의 눈물 239
제9장 목숨의 값어치 269
제10장 가오의 각오 301
제11장 끓어오르는 도사 331
제12장 암살 지령 359
제13장 잘 있거라, 도사여 389

● 프롤로그

　265년 동안 이어졌던 에도시대가 종말을 맞이하고, 격동의 유신 시대도 1877년에 일어난 세이난 전쟁(사이고 다카모리를 중심으로 규슈 지방 무사들이 일으킨 반란-옮긴이)을 마지막으로 끝이 나자 번벌 정치(메이지 시대에 정부 요직을 차지했던 규슈 지방 사람들을 비판하는 뜻에서 생긴 말-옮긴이)에 반발하는 자유민권운동이 일어났다.
　한편에서는 시대의 흐름을 잘 타서 거부가 된 사람들도 나타났다. 정치상인이라는 별명으로 불리며, 나중에 미쓰비시 재벌의 창시자가 된 이와사키 야타로도 그중 하나였다.

　1882년, 도쿄에 있는 이와사키 저택에서 화려한 파티가 열렸다. 커다란 서양식 홀에는 외국인 사중주단이 연주하는 우아한 선율이 아름답게 흐르고 있었고, 초대받은 부유층 손님들이 술과 가벼운 안주를 한 손에 든 채 담소를 나누고 있었다.

손님들이 다 모였을 즈음에 한 남자가 일어섰다. 기모노 차림에 멋진 콧수염이 돋보였다. 이 남자가 바로 우편기선 미쓰비시의 사장인 이와사키 야타로였다.

야타로가 단상에 등장하자 홀 전체가 갑자기 조용해지면서 손님들 모두 야타로에게 주목했다.

야타로는 모두를 둘러본 다음 묵직하게 입을 열었다.

"나는 도사土佐(지금의 고치 현)의 무사 중에서도 제일 천한 계급인 지하낭인地下浪人 집안에서 태어났습니다. 다 쓰러져 가는 초가집에서 말 그대로 비참한 밑바닥 생활을 했었지요. 그래서 나는 어디 두고 보자, 기필코 출세해서 보란 듯이 떵떵거리며 살겠다는 다짐으로 이를 악물고 살아왔습니다. 그런데 오늘 이렇게 대단하신 분들을 우리 집에 초대할 수 있게 되었으니 그저 감개무량할 따름입니다."

손님들 사이에서 박수 소리가 들려왔다.

"고맙습니다, 고마워요……. 우리 우편기선 미쓰비시는 7년이라는 짧은 기간에 눈부시게 성장했습니다. 이제 우리 회사는 일본에서 제일 큰 해운 회사가 되었습니다. 하지만 나는 여기서 만족하지 않습니다. 앞으로 미쓰비시는 조선, 금융, 무역, 탄광 개발 등 모든 분야로 진출해서 세계를 상대로 사업을 해 나갈 겁니다."

여기서 다시 한 번 손님들이 큰 박수를 쳤다.

야타로는 단상에서 흡족한 표정으로 손님들을 바라보았다. 바로 그때 손님들 사이에서 비명이 들려왔다. 사람들이 이리저리 흩어지며 도망치는 가운데 한 남자가 홀 중앙에 서서 칼을 손에 쥔 채 야타로를 노려보고 있었다.

"정치가와 결탁해서 사리사욕만 채우는 국가의 역적 이와사키 야타로에게 천벌을 내린다. 이 칼을 받아라!"

남자가 칼을 치켜들고 야타로에게 덤벼들었다. 그와 거의 동시에 사방에서 직원들이 달려들어 남자를 꼼짝 못하게 붙잡아 버렸다.

"나 이와사키 야타로는 지금껏 나라를 위해서 일해 왔다. 그런 나를 두고 국가의 역적이라니!"

야타로는 단호한 말투로 당당하게 말했다.

응접실에는 나이 서른 즈음의 『도요신문』 기자 사카자키 시란이 소파에 앉아 있었다. 문이 열리며 흘러드는 사중주 연주와 더불어 야타로가 응접실로 들어왔다.

사카자키는 긴장하며 자리에서 일어섰다.

"바쁘신 와중에 시간을 내달라고 해서 정말 죄송할 따름입니다. 미쓰비시를 세우신 이와사키 사장님을 이렇게 직접 뵙게 되다니 얼마나 감격스러운지 모르겠습니다."

"도사에서 여기까지 일부러 찾아오셨다고? 취재는 언제든지 대환영이오."

"감사합니다. 실은 어떤 인물에 대해서 이와사키 사장님께 여쭤 보고 싶어서요……."

"인물? 아니, 우리 회사에 대해 물으려고 온 게 아니고? 회사 선전이 안 되는 취재는 받아 봤자 쓸데없지."

자리에서 일어나 문으로 향하는 야타로의 뒤를 사카자키의 목소리가 쫓아왔다.

"혹시 사카모토 료마라는 이름을 들어 보셨습니까?"

야타로는 그 자리에서 발을 우뚝 멈추더니, "뭐라?" 하며 사카자키를 돌아보았다.

"용 용龍 자에 말 마馬 자를 써서 사카모토 료마라고 읽지요. 이와사키 사장님과 같은 도사 출신으로 아는데요."

"……어떻게 그 이름을 아는가?"

"어떤 분께 들었습니다. 15년 전 에도막부를 쓰러뜨린 것은 사실 사카모토 료마라는 일개 낭인이었다고요. 그뿐만이 아닙니다. 메이지 정부의 기본 틀을 만든 사람도 사실은 사카모토 료마였고, 게다가……."

사카자키는 일단 말을 멈추더니 껄끄러운 표정으로 입을 열었다.

"사카모토 료마가 없었다면 이와사키 사장님도 미쓰비시를 세울 수 없었을 것이라고도 하더군요. 사카모토 료마는 메이지 유신 직전에 서른세 살의 나이로 교토에서 암살당했지요."

야타로는 소파로 돌아와 자리에 앉았다.

"이 나이가 되어서 그 이름을 다시 듣게 될 줄이야. 자네, 료마에 대해 조사해서 어쩌려는 건가?"

"제가 들은 이야기가 모두 사실이라면 대단한 인물 아닙니까? 그런데도 지금은 그런 사람이 있었다는 사실조차 모르는 사람이 많습니다. 저는 세상에 사카모토 료마의 존재를 알리고 싶습니다. 이와사키 사장님, 가르쳐 주십시오. 사카모토 료마는 대체 어떤 인물이었습니까?"

야타로의 머릿속에 료마에 대한 여러 가지 기억이 잇달아 떠올랐다.

"……료마는 말이지."

야타로가 말을 시작하자 사카자키가 몸을 앞으로 내밀었다.

"내가 세상에서 제일 싫어하는 남자였네."

"……네?"

"속 편하게 자기 멋대로 살면서도 만나는 사람마다 홀리고 심지어는 여자들까지 줄줄 따라다니게 만든 놈……. 볼 때마다 내속을 그렇게 뒤집어 놓는 인간은 없었지."

에도막부 말기에서 메이지 시대에 걸친 격동의 세월을 끈질긴 생명력으로 버티며 살아온 이와사키 야타로와 질풍처럼 왔다 간 사카모토 료마 사이에 기묘하게 얽힌 수십 년의 이야기가 바야흐로 야타로의 입에서 나오려 하고 있었다.

제1장
상급무사와 하급무사

야타로는 먼 곳을 바라보며 40년 가까이 지난 옛일을 회상했다. 고생스러웠던 과거가 머릿속에 되살아났다.

―료마를 처음 만난 건 내 나이 열 살 무렵이었지.

료마와 야타로는 둘 다 도사 출신이었다. 료마가 태어난 사카모토 가문은 도사 번사 제도에서 하급무사에 해당했지만 모종의 이유로 비교적 부유했다.
 야타로가 태어난 이와사키 가문은 너무도 가난한 나머지 신분을 팔아넘기고 말았기에 지하낭인이라 불렸다.

1843년, 열 살이었던 야타로는 아버지 야지로를 따라 손으로 만든 새장을 등에 지고 팔러 다니는 나날을 보내고 있었다. 행색은 초라하기 그지없었고, 허리에 찬 칼 두 자루가 그나마 무사임을 간신히 드러내고 있었다.

　어느 농가 앞에서 야지로는 야타로를 기다리게 하고 새장을 두세 개 들더니 그 집으로 다가갔다. 아버지가 저만치 멀어지자 야타로는 품속에서 너덜너덜한 작은 책을 꺼내 들고 소리 내어 읽기 시작했다.

　"다산승多算勝이고 소산불승少算不勝이라. 이황어무산호아而況於無算乎(승산이 많으면 이길 것이요, 승산이 적으면 이기지 못할 것인데, 하물며 승산이 없다면 어찌될 것인가)."

　『손자병법』이다. 소리 내서 읽고 있던 야타로는 야지로의 고함소리에 뒤를 돌아보았다.

　"내가 누군지 아느냐! 이노구치 마을의 이와사키 야지로다. 어엿한 사무라이란 말이다."

　농가 주인이 맞받아쳤다.

　"아니, 어엿한 사무라이께서 어쩌다가 새장을 팔러 다니는 신세가 되셨나?"

　"네놈에게 그런 것까지 말할 필요는 없다."

　야지로가 딱 잘라 말하고는 이쪽을 향해 돌아오고 있었다. 야타로는 『손자병법』을 슬그머니 품속에 다시 넣었다. 바로 그때였다. 농가 주인이 야지로의 등에 대고 쏘아붙였다.

"사무라이라고 해 봤자 보나 마나 지하낭인일 텐데 농민과 뭐가 다르다고."

"네놈이 죽고 싶으냐!"

야지로의 손이 칼자루로 갔다.

"물건을 팔러 다닐 셈이면 머리를 숙일 줄도 알아야지!"

농가 주인은 뒷걸음질을 치면서도 끝까지 할 말을 다했다.

"시끄럽다!"고 고함치는 야지로의 목소리에 또 하나의 목소리가 겹쳤다.

"시끄러!"

야타로였다. 농가 주인이 깜짝 놀라 입을 다물자 야지로와 야타로는 씩씩거리면서 가 버렸다.

"그 애비에 그 자식이구먼!"

농가 주인은 기가 막힌다는 듯이 말했다.

다른 농가 앞에 다다르자 야지로는 다시금 야타로를 그 자리에서 기다리게 하고 새장을 몇 개 들고서 팔러 들어갔다. 야타로는 다시 『손자병법』을 품에서 꺼내 근처에 적당히 앉아 읽기 시작했다.

"오이차관지吾以此觀之이고 승부견의勝負見矣라(나는 이런 기준으로 관찰하기에 승패를 미리 예견할 수 있다)."

책을 읽는데 근처 강가 쪽에서 아이들이 떠드는 소리가 들려왔다. 야타로는 그 소리를 따라 풀숲에서 강가 쪽으로 얼굴을 내밀었다.

강가에 일고여덟 명의 아이들이 모여 있었다. 기슭에는 수 미터 높이의 바위가 있었고, 그 바위 위에 속옷만 입은 소년이 서 있었다. 가와라즈카 모타로. 소년 무리에서 제일 나이가 많은 열다섯 살이었다. 모타로는 "이얏!" 하는 고함과 함께 강물로 첨벙 뛰어들었다. 튀어 오른 물방울들이 햇빛을 받아 반짝반짝 빛났고, 먼저 강물에 뛰어들었던 다케치 한페이타가 활짝 웃었다. 한페이타 역시 모타로와 동갑인 열다섯 살이었다.

기슭에 있던 소년들이 환호성을 질렀다. 시마무라 에키치 열 살, 히라이 슈지로 아홉 살, 모치즈키 세이헤이와 가메야타 형제가 각각 아홉 살과 여섯 살, 오카다 이조 여섯 살. 크고 작은 아이들이 모여 있었다.

야타로의 눈길은 슈지로 옆에 혼자 앉아 있는 기모노 차림의 소녀에게 못 박혔다. 슈지로의 여동생으로 올해 여섯 살이 된 가오였다. 가오는 천진한 얼굴로 오빠들이 노는 모습을 즐겁게 바라보고 있었다.

야타로가 넋을 잃고 가오의 귀여운 모습을 쳐다보고 있는데 한페이타의 커다란 목소리가 들렸다.

"이번엔 네 차례야, 료마."

바위 위에는 속옷 차림의 소년 사카모토 료마가 서 있었다. 야타로보다 한 살 아래인 아홉 살이었다.

"빨리 뛰어!"

"뛰라니까, 료마!"

료마보다 나이가 어린 이조와 가메야타가 재촉했다. 그러나 료마는 겁이 나서 꼼짝도 못하고 있었다.

안절부절못하고 보고만 있던 가오가 더 이상 가만히 있을 수 없는 모양이었다.

"오라버니, 이제 그만해요."

"가오, 너는 가만히 있어. 빨리 뛰라니까, 료마!"

슈지로가 다그치자 료마는 울상이 되었다.

"그만둬! 인색한 여편네 같으니라고."

갑자기 아버지의 목소리가 들려오는 바람에 야타로는 깜짝 놀라 뒤를 돌아보았다. 야지로가 농가의 아낙과 실랑이를 하면서 빠른 걸음으로 다가왔다.

"가자, 야타로."

성큼성큼 걸어가는 아버지를 따라가면서도 야타로는 다시 한 번 바위 위에 서 있는 료마 쪽을 바라보았다. 료마는 질질 짜면서 한 발짝 뒷걸음질을 치고 있었다.

"겁쟁이……."

야타로는 서둘러 아버지 뒤를 따랐다.

료마는 무서워서 꼼짝도 못하고 있었다. 여기저기서 놀려대는 소리가 들리자 슬금슬금 앞으로 나가던 료마가 "으악!" 하는 비명과 함께 강물로 떨어졌다. 세이헤이가 몰래 바위 위로 올라가 뒤에서 료마의 등을 떠밀었던 것이다.

제1장 상급무사와 하급무사

도사 번은 야마우치 가문이 다스리고 있었다. 1600년까지 도사 지방을 다스리던 조소카베 가문은 세키가하라 전투(도요토미 히데요시가 죽은 후 일본의 패권을 두고 도쿠가와 이에야스와 이시다 미쓰나리 두 세력이 벌인 전투. 도쿠가와 이에야스의 동군이 승리하면서 에도막부가 세워졌다-옮긴이)에서 패배한 서군 쪽에 붙었기 때문에 멸문을 당했다. 그러고 나서 야마우치 가즈토요가 도사 번의 땅 24만 석(근세 일본은 토지 단위를 해당 면적의 곡물 수확량으로 환산해 사용했다. 메이지 시대 이후 세제 개혁이 이루어지며 사라졌다-옮긴이)을 하사받아 고치 성(지금의 고치 현 고치 시)을 세운 이후로 야마우치 가문의 통치가 이어지고 있었다.

도사 번사들에게는 다른 번에 없는 독특한 신분제도가 있었다. 야마우치 가문을 섬기는 무사들을 상급무사라고 부르며 우대하는 한편, 예전의 조소카베 가문을 받들었던 신하의 자손들을 하급무사라고 부르며 하대했고 대우에도 엄연한 차별을 두었다.

"흑흑······."

사카모토가 현관 앞에서 료마는 속옷 바람으로 질질 짜고 있었다.

"강물에 빠진 정도 가지고 뭘 그렇게 울고 그래?"

야단을 친 사람은 료마의 누이인 오토메였다. 료마보다 세 살 많은 열두 살이었는데, 현관 앞에 우뚝 서 있는 모습이 박력 있었다.

시끄러운 소리를 듣고 맏누이인 지즈와 형수인 지노가 달려왔다. 하녀인 긴과 사토까지 모두가 여자들이다. 여자들에 둘러싸여 치다꺼리를 받고 있으려니까 그런 자신이 한심스러워서 료마는 또 눈물이 나왔다.

료마는 아버지 하치헤이의 방으로 불려가 같이 있던 형 곤페이한테 실컷 야단을 맞았다. 료마와는 부자지간이라 해도 이상하지 않을 만큼 나이 차이가 나는 형 곤페이는 올해 서른 살이었다.

"그러고도 네가 사무라이의 아들이라고 할 수 있겠느냐! 사무라이란 자고로 몸도 마음도 강해야 하는 법이다."

"······죄송합니다, 형님."

고개를 푹 숙이는 료마에게 아버지 하치헤이가 알아들을 수 있게 조곤조곤 타일렀다.

"료마, 너는 누구보다도 사무라이다워야 한다. 왜 그런지는 알고 있지?"

"······본가가 상인이니까요."

"그래. '거봐라, 전당포 출신 사무라이가 어디 가나. 그러니까 상인 출신은 사무라이가 될 수 없다'라고 다른 사람들의 손가락질을 받아서는 안 되기 때문이다. 우리 사카모토 가문이 사무라이가 된 지도 내 대로 3대째다. 나는 주군의 영묘를 지키는 파수꾼의 사명을 다해 왔다. 너는 사카모토 가문의 사무라이다. 그 긍지를 결코 잊어서는 안 된다."

"······네."

료마가 울상을 지으며 고개를 끄덕이자 하치헤이는 지친 표정으로 가쁜 숨을 내쉬었다.

에도 말기 무렵의 무사 중에는 가난을 이기지 못해 부유한 농민이나 상인에게 신분을 팔아넘기는 자들이 생겼다. 이와사키 집안이 그런 경우였는데 몇 대 전에 생활고에 시달리다가 무사 자격을 팔아 버리고 말았다. 그래서 지하낭인이 되어 버린 것이다.

고치 성 마을에서 전당포를 운영하던 사이타니야는 이런 무사에게 신분을 사들였고, 그로부터 분가한 것이 바로 료마가 태어난 사카모토가였다. 그런 경위가 있었기에 하치헤이는 사무라이다워야 한다는 의식이 더욱 강했다.

아버지의 방에서 나온 료마는 어머니 고의 방문 앞에 멈춰 섰다. 료마의 어머니는 병상에 누워 있었는데 방문이 닫혀 안을 들여다볼 수가 없었다. 조용하게 가라앉은 방에서 고통스러운 기침 소리가 들려왔다. 어머니를 생각하니 료마는 또다시 울고 싶어졌다.

비가 오나 바람이 부나, 아니면 여름 땡볕에 땀이 줄줄 흐르는 날에도 하치헤이와 곤페이는 야마우치 가문의 영묘를 지켰다. 야마우치 가문의 산소를 지키는 것이 사카모토가에 주어진 직무였다.

료마는 사이타니야를 찾아가 가게 한구석에 자리를 잡고 앉아 곁눈질로 주판을 튕기곤 했다. 탁탁 하고 튕기는 것이 너무 재미있어 자꾸만 주판을 튕기게 되었다. 사이타니야의 주인인 하치사부로는 계산대에서 장부를 적고 있었는데 사무라이의 아들이 주판알 튕기는 꼴이 영 못마땅했다.

"얘야, 또 놀러 왔니? 빨리 돌아가지 않으면 부모님께 꾸중 듣겠다. 본가에 자꾸 놀러 가지 말라고 그러시지 않던?"

알고는 있었지만 가게에 조금이라도 더 있고 싶은 료마는 뒤쪽으로 난 문을 살그머니 열어 보았다. 뒷 점방에서는 누가 팔려고 들고 온 물건을 두고 점원이 흥정을 하고 있었다.

"…… 여섯 냥 두 푼 정도 되겠습니다."

"조금만 더 얹어 주면 안 되겠나?"

손님인 사무라이가 졸랐다. 차림새는 번듯했는데 혹 누가 보지 않을까 싶어 자꾸만 바깥쪽에 신경을 쓰느라 안절부절못하고 있었다.

집에 돌아온 료마는 아니나 다를까 아버지 하치헤이에게 야단을 맞았다.

"주판알 튕기며 놀 시간이 있거든 당장 나가서 검술 수련이나 하거라."

료마는 아버지의 불호령에 마당으로 나가 울상을 하고 목검을 휘둘렀다. 스물다섯, 스물여섯……. 스물일곱 번째가 되자 팔이 올라가지 않아 더욱 울상이 되었다.

료마의 장래를 걱정한 하치헤이는 검술은 아무리 해 봐야 소용이 없겠다 싶어 포기했다.

"이제 검술은 그만하고 열심히 학문을 닦도록 해라. 이 애비도 스승님께 잘 부탁드릴 테니까."

하치헤이를 따라서 얌전히 걸어가던 료마는 앞쪽에서 다가오는 사무라이에게 눈길이 쏠렸다. 어디서 본 적이 있는 얼굴이었다. 그런 생각을 하는 찰나, 아버지가 료마의 팔을 갑자기 잡아끌었다. 하치헤이는 길가로 비켜나서 고개를 조아렸고, 옆으로 바짝 끌어들인 료마의 머리도 위에서 내리눌렀다. 료마가 본 적이 있는 사무라이가 다가왔다. 상급무사였다. 길가로 비켜서서도 바짝 긴장해서 기다리는 하치헤이와 료마 앞을 그 사무라이는 눈길도 주지 않고 지나쳐 갔다.

"저 사람, 사이타니야에서……."

멍하니 뒷모습을 쳐다보고 있는 료마에게 하치헤이는 엄한 목소리로 말했다.

"상급무사를 만나면 하급무사는 당장 길을 비켜야 한다. 그렇지 않으면 칼을 맞을 수도 있어."

상급무사와 하급무사의 차별은 일상생활에도 엄연히 존재했다. 상급무사는 비단으로 된 기모노를 입을 수 있었지만 하급무사에게는 면으로 된 옷만 허용되었다. 상급무사가 신을 수 있는 나막신도 하급무사는 신을 수 없었다.

하치헤이가 료마를 데리고 간 곳은 오타니 시게지로가 여는 오타니 사숙(서당)이었다. 소년들이 소리 내어 책을 읽고 있었다.

면으로 된 옷을 입은 하급무사 집안의 아이들이었다. 료마는 제일 뒷줄에 앉아 하는 수 없이 책을 펼쳤다.

"자왈, 사람의 잘못은…… 가, 각각, 어……."

다른 아이들보다 한 박자씩 늦게 더듬더듬 읽어 나갔다. 스승인 오타니가 눈살을 찌푸렸다.

집으로 돌아온 료마는 서당에서도 남보다 뒤떨어지는 자신이 너무 한심스러워서 자꾸 눈물이 났다. 그럴 때면 마냥 어머니가 보고 싶어졌다. 안마당을 따라 어머니의 방 앞에까지 온 료마는 갑자기 얼굴이 환하게 밝아졌다. 마당으로 난 장지문이 열려 있고, 어머니가 툇마루에 앉아 있었던 것이다.

"어머니!"

"료마야……. 어서 이리 와 앉으렴."

고가 미소를 지었다. 료마는 툇마루 앞으로 뛰어가 마당에 있는 바위에 걸터앉았다.

"오늘은 기분이 좋아서 바람 쐬러 나왔단다."

어머니의 병환이 하루빨리 좋아지기를, 료마는 누구보다도 간절히 바라고 있었다. 그런데도 고의 상태는 좀처럼 나아지지 않았다. 그런 생각이 들어 갑자기 슬퍼진 료마의 얼굴을 어머니가 가만히 바라보았다.

"너, 또 울었구나."

"전…… 겁쟁이에다 머리도 나빠서 자꾸 야단만 맞아요."

"료마야. 넌 겁쟁이도 아니고, 머리 나쁜 아이도 아니란다. 그러니 그렇게 초조해할 것 없다. 언젠가는 틀림없이 훌륭한 사무라이가 될 거야. 이 어미는 그렇게 믿고 있단다."

어머니의 말에 료마는 기쁨으로 가슴이 벅차올랐다.

야타로는 여전히 새장을 팔러 다녔다. 고치 성의 마을을 두루 돌아다닌 야타로와 야지로는 힘들고 지쳐서 길가의 처마 아래 주저앉았다. 이날도 헛걸음으로 끝날 것 같았다.

"어디, 내가 가서 좀 팔고 와야겠다. 이제 성질은 부리지 않으마."

새장을 짊어지고 나서는 아버지의 뒷모습을 바라보던 야타로는 품속에서 한서를 꺼내 들었다.

"세자勢者는 인이이제권야因利而制權也라."

인기척을 느껴서 고개를 들어 보니 료마가 신기하다는 표정으로 앞에 서 있었다.

"어떻게 하면 그렇게 술술 읽을 수 있어? 나도 글을 배우고 있지만 뭐가 뭔지 하나도 모르겠던데."

"저번의 그 겁쟁이구나. 저리 가!"

료마가 흠칫 놀라며 뒷걸음질을 치자 야타로는 다시 책으로 눈길을 옮겼다.

"형세란 유리함을 이끌어 내어……."

야타로의 배에서 꾸르륵 하는 소리가 났다.

"빨리 가!"

"우리 본가에서 받은 건데……."

료마가 품속에서 종이 꾸러미를 꺼냈다. 그 속에는 만두 하나가 들어 있었다. 야타로의 눈길이 료마가 내민 만두에 빨려 들었다.

"배고프면 먹어."

"내가 거지인 줄 알아?"

야타로가 소리를 지르자 료마는 다시 한 발 물러섰다.

"하지만 내가 책 읽는 걸 들려줄 테니까 그 보답으로 받아 주기로 하지."

야타로가 만두를 빼앗으려고 손을 확 뻗었다. 그 바람에 만두가 땅바닥에 떨어졌는데, 눈 깜짝할 사이에 어디선가 개가 달려와서 만두를 물고 달아났다.

"어, 내 만두! 야, 그거 내놔!"

야타로가 비통하게 소리를 지르자, 료마는 만두를 되찾으려고 개를 뒤쫓아 뛰어갔다.

"야, 기다려. 그쪽은 상급무사 동네란 말이야! 가지 마!"

당황한 야타로가 소리를 지르며 말렸지만 료마는 골목을 돌아서 뛰어가 버렸다.

"저놈 바보 아냐……. 난 몰라, 무슨 일이 일어나도 난……."

골목 저편에서 "네 이놈!" 하는 험악한 목소리가 들리더니 상급무사에게 목덜미를 잡힌 료마가 질질 끌려와서 길바닥에 내

제1장 상급무사와 하급무사 27

동댕이쳐졌다.

"하급무사 주제에 어디를 감히……. 베어 버리기 전에 빨리 꺼져!"

"으아앙!"

료마가 울면서 도망쳐 돌아왔다. 옷은 엉망진창으로 헝클어져서 한쪽 어깨가 다 나와 있었다.

"미안해! 만두 못 찾았어. 정말 미안해!"

료마는 야타로에게 사과하고는 울면서 돌아가 버렸다.

"뭐 저런 놈이 다 있어……?"

황당해진 야타로는 료마의 뒷모습을 바라보았다.

"아드님은 댁에서 직접 지도하시는 편이 나을 것 같습니다."

오타니의 말을 들은 하치헤이는 실망을 감출 수가 없었다. 료마도 아버지의 얼굴을 보지 못하고 고개만 푹 숙이고 있었다.

집으로 돌아간 하치헤이는 병문안을 겸해서 아내의 방으로 찾아가 자기도 모르게 료마에 대한 푸념을 늘어놓았다.

"애가 어째서 저렇게 약해 빠졌을꼬?"

"그야 당신 탓이죠. 무슨 짓을 해도 그저 예쁘다고 오냐오냐 하면서 키웠잖아요."

고가 웃었다. 료마는 하치헤이가 마흔이 다 될 무렵에 태어난 늦둥이였기 때문에 입으로는 푸념을 해도 속으로는 그저 귀엽기만 했다.

"료마는 걱정하지 않으셔도 점점 강해질 거예요. 다만…… 그때까지 제가 살아 있을지 모르겠네요."

"그게 무슨 소리요. 몸조리만 잘하면 병이야 금세 나을 텐데 말이오."

그 말에 고는 희미한 미소만 지었다.

우연히 마당에 있다가 부모님의 대화를 듣게 된 오토메는 어머니의 쓸쓸한 마음이 느껴져서 견딜 수가 없었다. 소녀이면서도 공연한 호기가 생겨 죽도를 들고 료마를 마당으로 끌어냈다.

"에잇!"

오토메는 죽도로 료마의 머리를 내리쳤다.

"아야야야!"

온몸이 저릴 듯한 아픔에 료마는 엉덩방아를 찧으며 머리를 두 팔로 싸맸다.

"아프긴 뭐가 아프다고 그래? 빨리 일어나. 내가 가르쳐 줄 테니까. 검술도 학문도 전부 내가 가르쳐 줄 테다."

오토메는 기모노 소매를 끈으로 잡아매고는 료마 앞에 우뚝 서서 선언했다.

료마가 검술, 서예, 수영까지 누나 오토메의 가차 없는 지도를 받은 지 어느덧 3년이 지났다. 성과가 그다지 만족스러운 것은 아니었다.

그날은 비가 내리고 있었다.

"나는 누나한테 야단만 맞고 살아."

료마가 바보같이 투덜거렸다.

한페이타, 모타로, 슈지로, 세이헤이, 가메야타, 에키치, 이조 등과 함께 걷고 있었다. 강기슭은 폭이 좁아서 세 명만 나란히 서도 길이 꽉 찰 정도였다. 모두 초라한 짚신을 신고 있어서 비에 젖은 길을 걷다 보니 발치가 흙투성이였다. 하급무사는 비가 와도 나막신을 신지 못하게 되어 있었다. 더구나 한페이타, 모타로, 슈지로만 너덜거리는 우산을 쓰고 있을 뿐 나머지 사람들은 우산도 없이 비를 맞았다.

"료마네 누나는 무서우니까."

이조가 료마의 불평에 맞장구를 쳤다. 슈지로는 아예 가차 없이 말했다.

"너희 누나는 여자도 아냐."

"너무 기죽지 마, 료마. 너도 조만간 뭐든 다 잘하게 될 거야."

한페이타가 싱긋 웃으면서 격려해 주었다. 한페이타의 말을 듣고 단순하게 좋아하던 료마의 표정이 갑자기 얼어붙었다. 앞에서 가시와바라 다다하치, 오구사 고마노스케, 니시와키 유타로가 걸어오고 있었다. 모두 료마보다 약간 나이가 많은 열대여섯 살의 상급무사였다. 다들 번듯한 차림에 우산을 쓰고 있었고,

하얀 버선에 높은 나막신을 신고 있었다.

"상급무사다."

한페이타는 서둘러 우산을 접고는 길옆으로 비켜서서 머리를 조아렸다. 료마와 다른 아이들도 허겁지겁 한페이타를 따라 했다.

다다하치 일행은 뭔가 꿍꿍이속이 있는 것처럼 능글능글 웃으며 다가오더니 느닷없이 한페이타의 우산을 빼앗아 그것으로 한페이타의 머리를 내리쳤다.

"머리를 더 숙이지 못해!"

료마 일행은 모두 굴욕감을 참으면서 더욱 깊이 고개를 숙였다.

"하급무사는 상급무사 앞에서 그저 죽은 듯이 넙죽 엎드려야 하는 거야!"

다다하치는 한페이타의 우산을 강물에 던져 버렸다. 그러자 고마노스케와 유타로도 슈지로와 모타로에게서 빼앗은 우산을 강에 던져 넣었다. 그러고는 셋이 낄낄거리고 웃으면서 지나쳐 갔다.

료마는 겁에 질려 떨면서 다다하치 일행이 어서 가 버리기만을 기다리고 있었다. 그런데 바로 뒤에서 개굴 하고 우는 소리가 들려 뒤를 흘깃 돌아보자 커다란 두꺼비가 있었다.

"으악!"

료마는 엉겁결에 두꺼비를 피하려다 잘못해서 다다하치와

부딪쳤다. 그 바람에 다다하치는 휘청대다가 비명을 지르며 강물에 빠졌다.
"저기요, 저기요! 료마가 큰일 났어요!"
사카모토가에 한페이타의 절박한 목소리가 울렸다. 고가 자리에서 벌떡 일어나 현관으로 달려 나가니 온몸이 흠뻑 젖은 한페이타가 뛰어 들어오면서 소리쳤다.
"료마가 죽어요, 료마가 죽게 생겼다고요!"

료마는 가시와바라의 저택으로 연행되어 땅바닥에 엎드려 있었다.
"잘못했습니다."
울면서 사죄하는 료마는 온몸에 비를 맞아 물에 젖은 생쥐 꼴이었다.
다다하치의 아버지인 가시와바라 쓰나미치가 현관 마루에서 료마를 내려다보며 추궁하고 있었다.
"다다하치를 떠밀어서 강물에 빠뜨렸다고?"
다다하치는 분노에 치를 떨면서 흙투성이가 된 칼을 앞으로 내밀었다.
"네놈은 사무라이의 혼을 더럽혔다!"
"한 번만 용서해 주세요."
"아버님, 이놈을 베어 버리겠습니다!"

다다하치는 칼을 한 번 휙 하고 휘두르더니 머리 위로 들어올렸다. 이제 죽었구나 싶어 료마는 체념하고 두 눈을 감았다.

"잠깐 기다려 주세요!"

가시와바라 집안의 가신을 뿌리치면서 고가 필사적으로 뛰어들었다. 헐떡거리는 가쁜 숨을 몰아쉬면서 무릎을 꿇더니 비에 젖은 흙바닥에 엎드렸다.

"제발, 제발 이 아이를 용서해 주십시오."

"아니, 천한 하급무사 주제에 여기가 어디라고 감히 상급무사의 집안으로 뛰어드는 게냐!"

쓰나미치가 호통을 쳤다.

그 소리에도 아랑곳하지 않고 고는 료마를 끌어안으며 애원했다.

"이 아이는 아직 어리고 철이 없어서 높으신 상급무사분들의 노여움을 사겠다는 발칙한 생각 따위는 하지도 못합니다. 부디 한 번만 용서해 주십시오."

"이놈이 나를 강으로 떠밀었단 말이다!"

다다하치가 칼을 다시 잡았다.

"그 일은 제가 엄하게 야단을 치겠습니다. 자기가 얼마나 잘못했는지 똑똑히 교육시키겠습니다."

"시끄럽다! 비켜라!"

다다하치가 다시금 칼을 치켜들었다.

"정 그러시다면 차라리 저를 베어 주십시오! 자식 잘못은 부모가 책임을 지는 것이니, 차라리 저를······."

"안 돼! 우리 어머니 죽이면 안 돼!"

료마가 비통하게 외쳤다.

다다하치가 칼을 치켜들 때마다 료마가 큰 소리로 울부짖었다. 쓰나미치는 점점 이 상황에 질리게 되었다.

"료마는 언젠가 반드시 주군께 도움이 되는 일꾼이 될 겁니다. 그러니 제발 이 아이는, 이 아이만은 살려 주십시오."

자신의 몸으로 료마를 감싸는 고에게 다다하치는 칼을 내려쳤다.

"그만 됐다!"

칼이 닿으려는 찰나에 쓰나미치가 말렸다.

"하찮은 것을 베어서 집안을 더럽히면 공연히 밥맛만 떨어진다. 썩 나가거라!"

저택 안으로 들어가 버리는 쓰나미치의 등에 대고 고는 몇 번이고 고개를 조아렸다.

"고맙습니다. 살려 주셔서 정말 고맙습니다!"

속이 풀리지 않았지만 뒤를 받쳐 주는 아버지 없이는 어찌할 도리가 없었다.

"에잇, 젠장! 너, 운 좋은 줄 알아!"

다다하치는 한마디 내뱉더니 저택 안으로 들어갔다.

고는 있는 힘껏 료마를 끌어안았다.

"이제 됐다, 이제 살았어! 너만 살 수 있다면 이 어미의 목숨쯤

이야 아무려면 어떻겠니. 참말이다…… 참말이야……."

고의 몸이 휘청하고 기울었다. 땅바닥에 쓰러진 고의 몸 위로 빗줄기가 사정없이 내리쳤다.

이튿날이 되자 비가 그치면서 하늘에서는 새들이 지저귀고 있었다. 고는 부드러운 햇살이 따뜻하게 비쳐드는 방에서 잠든 듯이 숨을 거두었다. 그 순간 하치헤이는 안타까움에 눈을 질끈 감았다. 오토메는 고의 시신에 매달려 울었고, 곤페이, 지즈, 지노 역시 어머니의 죽음을 슬퍼하며 울었다. 료마는 목청껏 통곡했다.

영원한 저승길로 떠난 사람만이 편안한 얼굴을 하고 있었다. 료마의 나이 열두 살 때 일이었다.

1852년 가을.

시마무라 에키치의 혼례식이 시마무라의 집 마루에서 열렸다. 중매인은 한페이타와 그의 아내 도미였다. 친구들이 모여서 혼인을 축하하며 식사를 같이하는 흥겨운 잔치가 벌어졌다.

가오는 그 사이 처녀티를 물씬 풍길 정도로 성장했다. 바지런하게 음식을 나르는 가오의 아리따운 모습을 가메야타, 이조, 모타로, 세이헤이가 넋을 잃고 바라보았다. 어릴 때 강가에서 같이 놀던 어린 계집아이의 모습은 어디서도 찾아볼 수 없었다.

잔치 하객 중 하나인 이노우에 쇼타로가 얼근하게 취해서 한

제1장 상급무사와 하급무사 35

페이타에게 술을 권했다. 한페이타는 차를 마시고 있었는데 쇼타로가 내미는 술병을 손으로 슬쩍 밀어내면서 사양했다.

"아니, 전 술은……."

"아니, 중매인이 안 마시면 누가 마시나?"

쇼타로가 강권하자 한페이타는 다른 사람들을 슬쩍 둘러보았다. 다들 즐겁게 먹고 마시는 것 같았다.

"그럼 한 잔만."

한페이타가 술잔을 들었다.

가오는 눈으로 누군가를 찾고 있었다. 어디로 사라졌는지 료마의 자리가 비어 있었다. 료마를 찾아서 바깥으로 나가자 나뭇잎 사이로 내리쬐는 햇살을 받으며 키 큰 남자가 커다란 술통을 들고 걸어오고 있었다. 가오가 쳐다보는 것도 모른 채 료마는 한가롭게 나무들을 올려다보면서 눈을 가늘게 뜨고 얼굴에 내리쬐는 햇볕을 즐기고 있었다. 가오는 그 단정한 얼굴에서 눈을 떼지 못했다.

"어라, 가오 아냐?"

료마가 부르자 가오는 심장이 튀어 오르는 듯했다.

"술을 사 가지고 오는 길이에요? 료마 씨가 그런 일까지 할 필요는 없는데……."

"이게 보통 무거워야 말이지."

료마가 술통을 들어 올리자 팔뚝의 탄탄한 근육이 불끈 일어서는 것이 보였다.

"다케치 씨에게는 술을 주지 마. 그 사람은 술을 못 마시니까."

그렇게 일러두고 지나치려던 료마가 갑자기 생각이 났다는 듯이 발을 멈추고 가오 쪽을 돌아보았다.

"잘 어울리네. 머리에 한 그 간자시(일본 비녀) 말이야."

가오는 기쁨과 부끄러움 때문에 가슴이 두근거렸다.

마루는 웃음소리로 가득 찼고, 잔치 분위기가 한층 무르익었다. 료마는 자기 자리로 돌아가 술을 한 모금 마시려다가 한페이타의 상태가 좀 이상하다는 것을 알아차렸다. 초점 없이 풀린 눈에, 거친 숨을 내쉬면서 몸이 흔들리고 있었다.

"다케치 씨?"

료마가 이름을 부르자마자 한페이타의 몸이 휘청하고 기울더니 그대로 바닥에 털썩 쓰러져 버렸다. 중매인이 쓰러졌다는 말에 잔칫집은 난리가 났다.

잔칫집에서 집으로 돌아가는 길을 슈지로, 세이헤이, 가메야타, 이조가 차례로 걸어갔고, 한페이타를 업은 료마가 제일 뒤에서 따라갔다. 료마의 등에 업힌 한페이타는 정신없이 곯아떨어져 있었다.

고지식한 한페이타는 잔치에 온 손님이 권하는 술을 중매인이 거절하면 실례라는 생각에 그대로 술잔을 받아 버린 모양이었다. 아무리 그래도 그렇지 어떻게 달랑 술 한 잔에 완전히 인사불성이 될 수 있단 말인가? 모두 어이가 없어 웃어 버렸다. 그렇게 웃으며 가던 발걸음이 일제히 멈췄다.

앞쪽에서 젊은 상급무사 둘이 이쪽을 노려보면서 다가오고 있었다.

"너희들은 하급무사 아니냐? 아니, 천한 것들 주제에 어디 건방지게 그리 잘 차려입고 돌아다니는 게냐?"

마에바라 소베가 시비를 걸어왔다.

"오늘 혼인 잔치가 있었습니다."

슈지로가 불쾌하다는 듯이 대답했다. 대답하는 말투가 다시 마에바라의 심기를 건드리는 바람에 갑자기 팽팽한 긴장감이 감돌았다.

료마가 난처한 표정으로 미소를 지었다.

"잘 차려입었다고 하셨지만 이것도 그냥 무명옷입니다. 딱히 사치를 부린 게 아닙니다."

실제로 맨발에 짚신을 신은 검소한 차림새였다.

"흥. 오늘은 그냥 봐주마. 길이나 비켜라."

마에바라가 코웃음을 치며 말하자 다들 분노를 참으면서 길가로 비켜섰다. 길이 너무 좁아 더 이상 비켜날 자리가 없었다. 그것을 뻔히 알면서도 하시모토 스케자가 심술을 부렸다.

"이거 너무 좁아서 지나가지 못하겠는데."

료마가 한페이타를 등에 업은 채 "영차. 자, 이러면 지나가실 수 있겠습니까?" 하며 논바닥으로 내려섰다.

그러자 마에바라가 한 술 더 떴다.

"거기서 무릎 꿇고 고개를 숙여라."

료마는 한페이타의 무게 때문에 휘청거리면서 논바닥에 무릎을 꿇었다. 옷이 흙탕물에 젖어 버렸다. 그 모습에 같이 있던 다른 친구들은 속이 뒤집힐 지경이었지만 료마는 상급무사들이 명령하는 대로 고개를 숙였다.

"네놈들도 다 저렇게 해."

마에바라와 하시모토가 신이 나서 명령했다. 굴욕감을 참아가며 슈지로, 세이헤이, 가메야타, 이조가 논바닥에 무릎을 꿇자 마에바라와 하시모토는 고소하다는 표정으로 능글능글 웃으면서 그 앞을 지나쳐 갔다.

료마가 안도의 한숨을 내쉼과 동시에 슈지로, 세이헤이, 가메야타, 이조가 비명과도 같은 소리를 쥐어짰다. 분하고 원통해서 눈물이 날 지경이었다. 그 소리에 한페이타가 정신이 들어 주위를 두리번거리며 물었다.

"여기가 어디야?"

"아앗, 움직이지 말아요! 으악!"

일어서려고 하던 료마는 한페이타를 등에 업은 채 뒤로 벌렁 자빠지고 말았다.

사카모토 집안의 밥상은 여자들의 수다로 떠들썩했다. 하치헤이와 곤페이를 제외하고는 모두 여자들이었기 때문이다. 하치헤이의 후처인 이요, 곤페이의 아내인 지노, 료마의 누나인 오토메, 곤페이와 지노의 외동딸로 올해 만 열두 살이 된 하루이, 그리고 그날 아침에는 시집을 간 료마의 큰누나 지즈까지 와 있었다.

"부부 싸움을 할 때마다 친정으로 와 버리면 안 되지."

료마가 얼떨결에 허튼소리로 끼어들었다.

"네가 부부 사이에 대해서 뭘 안다고 그래?"

지즈와 오토메, 두 누나가 연달아 역습을 했다.

"료마 도련님은 가만히 있으면 똑똑해 보이는데 말이에요."

형수인 지노까지 한마디 거들었다.

오토메는 아직도 동생 료마를 그 옛날 울보 취급을 했다.

"어제도 달랑 한 벌밖에 없는 좋은 옷을 엉망진창으로 만들어 왔잖아. 멀쩡하게 다 큰 남자가 할 짓이야?"

뭐라고 대꾸해 봤자 더 당하기만 할 것 같아 료마는 묵묵히 밥이나 먹기로 했다. 식사 후에는 다케치네 집에 들러 한페이타의 상태가 어떤지 살펴본 다음 검술 도장으로 갈 예정이었다. 마지못해 죽도를 들고 누나와 시합을 하면 허구한 날 여기저기 멍투성이로 얻어맞기만 했던 료마가 언제부터인지 검술에 재미를 느끼면서 하루가 다르게 실력이 늘어 가고 있었다.

(료마야, 넌 겁쟁이도 아니고, 머리 나쁜 아이도 아니란다. …… 언젠가는 틀림없이 훌륭한 사무라이가 될 거야. 이 어미는 그렇게 믿고 있단다.)

돌아가신 어머니의 기대를 저버리지 않기 위해 이를 악물고 죽을힘을 다해 연습한 덕분이었다.

료마가 다케치네 집에 당도해서 안쪽에 대고 인사를 하자 한페이타의 아내 도미가 구르듯이 뛰어나왔다.

"료마 씨! 도와주세요. 빨리요!"

도미는 료마의 소매를 잡더니 집 안으로 끌고 들어갔다. 영문을 모른 채 끌려 들어가 보니 한페이타가 잠옷 차림으로 이부자리 위에 무릎을 꿇고 앉아 있었다. 가지런히 모은 무릎 위에 단도가 놓여 있었다.

"다케치 씨. 뭐하는 거예요?"

"할복하련다."

전날 혼례식에 중매인으로 참석했으면서 술에 취해 인사불성이 되어 버린 자신의 추태를 용납할 수가 없었다.

"할복? 아니, 고작 그런 일 가지고요?"

너무 어이가 없어 웃는 료마를 한페이타가 무서운 표정으로 노려보았다.

"웃을 일이 아니야! 나는 시마무라가의 경사에 먹칠을 해 버렸단 말이다."

더할 나위 없이 진지하게 말을 하다가 숙취 때문에 두통이 심한지 손으로 머리를 눌렀다. 바로 그 순간의 틈을 타서 료마는 한페이타 옆으로 다가가 칼을 빼앗아 버렸다. 검술 수련 덕분에 익힌 날렵한 동작이었다.

"아무도 그런 일에 신경 안 씁니다."

료마가 칼을 도미에게 건네주었다. 도미는 료마의 재빠른 움직임에 깜짝 놀라 눈을 동그랗게 뜨고 있다가 료마가 칼을 내밀자 허둥지둥 가지고 나갔다. 도미를 뒤쫓아 가려던 한페이타는 머리가 깨질 것처럼 아파 오는 바람에 그냥 머리를 감싸 매고 주저앉았다.

"지금 자기 배를 가르고 있을 때가 아니잖아요, 다케치 씨. 도장에서 다들 기다리고 있을 텐데요."

"어떻게 남들 앞에 얼굴을 들고 다닐 수 있겠냐?"

"하지만 검술 선생님이 없으면 어떡하라고……."

"안 나간다니까!"

한페이타는 어린아이처럼 고집을 부렸다.

다케치 도장에는 이조, 모타로, 가메야타, 세이헤이 등 어릴 적부터 료마와 같이 자라온 친구들이 다니고 있었다. 작은 도장은 격렬한 기합으로 가득 차 있었다.

"다케치 씨는 숙취 때문에 못 움직이겠대. 오늘은 각자 알아서 연습하라고 그러네."

료마가 생글생글 웃으며 도장 입구에 서서 그렇게 말하자 이조를 비롯해 수련을 하던 사람들이 동작을 멈추더니 잔뜩 화가 난 얼굴로 씩씩거리며 료마를 노려보았다. 안쪽에서 연습을 구경하던 슈지로도 료마의 웃음에 불쾌한 표정을 지었다.

"료마, 넌 분하지도 않으냐!"

"어찌 그렇게 배알도 없이 웃고 다닐 수 있어!"

이조도 화를 냈다. 세이헤이, 가메야타는 지난밤에 너무 분해서 잠도 안 오더라며 격분해서 떠들었고, 료마는 모든 사람에게 추궁을 당했다.

"그런 거야 매번 있었던 일이잖아."

료마가 다독이려고 한 말이 오히려 역효과를 내고 말았다. 모두 "쓸개 빠진 놈", "기개가 없네" 하면서 료마에게 화풀이를 했다. 아주 난감해진 료마를 향해 이조가 죽도를 던졌다.

"다케치 씨가 오지 않는다면 네가 상대해라."

"뭐라고?"

난처해진 료마가 슈지로를 쳐다보았지만 말리기는커녕 어디 솜씨 좀 볼까 하면서 벼르는 얼굴이었다.

"요즘에 히네노 도장을 다니면서 부쩍 실력을 쌓았다고 들었다, 료마."

"아니, 잠깐 기다려 봐."

이조는 잔뜩 흥분해서 들은 척도 하지 않았다.

"자, 간다!"

이조가 죽도를 들자 가메야타와 다른 사람들이 재빨리 뒤로 물러나 자리를 비켜 주었다.

"안 돼. 히네노 선생님의 허락도 없이 대련을 하는 건······."

금지되어 있다고 미처 말을 끝내기도 전에 이조가 느닷없이 달려들어 료마의 손을 죽도로 내리쳤다.

"아야얏! 아프잖아!"

"이야압!"

이번에는 뛰어들면서 료마의 얼굴을 노렸다. 료마는 간신히 죽도를 피했다.

"잠깐만! 손이 저려서……."

"그런 변명은 싸움터에서 통하지 않는다."

"알았어. 알았다고."

료마는 숨을 고르더니 죽도를 제대로 잡았다. 이조가 기합과 동시에 료마의 얼굴을 노리며 달려들었다. 다음 순간 료마의 죽도가 이조의 손등을 내리쳤다. 이조의 손에서 떨어진 죽도가 몇 번 퉁기더니 바닥을 굴렀다. 한순간에 일어난 일에 다들 말을 잃었고, 이조 혼자 극심한 아픔에 신음을 내뱉었다. 료마는 죽도를 획 휘둘렀다.

"흠, 오늘 느낌이 나쁘지 않네. 다음은 누구야?"

"나, 나다!"

모타로가 앞으로 나섰다. 긴장한 얼굴이었다. 료마는 느긋하게 죽도를 들더니 편안한 표정으로 모타로를 바라보았다. 모타로가 먼저 공격에 나섰지만 료마의 허리 역공이 멋지게 성공했다. 누가 봐도 실력 차이가 확연했다. 가메야타를 머리 공격으로 물리치고 세이헤이를 찌르기로 벽까지 날려 버린 료마는 숨을 한 번 크게 내쉬었다.

"그만한 실력을 가졌으면서 어째서 상급무사 앞에서는 꼼짝도 못하는 거야?"

이조가 묻자 료마가 쓰게 웃었.

"너희 어머니는 상급무사 때문에 돌아가셨잖아!"

슈지로가 그 말을 입에 담자 료마의 얼굴에서 웃음이 싹 가셨다. 6년 전 그날의 빗소리가 귓가에 생생했다.

(차라리 저를 베어 주십시오!)

어머니의 목소리가 들리는 것 같아 료마의 마음이 심하게 흔들렸다.

"어머니는……"

말을 이으려는 료마의 뇌리에 칼을 들어 올리던 다다하치의 모습이 떠올랐다. 어린 료마는 땅바닥에 쓰러져 비를 맞고 있던 어머니에게 매달려 울고 있었다.

료마의 귀에만 들리는 빗소리가 더욱 커지자, 료마는 북받쳐 오르는 감정을 애써 눌렀다.

"우리 어머니는…… 병으로 돌아가셨다."

료마가 희미하게 미소를 지으며 말했다.

오카모토 네이호의 부름을 받은 야타로는 방문 밖에 무릎을 꿇고 스승에게 여쭈었다.

"이와사키 야타로입니다, 선생님. 부르셨습니까?"

야타로의 스승인 네이호는 도사에서 이름 높은 유학자였다. 편지를 쓰고 있던 네이호는 붓을 옆에 놓고 야타로를 보았다. 야타로가 네이호를 사사한 지 4년이 되었다. 어렸을 때부터 보통 그릇이 아니라는 것을 알아볼 수 있었는데 열아홉이 된 야타로의 얼굴에서도 강한 기운이 뿜어져 나왔다.

"학문에 대한 자네의 자세는 매우 훌륭해. 누구보다도 열심이고 이해도 빠르더군."

"감사합니다."

야타로는 공손하게 대답했지만 속으로 당연하다고 생각하고 있었다.

"오늘부터 이 사숙의 숙장이 되지 않겠나?"

네이호의 제안을 들은 야타로는 머리를 굴렸다. 네이호는 도사의 번주인 야마우치 가문의 두터운 신임을 받아 성 안에서 강의를 하고 있을 정도였다. 네이호에게 가르침을 받고자 사숙을 찾는 사람들이 날이 갈수록 늘었고, 상급무사들도 많이 모여들었다. 그러면서 네이호의 명성은 더욱 높아졌고, 다른 번에까지 소문이 나게 되었다.

스승의 평가가 높은 줄 잘 알고 있는 야타로는 거리낌 없이 대답했다.

"선생님의 후계자는 바로 저, 이 이와사키 야타로밖에 없습니다."

"누가 자네더러 내 뒤를 이으라고 했나? 난 그저 사숙의 숙장을 맡아 달라고 했을 뿐이야."

"하지만 선생님께는 자제분이 없습니다. 그러니 언젠가는 그렇게 되지 않겠습니까?"

"그야…… 그럴 수도 있겠지."

네이호가 어이없어 하면서도 반쯤 인정하자 야타로는 그제야 고개를 숙여 감사했다.

야타로가 후계자 이야기를 꺼낸 것은 근거 없는 욕심이 아니었다. 네이호와 야타로는 먼 친척이었다.

사숙을 나와 집으로 돌아가는 야타로의 기분이 잔뜩 들떠 있었다.

"내가 후계자가 된다니…… 바로 내가! 좋았어!"

찻집 앞을 지나는데 주인과 담소를 나누는 처녀의 모습이 눈에 들어왔다. 가오였다. 야타로는 뜨거운 녹차를 시킨 다음 시치미를 뚝 떼고 가오 옆에 앉았다.

"이와사키 님?"

가오가 말을 걸었다. 야타로는 짐짓 무슨 일인가 하는 표정으로 돌아보았다.

"전 히라이 슈지로의 동생 가오입니다. 지난번에 이와사키 님께서 도와주셨지요."

가오의 짚신 끈이 끊어졌을 때 야타로가 운 좋게 그 앞을 지나가다가 도와준 적이 있었다. 가오에게 고맙다는 인사를 들은 야타로는 내심 좋아서 어쩔 줄 몰랐지만 속내가 드러나지 않도록 일부러 근엄한 표정으로 주인이 들고 온 녹차 잔을 들었다. 주문대로 뜨거운 녹차였다. 손가락이 데일 것처럼 뜨거웠지만 가오 앞에서 실수를 할 수는 없는 일이었다. 천천히 찻잔을 내려놓자

마자 더 이상 견디지 못하고 그만 소리 내어 말했다.
"아야야! 앗, 뜨거! 아, 괜찮소, 괜찮아요. 원래 녹차는 이렇게 따끈해야지."
"이와사키 님은 오카모토 네이호 선생님의 문하생이시죠? 오라버니께 들었어요. 1, 2등을 다투는 수재시라면서요."
"그렇소. 실은 말이오, 내가 선생님의 뒤를 잇게 되었지."
"어머!"
"도사의 무사들은 상급무사와 하급무사로 나뉘는데, 그 하급무사들도 두 종류로 나뉜다고 볼 수 있지. 이와사키 야타로, 그리고 그 밖의 사람들. 난 학문을 쌓아서 하급무사의 우두머리가 될 거요."
가오의 눈이 휘둥그레졌다.
"그런 다음…… 그다음에는 빨리 아내를 맞아서 부모님을 안심시켜 드리고……."
하지만 가오는 야타로의 다음 말을 듣지 않았다.
"료마 씨한테도 이 말을 들려줬으면 좋겠네요. 그 사람은 검술에만 빠져서 학문과는 담을 쌓고 지내거든요."
"……사카모토 집안의 차남 말인가?"
"나중에 다른 사람들에게 검술을 가르치면서 살 수 있으면 그걸로 족하다는데, 그렇게 물렁한 사람이 도장을 열 수나 있겠어요?"
"어째서 가오 씨가 료마 걱정을 하시오?"

"제가 언제 걱정을 했다고 그러세요? 그 사람이 어떻게 되건 제가 알 바 아니잖아요."

가오는 갑자기 일어나더니 허둥지둥 돌아가 버렸다. 그런 태도가 무엇보다도 가오의 마음을 여실히 보여 주어 야타로는 울고 싶어졌다.

상태가 좀 괜찮은 날이면 어머니는 뜰이 내다보이는 툇마루에 나와 앉아 있곤 했다. 료마는 정원 바위에 앉아 툇마루를 바라보며 돌아가신 어머니를 생각하고 있었다.

"어머니 생각하고 있었니?"

목소리에 번뜩 정신이 들어 둘러보니 오토메가 옆에 서 있었다.

"어머니를 실망시켜 드리면 안 돼, 료마. 검술이 아무리 뛰어나도 남들이 알아주지 않으면 소용없는 거야. 너도 다케치 씨 같은 남자가 되고 싶지 않니?"

"다케치 씨와 나를 비교하면 어떡해?"

젊은 사람들은 인품에 반해 한페이타를 많이 따랐다.

"료마, 너는 도대체 허구한 날 무슨 생각을 하면서 사는 거니?"

"……생각하는 거야 많지. 예를 들면 이쪽은 눈머리, 이쪽은 눈꼬리. 그런데 어째서 눈곱은 눈머리에서만 나오는 걸까? 눈곱도 분비물인데 뒤에서 나와야 맞지 않나? 그럼 눈곱이 나오는 눈머리를 눈꼬리라고 불러야 하는 것 아닌가?"

료마는 자기 눈머리를 가리키며 진지한 얼굴로 말했다.

"……너, 지금 장난하니?"

"아니. 지금 한 얘기는 그냥 제일 먼저 머리에 떠오른 거고, 그것 말고도 생각은 많지……."

"그걸 생각이라고! 너는 얼핏 보면 생각이 깊은 것 같지만, 사실은 아무 생각도 없이 살고 있어. 너도 이제 어린애가 아니잖아. 언제까지 어머니 치마폭에 숨어 있을래?"

누나가 당장이라도 폭발할 것처럼 화내는 것을 보고 료마는 당황했다. 때마침 오토메를 찾아온 손님이 있었다. 오토메가 떠나자 료마는 다시 한 번 툇마루로 눈길을 돌렸다.

비 오던 날 어머니가 쓰러지는 장면이 눈에 선했다. 아무에게도 말한 적이 없는, 하지만 결코 사그라지지 않는 슬픔과 분노가 가슴속에 소용돌이치고 있었다.

오토메를 찾아온 손님은 한페이타였다. 지난번에 오토메가 도미에게 빌려 준 기모노를 마침 근처에 볼일이 있어 한페이타가 돌려주러 온 것이다. 오토메는 가슴이 두근거려서 무슨 말을 해야 할지 몰랐다.

"다케치 님도 한마디 좀 해 주세요. 정말 저 애는 언제나 정신을 차릴지……. 방금도 눈곱이 어쩌고 하면서 실없는 말만 늘어놓더라고요."

"눈곱?"

"어째서 눈곱이 눈꼬리가 아니라 눈머리에서 나오는지 모르겠다나요."

"허허, 그래요. 그럼, 전 이만 실례하겠습니다."

한페이타는 웃으면서 돌아갔다.

"아이! 나 어떡해! 창피한 줄도 모르고 무슨 말을 한 거야."

오토메는 창피해서 얼굴을 들 수가 없었다.

이노우에 쇼타로가 술에 취한 상급무사 야마모토 주베의 칼을 맞고 죽었다. 쇼타로가 죽었다는 비보는 다음 날 다케치 도장에 모인 슈지로, 이조, 가메야타, 세이헤이, 모타로, 에키치 등에게도 전해졌다.

"야마모토 놈을 베겠다."

이조가 칼을 잡고 일어서자 가메야타와 세이헤이가 그 뒤를 따랐다.

"안 된다!"

한페이타의 날카로운 목소리가 세 사람의 발걸음을 멈추게 했다.

"그런 짓을 했다가는 너희뿐만 아니라 너희 부모 형제들까지도 모조리 다 사형이다. 야마모토는 처벌을 당할 것이다. 하급무사도 주군의 가신이다. 그런 사람을 이유도 없이 베어 죽였으니 아무리 상급무사라 해도 용서받을 리 없다."

료마는 히네노 도장에서 문하생들을 상대로 격렬하게 수련을 하고 있었다. 문하생을 벽 쪽으로 밀어붙여 놓고 공격을 계속했다.

"그만안! 료마, 이제 그만해라."

사범인 히네노 벤지가 료마를 제지했다. 료마는 땀범벅이 되어 거친 숨을 몰아쉬었다.

"네가 그렇게 거칠게 칼을 휘두르는 모습을 처음 보는구나. 이제 그만하고 오늘은 돌아가도록 해라."

얼마나 난폭하게 날뛰었는지는 료마 자신도 잘 알고 있었다. 히네노 도장을 나와 그 길로 료마는 쇼타로의 집으로 향했다. 쇼타로의 아내는 절에 가고 없었고, 어린 남자아이와 여자아이가 현관 앞 디딤돌에 앉아 있었다. 쇼타로의 아이들이었다.

료마는 아이들 앞에 쭈그리고 앉아 미소를 지으며 말을 걸었다.

"아버지 일 때문에 많이 슬프겠구나. 난 전에 너희 아버지랑 스모를 한 적이 있었는데 완전히 나가떨어졌단다. 정말 강한 분이셨어, 너희 아버지는."

아이들의 얼굴이 일그러지더니 당장이라도 울음을 터뜨릴 듯한 표정이 되었다.

"어머니께 전해 드려라."

료마는 품속에서 주머니를 꺼내 남자아이의 손에 쥐어 주었다.

"나도 어릴 적에 어머니를 잃었다. 너희랑 마찬가지야."

그런 말을 하다 보니 료마도 감정이 북받쳐 올라 두 아이를 힘껏 끌어안았다.

"힘들어도 지면 안 된다. 너희 둘이서 사이좋게 똑바로 잘 자라야 한다. 알겠지?"

료마의 눈가에 물기가 서렸다. 아이들 눈에서도 눈물이 흘러나오고 있었다.

료마가 쇼타로의 집에서 나오는데 마치 기다리고 있었던 것처럼 야타로가 뚫어지게 쳐다보고 서 있었다. 스승인 네이호의 분부로 말린 생선을 가져다 주러 왔다면서 손에 든 꾸러미를 들어올려 보였다.

"그나저나 돈주머니를 통째로 놓고 오는 녀석이 있을 줄이야. 하급무사 주제에 손도 참 크구나, 료마. 하지만 정말로 저 아이들을 불쌍하게 생각한다면 원수를 갚아 줘야 하는 것 아니냐? 네 실력 정도면 상대가 누구든 벨 수 있잖아."

야타로는 무슨 이유에서인지 가시 돋친 말투로 따졌다.

"하기야 그건 무리겠지. 아무리 검술을 잘해 봐야 어차피 쓸모가 없겠군, 료마. 나만큼 머리 좋은 사람은 없으니까 난 누구보다도 높은 자리에 오를 거다. 이 세상을 잘 헤쳐 나갈 수 있는 사람은 이 이와사키 야타로뿐이라고."

료마는 문득 야타로에게서 영문을 알 수 없는 적대감을 느꼈다.

"어째서 나에게 그런 말을 하지?"
야타로는 그 질문에 지나치려던 걸음을 멈추고 돌아보았다.
"왜냐고? ……내가 너를 정말 싫어하거든."
야타로는 기분 좋다는 듯이 웃었다.

며칠 후, 이야기 좀 하자는 한페이타를 따라서 료마는 술집으로 들어갔다.
"야마모토 주베는 아무런 처벌도 받지 않는단다. 쇼타로만 개죽음을 당한 셈이지. 이대로 가다가는 싸움이 일어날 거다. 하급무사들은 이제 더 이상 참을 수 없을 만큼 울분이 쌓여 있다. 나도 마찬가지고."
신중하고 생각이 깊은 한페이타답지 않은 말이었다.
"그래도 싸움이 나면 안 되잖아요."
그렇게 대답하는 료마의 본심이 도대체 무엇인지 알아보려는 듯이 한페이타가 말했다.
"넌 그저 무난하게 살면 그만인 거냐? 나는 아직도 잘 모르겠다. 사카모토 료마가 어떤 인간인지 말이야."
대답이 없었다. 료마의 신경은 구석 자리에 온통 쏠려 있었다. 한페이타도 료마의 시선을 따라 구석 자리를 보았다. 그곳에는 야타로가 술에 잔뜩 취해 멍하니 앉아 있었다. 야타로 주위에는 빈 술병이 여러 개 굴러다니고 있었다.

"네이호 선생님이 쓰러지셨다는군. 저 녀석은 자기가 선생님의 후계자라고 생각하고 있었던 것 같은데, 이름이 뭐라는지 아무튼 어떤 상급무사가 사숙을 이어받게 되어서 설 자리를 잃은 모양이야."

한페이타로부터 사정을 들은 료마는 자리에서 훌쩍 일어나더니 야타로 앞으로 가서 앉았다.

"혼자서 마시면 기분이 더 우울해진다. 내가 다 들어 줄 테니까 불평도 해 가면서 마셔."

료마가 술을 따라 주려 하자 야타로는 료마가 들고 있던 술병을 손으로 후려쳤다. 벽까지 날아간 술병이 박살났다. 야타로는 취기 어린 눈으로 료마를 노려보았다.

"난 말이야, 어렸을 때부터 어떻게든 더 높은 곳으로 올라가려고 그야말로 죽을힘을 다해 왔다. 시냇물에 뛰어들지 못해서 징징 짜고 있던 너와는 다르단 말이야! 선생님은…… 네이호 선생님은 내가 가진 단 하나…… 하나뿐인 희망이었단 말이다!"

야타로는 품속에서 술값을 꺼내 바닥에 내팽개치더니 술집에서 나가 버렸다.

야타로는 잔뜩 취해 강둑길을 휘청휘청 걸었다.

"저딴 자식이 뭘 알아. 저딴 자식이!"

누군가와 어깨가 부딪쳤다. 땅바닥에 나동그라진 야타로의 눈에 나막신을 신은 발이 보였다.

"어딜 보고 걷는 게냐! 상급무사에게 부딪쳐 놓고 무사할 줄 알았느냐!"

노기를 품은 목소리가 머리 위로 쏟아졌다. 야타로는 나막신의 주인을 올려다보고는 오금이 저렸다.

료마와 한페이타가 술집에서 계속 마시고 있는데 어떤 손님이 "누군가 상급무사하고 시비가 붙었어" 하며 들어왔다. 료마와 한페이타가 가게 밖으로 나가 보자 강둑길에 야타로가 주저앉아 상급무사의 다그침을 받고 있었다.

한페이타가 다급한 목소리로 료마의 소맷자락을 붙들었다.

"쇼타로를 죽인 야마모토 주베다."

그 말을 듣는 순간 료마는 한페이타의 손을 뿌리치고 달려나갔다.

강둑길에서는 사과하라고 다그치는 주베에게 야타로가 필사적으로 허세를 부리고 있었다.

"서로 잘못해서 부딪친 건데 왜 나에게만 사과하라는 거요?"

"이 새끼가! 하급무사 주제에 어디!"

주베가 칼을 뽑기 직전 료마에게 제지당했다.

"그것만은 참아 주시지요."

료마는 오른손으로 주베의 허리띠를 잡아당기면서 왼손으로는 주베의 오른쪽 손목을 꽉 잡았다. 꼼짝도 못하게 된 주베는 키가 큰 료마를 앞에 두고 우러러보는 자세가 되었다.

"뭐, 뭐냐, 네놈은?"

"제가 대신 사과드릴 테니 용서해 주시지요."

주베는 료마에게 붙들린 몸을 빼내어 칼을 뽑으려고 몸부림쳤지만, 료마의 힘이 워낙 세서 꼼짝도 못했다.

"부탁드립니다, 야마모토 님. 제발 용서해 주세요."

"알았다. 이것 놔라!"

"참말입니까? 정말 칼을 뽑지 않으시는 거지요?"

"안 한다니까!"

"감사합니다."

료마가 손을 떼자 주베는 잡혔던 오른쪽 손목이 저려 얼굴을 찡그렸다.

"이놈이 나한테 몸을 부딪쳤단 말이다."

"큰 잘못을 했네요. 술에 취해서 휘청거리다 그리되었을 겁니다. 정말 죄송합니다."

료마가 땅바닥에 무릎을 꿇고 사과했다.

"어째서 네가……"

야타로는 아까부터 료마가 무슨 마음으로 자기를 구해 주는지 의심하고 있었다.

료마는 땅바닥에 꿇어앉은 채 주베에게 사정했다.

"오늘 이놈에게 힘든 일이 있었습니다. 그래서 술을 마시지 않고는 견딜 수 없었을 겁니다. 아무쪼록 너그러이 용서해 주십시오."

야타로는 그 말에 깜짝 놀랐고, 주베는 코웃음을 쳤다.

"하급무사 주제에 다른 하급무사를 감싸 준다고? 하지만 네가 대신하겠다는 이상 각오는 되어 있으렷다?"

나막신을 벗더니 그걸로 료마의 머리를 있는 힘껏 내리치고는 고소하다는 듯이 비웃었다.

"어이구, 아파서 어쩌나?"

"네, 하급무사도 인간이니까요."

그 말에 발끈한 주베가 두 번, 세 번 연거푸 내리쳤다.

료마는 머리에서 피가 뚝뚝 떨어지는데도 극심한 고통을 참아내며 눈길을 돌리지 않고 주베를 정면으로 쳐다보았다.

"다 똑같은 인간이니까요."

"닥쳐라!"

주베가 료마의 가슴을 발로 걷어차자 료마가 뒤로 나자빠졌다.

"네놈들 하급무사는 짐승이나 다름없다! 원망하려거든 너희를 낳은 부모를 원망해라!"

그 말을 뱉더니 주베는 나막신을 도로 신고 걸어갔다. 참다못한 야타로가 주베를 쫓아가려 했는데 누군가 뒤에서 잡아끄는 바람에 제자리에서 발만 동동 구르는 꼴이 되었다. 료마의 손이 야타로의 허리띠를 잡고 있었다.

"다 끝났어."

"누가 너더러 사과해 달라고 했냐? 저놈 칼에 맞아 죽었어도 상관이 없었단 말이다. 어차피 다 끝났는데!"

"바보야!"

료마가 야타로를 잡아끌어서 넘어뜨리는 바람에 둘이 서로 엉키듯이 강둑 밑으로 굴러 떨어졌다. 한페이타가 위에서 내려다보았더니 둘 다 아파서 끙끙거리고는 있었지만 료마와 야타로 모두 무사해 보였다.

소동이 있었다는 말을 듣고 부랴부랴 달려 나온 오토메도 아래쪽을 내려다보았다. 상처투성이인 료마가 야타로 위에 올라타서는 멱살을 잡고 있었다.

"쓸데없는 일로 목숨을 허비하지 마라. 너는 머리가 좋다며? 누구보다도 세상을 잘 살아갈 거라며?"

"하급무사는…… 죽을 때까지 상급무사한테 짓밟히며 살게 되어 있어. 그건 앞으로도 영원히 바뀌지 않을 거다!"

눈물이 야타로의 얼굴을 적시며 반짝였다. 눈물을 본 료마가 야타로를 놓아주었다.

"난 말이다, 야타로. 상급무사가 빼어 들었던 칼을 그냥 내리게 했던 사람을 알고 있어. 우리 어머니다. 내가 상급무사의 아들을 강물에 빠뜨리는 바람에 칼에 맞아 죽을 뻔했을 때였어."

료마는 강물 쪽으로 시선을 옮겼다. 비 내리던 그날 있었던 일은 하루도 잊어본 적이 없었다.

(차라리 저를 베어 주십시오! 자식 잘못은 부모가 책임을 지는 것이니, 차라리 저를…….)

(그만 됐다!)

쓰나미치가 안쪽으로 들어가 다다하치도 그 뒤를 따라가 버리자 고는 있는 힘껏 료마를 끌어안았다.

"어머니는 상급무사를 움직이셨어."

지금까지 한페이타나 오토메에게조차 털어놓은 적이 없는 이야기였다. 야타로는 놀라서 할 말을 잊었고, 한페이타와 오토메는 충격과 함께 감동에 사로잡혀 있었다.

"도사는, 하급무사가 상급무사에게 멸시당하는 이 땅은 결코 변하는 일 없을 거라고 다들 말하지만 나는 그렇게 생각하지 않아. 어머니가 상급무사를 움직였으니 도사도 언젠가는 바뀔 날이 올지도 모른다."

"하급무사가 상급무사를 이길 날이 온다는 말이냐?"

"아니……. 상급무사입네 하급무사입네 하는 구분 자체가 없어지겠지."

야타로는 업신여기듯이 비웃었다.

"어떻게 하면 그런 세상이 된다는 거냐?"

"그건 나도 모르겠어. 매일같이 생각하고 또 생각해 보지만 여전히 모르겠다. 다만 내가 아는 한 가지는 싸워서 될 일이 아니라는 거다. 상급무사하고 싸워 봤자 아무것도 변하지 않는다. 우리 어머니가 하신 일은 그런 식이 아니었으니까."

"너희 어머니는 상급무사 때문에 돌아가신 거나 마찬가지잖아. 그런데도 어째서 상급무사를 원망하지 않는 거냐?"

"어머니가…… 그렇게 가르쳐 주셨으니까."

료마의 눈은 먼 곳을 바라보았다. 그날의 빗소리가 들려왔다. 땅바닥에 쓰러진 고는 멀어져 가는 의식 속에서 마지막 힘을 쥐어짰다.

(료마! 너는…… 무언가를 이루기 위해…… 이 세상에 태어났단다. 강하고…… 마음씨 착한 사무라이가…… 되거라. 증오에서는…… 아무것도 생겨나지 않는다…… 아무것도.)

료마가 바라보는 강물에 달빛이 반사되어 반짝반짝 빛나고 있었다.

"……증오에서는 아무것도 생겨나지 않는다."

료마는 회상에 잠긴 눈길로 중얼거렸다.

사카모토가의 방에 모여 이요, 지노, 오토메가 바느질을 하고 있었다. 여자 셋이 모이면 접시가 깨질 정도로 수다를 떨게 된다. 그런데 오토메는 그 수다에 끼지 않았고, 더구나 바느질하던 손까지 멈춰 있었다.

"……왜 그럴까? 어째서 눈곱은 눈머리에서 나오는 걸까?"

오토메는 골똘히 생각했다.

다케치가에서는 편지를 쓰고 있던 한페이타의 손이 멈춰 있었다.

"눈곱이 나오는 곳은 어째서 눈꼬리가 아니라 눈머리일까?"

한페이타는 붓을 멈춘 채 생각하고 있었다.

야타로는 새장을 짊어지고 집으로 돌아갔다.

"도사 땅이 바뀔 거라고? 잠꼬대 같은 헛소리만 하고 있다니까, 그놈은."

뜰 앞에서 중얼거리고 있으려니까 논 쪽에서 야지로의 목소리가 들려왔다.

"난 이와사키 야지로다. 사무라이란 말이다! 너희 같은 백성하고는 신분이 다른 사람이야."

야지로가 농부 셋을 상대로 허리에 찬 칼을 내보이며 허세를 부리고 있었다.

료마는 파도가 밀려오는 해변에 서서 바다를 바라보았다.

"바다는 정말 넓어."

목소리가 들리더니 오토메가 옆으로 다가왔다.

"이런 바다에 비하면 도사는 정말 좁지. 네가 찾는 답은 여기 없을지도 몰라."

"그렇구나……. 도사는 좁은 거구나."

"그래, 정말 좁아."

료마는 멀리 수평선까지 눈길을 주면서 바다를 둘러보았다.

료마는 아직 알 길이 없었지만 이 바다 저편, 대서양을 항해하는 배 위에는 나중에 일본을 뒤흔들고 료마에게도 막대한 영향을 끼치게 되는 남자, 페리가 타고 있었다.

―그래. 료마는 그때까지 아직 아무것도 모르고 있었지. 자기가 에도 말기의 혼란 속으로 뛰어들어 일본 전역을 휘젓고 다니다가 바다에까지 진출하리라는 것을. 동료들을 모아서 가이엔타이를 만들고 일본이 다시 태어나는 토대를 만들게 된다는 사실을 말이야.

이와사키 저택의 응접실에서 야타로는 선명하게 아로새겨진 기억을 따라가고 있었다.

"하지만 그녀석이 우리가 아는 사카모토 료마로 바뀌게 되는 건 그로부터도 한참 뒤였지. 도사는 물론이고 이 일본 땅조차 비좁을 정도로 엄청난 남자로 자라나게 되는 이야기는 이제부터가 시작이야."

사카자키 기자는 숨 돌릴 틈도 없이 야타로의 이야기에 빠져들었다.

제2장
대기만성?

―무더운 한여름이 지나면 남쪽 지방에는 폭풍의 계절이 다가온다네. 도사의 가을 하늘은 아름답고 상쾌하지만 그리 오래 가지는 않아. 1852년 그해 가을에 사카모토가는 장남인 곤페이가 아버지를 도와 가장 역할을 대신하고 있었지.

곤페이의 부름을 받고 료마는 긴장된 표정으로 방으로 들어섰다. 안에는 아버지 하치헤이가 같이 있었다. 형이 특별히 할 이야기가 있다면서 불렀는데, 료마에게는 그전에 꼭 들어줬으면 하는 부탁거리가 있었다.

"형님, 아버님. 저는 태어나서 지금까지 도사 밖으로 나가 본 적이 없습니다. 그래서 말인데 한 번이라도 좋으니까 세상이 어떤지 구경해 보고 싶습니다. 제가 에도(지금의 도쿄―옮긴이)에 다녀올 수 있도록 허락해 주십시오."

료마는 아버지와 형님 앞에 고개를 숙였다.

료마의 후견인이라도 되는 양 옆에 앉아 있던 오토메가 힘을 실어 주었다.

"세상을 구경하려면 역시 에도가 최고죠. 에도에서 이런저런 것을 보고 들으면 료마한테 큰 도움이 될 거예요."

"부탁드립니다."

머리를 숙이는 료마에게 아버지 하치헤이가 물었다.

"세상을 보고 그다음엔 어쩌겠다는 거냐?"

"어쩌겠다는 게 아니라…… 제가 무엇을 위해 태어났는지 알고 싶어서……."

료마는 답을 얻기 위해 에도로 가고 싶다고 호소했다.

"료마, 자기 자신에 대해 좀 더 진지하게 고민하거라. 도사도 모르면서 세상 구경은 무슨……."

하치헤이는 그렇게 료마를 꾸짖더니 료마를 부른 용건을 말하라고 곤페이를 채근했다.

"료마, 넌 내일부터 구마 강으로 가라."

"네?"

"윗분들의 명령으로 그곳의 제방을 고치는 일을 하게 되었다."

하치헤이는 곤페이의 말이 끝나기를 기다렸다가 료마 앞에 통지서를 내놓았다. 통지서는 번에서 내리는 명령서로, 지도가 첨부되어 있었다.

"너는 다카세 마을과 이노마타 마을 백성을 동원해서 20일 이내에 제방을 완성시켜야 한다. 말하자면 공사 관리자가 되는 거지. 세상을 보고 싶으면 일하는 것이 제일이다."

그 말만 남기고 하치헤이는 방에서 나갔다. 곤페이도 바로 아버지를 따라 나가 버렸다.

"아버지는 너를 평생 도사에서 나가지 못하게 붙잡으실 요량이야."

오토메는 불만스럽게 말했지만 료마는 통지서를 손에 든 채 생각을 바꿨다.

"하지만 아버지가 저렇게 노여워하시는 것도 당연한 일이지. 매일 변변한 일도 없이 놀고먹다가 느닷없이 에도로 보내 달라고 했으니."

"그게 무슨 소리니? 넌 어엿한 검술 실력자야. 그런데도 너를 무슨 어린애처럼 취급하시잖아. 보통 사람 같으면 납득이 안 된다, 어째서 아버지는 내 마음을 몰라주시냐면서 화를 내는 게 당연한 거야."

"그야 그럴지도 모르지만……."

"료마. 난 말이야, 네가 남들하고 다른 사람이 될 거라고 생각해."

오토메는 그저 동생이라서 이런 말을 하는 것이 아니었다.

(도사는, 하급무사가 상급무사에게 멸시당하는 이 땅은 결코 변하는 일 없을 거라고 다들 말하지만 난 그렇게 생각하지 않아. …… 상급무사입네,

하급무사입네 하는 구분 자체가 없어지겠지.)

지난번에 강둑에서 료마가 야타로에게 한 말을 들은 이후로 오토메는 료마에 대한 생각이 달라졌다. 료마에게는 남들에게 없는 특별한 감성이 있었고, 그렇다면 그 자질을 키워주고 싶다는 생각을 조금씩 하게 되었다.

"제대로 배우기만 하면 넌 나중에 훌륭한 사람이 될 수 있을 거야."

"……고마워, 누나."

"지금 고맙다는 말이 나오니? 너도 참……. 에도로 가고 싶다던 말은 고작 그 정도 결의밖에 안 되는 거였어?"

혼자 답답해하면서 화가 난 오토메가 료마의 볼을 힘껏 꼬집었다.

에도로 가겠다는 의욕을 불태우고 있었는데 막상 뚜껑을 열어 보니 구마 강의 치수 공사를 맡게 되었다. 다케치 도장으로 한페이타를 찾아가서 그런 사정을 털어놓자 수련을 위해 모여 있던 슈지로, 세이헤이, 이조, 가메야타, 에키치, 모타로까지 모두 박장대소를 했다.

"너희들, 그만 웃어. 료마는 낙심해서 꺼낸 말인데."

한페이타가 야단을 쳤지만, 이조는 자기 코가 석자인 주제에 료마를 깎아내렸다.

"난 료마가 책 읽는 꼴을 한 번도 본 적이 없다고요."

가메야타와 모타로까지 글씨가 서툴다, 법도를 모른다 하면서 료마를 놀리는 데 가세했다. 그 판에 슈지로가 종지부를 찍었다.

"그런 녀석이 에도에 가서 뭐하게?"

료마는 친구들이 자기를 그런 눈으로 보고 있었나 싶어 마음이 푹 가라앉았다.

"문무양도에 뛰어난 다케치 씨야말로 에도에 가서 공부해야 하는 것 아닌가요?"

슈지로가 한페이타에게 에도로 가라고 권했다. 한페이타가 에도로 가는 것은 다케치 도장에 다니는 사람들이 모두 바라는 일이었는데 막상 한페이타 본인은 웃기만 할 뿐 도무지 움직일 기색이 없었다.

"도사에 있어도 배울 수 있어."

"그런 게 바로 다케치 씨의 대단한 점이지요."

료마는 순수하게 감탄했다.

그날 저녁, 한페이타는 집으로 돌아오자마자 곧바로 할머니인 도모의 방으로 갔다. 도모는 이부자리에 누워 있었고, 한페이타의 아내 도미가 시할머니의 다리를 주무르고 있었다.

"오늘도 다리가 편찮으세요, 할머니?"

한페이타가 안부 인사를 건넨 다음 아내를 대신해서 할머니의 다리를 주무르기 시작했다.

어린 나이에 부모님을 여읜 한페이타에게 할머니 도모는 부모님과도 같은 존재였다. 요즘 들어 부쩍 심신이 쇠약해진 할머니를 남겨 두고 에도로 갈 수는 없는 일이었다.

나중에 한페이타는 아내 도미에게 이런 말을 했다.

"조실부모한 나에게 할머니는 부모님이나 마찬가지요. 부모를 소중히 여기지 못하는 자는 사무라이라고 할 수 없소."

한페이타는 자신의 말대로 사무라이답게 살려고 하면서도 일말의 쓸쓸함을 맛보고 있었다.

야타로는 새장을 팔러 다니던 옛 생활로 돌아갔다. 그렇지만 예나 지금이나 새장이 제대로 팔린 적은 없었다.

"젠장…… 하나같이 야박한 인간들밖에 없어."

짜증이 나서 길가에 털썩 주저앉아 버렸다. "야타로 씨?" 귓가에 기분 좋은 목소리가 들려와서 깜짝 놀라 돌아봤더니 꽃꽂이 수업을 마치고 귀가하던 가오가 서 있었다.

"야타로 씨, 에도가 그렇게 좋은 곳인가요? 야타로 씨도 가고 싶어요?"

가오가 갑작스럽게 물었다.

"당연하지. 에도에는 아사카 곤사이라는 위대한 한학자가 계시거든……. 누가 에도로 간대? 슈지로인가?"

"아니요, 오라버니가 아니라……."

"……료마?"

"하지만 안 가기로 했대요. 지금 한 말은 잊어 주세요. 어차피 야타로 씨하고는 상관이 없는 이야기니까요. 그럼, 안녕히 가세요."

료마의 이름이 나오자마자 가오는 돌아가 버렸다.

"료마가 에도로 간다고……?"

야타로는 갑자기 초조해졌다.

료마는 옷을 제대로 갖춰 입고 구마 강 제방 공사 현장에 서 있었다. 료마 앞에는 작업을 맡아서 할 농민들이 모여 있었다.

"이번에 공사 관리를 맡게 된 사카모토 료마라고 하오. 지금부터 모두 힘을 모아 여기에다 제방을 쌓아 주길 바라오. 잘 부탁하오."

료마의 인사를 농민들은 무덤덤하게 흘려들었고, 아예 딴청을 피우는 사람까지 있었다.

공사가 시작되었다. 료마는 한 손에 지도를 들고 이리저리 지시를 내렸지만 이런 공사에 익숙한지 농민들은 알아서 작업을 진행했다. 결국 료마는 의자에 앉아 보고만 있는 꼴이 되었다.

"……지루하네."

발치에서 부스럭거리는 소리가 났다. 뭔가 싶어 보았더니 대나무 껍질로 싼 꾸러미가 놓여 있었다. 이번에는 저벅 하는 소리가 났다. 료마가 소리 나는 쪽을 보자 가난한 차림새의 소녀가 료마를 흘깃 돌아보더니 도망치듯 뛰어가 버렸다. 대나무 껍질로 된 꾸러미를 펼쳐 보니 좁쌀로 된 주먹밥 두 덩이가 들어 있었다.

"이게 뭐야……."

눈으로 소녀를 찾아보자 뒷모습이 사라지려는 찰나였다. 현장에서 벗어나는 것을 주저하던 료마는 에라 모르겠다 하면서 소녀의 뒤를 쫓았다.

"어디 가는 거야, 저 녀석."

겐조라는 남자가 중얼거렸다. 다른 농민들도 일손을 놓고 저 멀리 뛰어가는 료마를 쳐다보고 있었다.

"팔자 좋구먼."

도메키치가 재수 없다는 표정으로 침을 뱉으며 말했다.

소녀의 뒤를 쫓아간 료마는 어떤 농가에 다다랐다. 밖에서 안쪽을 살피고 있으려니까 누추한 집 안에서 어머니로 보이는 여자가 나왔다. 아까 그 소녀도 함께였다. 두 모녀는 료마가 서 있는 것을 보자 깜짝 놀라더니 그 자리에서 땅바닥에 엎드렸다. 료마가 "얼굴을 드시오"라고 말해도 감히 고개를 들지 못했다.

료마는 대나무 껍질 꾸러미를 내밀었다.

"이게 뭔가? 아까 저 아이가 놓고 가던데."

"정말 송구하게도 저희 형편으로는 그 정도밖에 못 해 드립니다."

어머니가 고개를 숙인 채 대답했다.

"고개를 들고 내 얼굴을 보거라."

료마가 강한 말투로 명령하자 모녀는 잔뜩 겁에 질린 표정으로 슬금슬금 얼굴을 들었다.

"이유도 없이 물건을 받을 수는 없소. 이걸 내게 갖다 준 이유를 말해 주시오."

아까와는 딴판으로 친근한 미소를 지으며 료마가 말했다.

료마가 구마 강 공사 현장으로 돌아와 보니 겐조와 도메키치가 서로 노려보고 있었다. 겐조는 다카세 마을, 도메키치는 이노마타 마을에 사는 농민이었다. 두 마을에서 온 농민들은 모두가 작업하던 것을 내팽개치고 각각 겐조와 도메키치를 둘러싸고 있었다. 일촉즉발의 위험한 상황에 료마는 허둥지둥 농민들을 향해 달려갔다.

"잠깐 기다려 봐요! 무슨 일이오?"

말리려는 료마를 무시한 채 농민들은 서로 멱살을 붙잡고 싸우기 시작했고, 곧 쌍방이 뒤엉켜 난투극이 벌어졌다. 그 사이에서 말리려던 료마도 날아온 주먹에 맞았다.

다카세 마을과 이노마타 마을은 해마다 논에 대는 물을 두고 서로가 가로챘다고 패싸움을 벌이는 견원지간이었다. 그런데 하필이면 그 두 마을의 힘을 모아 제방 공사를 해야 하는 것이었다.

야타로는 보자기를 펼치고 책을 계속 담았다. 한 권 더 넣으려고 손에 잡은 책은 너덜너덜해질 때까지 읽고 또 읽었던 책이었다.

"소중한 책들을 팔아 버릴 셈이니?"

어머니 미와가 묻는 말에 야타로는 버럭 화를 냈다.

"이대로 가만히 있다가는 그나마 있는 논까지 다 넘어가게 생겼잖아요. 새장도 안 팔리고. 아버지가 싸움과 노름을 그만두지 않는 한 저는 평생 이 모양 이 꼴로 썩을 거라고요! 똑같이 하급 무사 주제에 아무 걱정도 없이 속 편하게 에도로 간다고 떠벌리는 놈도 있는 판에……."

화를 낸 여세를 몰아 소중한 책들을 보자기에 넣었다. 그 동작에 이가 갈릴 정도로 분한 야타로의 억울함이 그대로 전해졌다. 미와는 장롱에서 작은 단지를 꺼내 야타로 앞에 놓았다.

"생활은 어떻게든 꾸려 나갈 수 있을 게다."

단지 속을 들여다보니 동전이 3분의 2가량 차 있었다.

"이 동전은 뭐예요?"

"에도로 보내 줄 정도는 되지 않는다만……."

"……나를 위해서?"

"넌 학문에 재능이 있잖니. 학문에 필요한 책만큼은 팔아선 안 된다."

"……어머니!"

야타로의 우락부락한 얼굴이 감격으로 빛났다.

뜻밖의 일은 가오에게도 일어나고 있었다.

"혼담이요……?"

가오는 아버지 덴하치의 얼굴을 신기한 듯한 표정으로 바라보았다. 덴하치는 좋은 혼사가 들어왔다고 신이 나 있었다.

"상대는 가라키 고에몬 님의 장남이신 고노스케 님이시다. 신랑감이 직접 너를 보고 마음에 들어 하셨다고 하더구나."

"아버지, 잠깐만요. 전 아직 시집갈 생각이 없어요! 제발 부탁이에요. 그냥 거절해 주세요."

같이 있던 오빠 슈지로가 혹시나 하는 생각이 들어 물었다.

"혹시…… 좋아하는 남자가 있는 거냐?"

가오는 흠칫 놀랐다. 하지만 슈지로가 혹시나 하고 의심한 상대는 한페이타였다. 가오는 들키지 않았구나 싶어 가슴을 쓸어내리며 실수로 자기 무덤을 파고 말았다.

"좋아하는 사람이 있는 건 아니에요."

"그렇다면 혼담을 거절할 이유가 없구나."

슈지로는 가라키 가문과의 혼담을 진행시켜야겠다고 결론을 내렸고, 그 말을 들은 아버지 덴하치는 만족스러운 미소를 지으며 고개를 끄덕였다.

같은 날 밤, 료마는 구마 강 제방 공사를 위해 농민들 간의 싸움을 어떻게 해결할 수 있을지 머리를 싸매고 암중모색하고 있었다.

하치헤이는 당연히 료마가 고민하고 있다는 사실을 알고 있었다.

"제방 공사 관리 정도 가지고 저렇게 힘들어하다니…… 못난 녀석 같으니라고. 그런 녀석이 무슨 배짱으로 에도로 가겠다고 했는지 모르겠소."

하치헤이는 후처인 이요를 앞에 두고 탄식을 늘어놓았다.

"나이 들어 생긴 자식은 무슨 짓을 해도 예쁘게 보인다는 말이 참말인가 봐요. 당신도 그저 료마 이야기만 나오면 어쩔 줄을 모르시잖아요."

"난 그저 료마가 올바른 정신을 가진 진득한 남자가 되었으면 하고 바랄 뿐이오. 장남이 아니라고 언제까지나 저렇게 기대 버릇하면 앞으로 어떻게 세상을 살아가겠소."

"료마도 그런 생각을 했으니까 에도로 가고 싶다는 말을 꺼냈겠지요. 이제는 어린애도 아닌데 어른 대접을 해 줘야 하지 않겠어요?"

하치헤이도 내심 알고는 있었지만 막상 아내가 정곡을 찌르자 갑자기 입을 다물어 버렸다.

료마는 묘안을 떠올리지 못하고 방바닥에 벌렁 드러누워 천장을 쳐다보고 있었다. 손끝에 누나의 딸인 하루이가 놓고 간 바람개비가 만져졌다. 그것을 들어서 훅 하고 불어 보았다. 바람개비가 뱅글뱅글 돌았다. 그 짧은 순간에 잠시 머릿속이 텅 비면서 무언가가 번뜩 떠올랐다.

―그때 료마는 제방 일로 머리가 꽉 차 있었어. 물론 가오에게

큰일이 벌어졌다는 사실도 몰랐고, 에도로 가고 싶다는 생각마저 까맣게 잊어버렸지. 하물며 나중에 료마의 눈을 뜨게 한 그 남자가 일본을 향해서 인도양을 항해하고 있다는 사실은 상상조차 하지 못했을 게야. 미국 해군 제독, 매슈 캘브레이스 페리. 사실 에도막부는 네덜란드를 통해 페리가 오고 있다는 사실을 몇 달 앞서 알고 있었다네.

 에도막부가 쇄국을 한 지도 벌써 200년 이상이 지났고, 그 사이 다른 나라에서는 과학과 공업이 눈부시게 발전했다. 특히 서구 열강들은 발전의 여세를 몰아 세력 확장에 나서면서 아시아로 손길을 뻗치려 하고 있었다. 일본 근해에는 미국, 영국, 프랑스, 러시아 등 여러 나라의 배들이 전부터 종종 모습을 드러내곤 했다.
 그러나 에도막부는 엄습하는 외세의 위협에 어떻게 맞서야 할지 대응책이 없었다.
 페리가 일본으로 향하던 1852년, 에도막부 중신들 중 최고 자리에 있던 사람은 아베 이세노카미 마사히로였다. 젊은 나이에 막부 관료의 우두머리가 된 뛰어난 사람이었다.
 아베는 에도 성에 있는 중신들을 모아 놓고 네덜란드가 보내온 보고서를 읽었다.
 "페리가 이끄는 함대는 기함 서스쿼해나호와 미시시피호, 새러토가호, 플리머스호 등 모두 합쳐 9척. 그중 서스쿼해나호와 미시시피호는 증기를 사용해 바람이 없어도 신속하게 항해할 수 있는 큰 군함임. 페리는 미국 대통령으로부터 일본의 쇼군에게 보내는 편지를 가지고 오고 있음. 도착은 빠르면 연내, 늦어도 내년 초……."

아베는 편지를 읽어 주다가 고개를 들었다.

"큰일이 벌어지게 생겼습니다."

그 당시 중신 중에서 외국 선박을 그대로 내쫓아야 한다고 주장하는 양이파攘夷派로는 시모우사 지방 세키야도 번주 구제 히로치카, 개국파로는 시나노 지방 우에다 번주 마쓰다이라 다다마스와 미카와 지방 니시오 번주 마쓰다이라 노리야스, 전쟁 반대파로는 에치고 지방 나가오카 번주 마키노 다다마사 등을 꼽을 수 있었다.

구제는 막부의 위신을 생각해서라도 페리에게 문호를 개방하는 일 따위는 있을 수 없다고 생각했다.

"네덜란드 이외의 서양 제국과는 일체 교역을 하지 않는다. 이것이 200년 이상 관철시켜 온 막부의 법도입니다."

그런 구제의 태도에 아베는 신중한 자세를 보였다.

"페리는 군대를 이끌고 전쟁을 일으킬 각오로 일본과의 교역을 요구하러 오는 것입니다."

마키노는 서양 제국의 무기가 일본보다 훨씬 앞서 있다는 사실에 위기감을 느꼈고, 마쓰다이라 다다마스는 10여 년 전에 일어난 아편전쟁의 충격을 모두에게 환기시켰다. 강대했던 청나라가 아편전쟁에서 너무도 허망하게 영국에게 패했던 것이다.

"그렇다면 여러분은 일본이 미국의 속국이 되어도 좋다는 말씀입니까!"

구제가 언성을 높이며 다그치자 아무도 반론을 제기하지 못했다.

"아무튼…… 아무튼 이 일은 비밀로 합시다. 절대 밖으로 새어 나가서는 안 됩니다."

아베의 고뇌는 더욱 깊어졌다.

―물론 그 당시 막부에도 우수한 인재들은 있었을 테지. 하지만 내 생각에 그때까지만 해도 사태의 중대함을 깨달은 사람은 그리 많지 않았을 걸세.

고치 성내 큰길가에 있는 찻집에서 하치헤이가 차를 마시며 쉬고 있는데 한페이타가 검술 도구를 들고 지나가는 것이 보였다. 어린 시절부터 봐 와서 잘 알던 한페이타를 앞에 두고 하치헤이는 어느새 농민들에게 휘둘려 고민에 빠져 있는 료마에 대한 한탄을 늘어놓고 있었다.

"료마가 자네 같기만 하다면야 내가 무슨 걱정을 하겠나? 아무리 검술에 뛰어나다 해도 저래서야 앞으로 세상을 어떻게 살아갈지……."

"한번 직접 보시는 게 어떻겠습니까? 료마는 아버님께서 생각하시는 것처럼 물렁하고 속없는 남자가 아닐지도 모릅니다."

한페이타가 도대체 무슨 뜻으로 그런 말을 하는지 몰라 하치헤이가 고개를 갸웃거리고 있는 참에 "아버지!" 하면서 오토메가 숨을 헐떡거리며 뛰어왔다. 하치헤이가 잊어버리고 온 물건을 가지러 집까지 다시 뛰어갔다 오는 길이어서 기분이 별로 좋지 않았다.

"중요한 물건이라면서 잊고 오시다니 요즘 들어 건망증이 너무 심하신 것……."

한소리 하는 도중에 한페이타의 모습이 눈에 들어왔다. 하지만 벌써 할 말은 거의 다 입 밖으로 나온 뒤였다. 오토메는 창피해서 어쩔 줄을 몰랐다.

"오토메 씨는 여전히 참 씩씩하네요."

한페이타는 웃으면서 자리에서 일어났다.

찻집 옆에서는 야타로가 간신히 입수한 책을 소중하게 가슴에 안은 채 하치헤이와 한페이타의 대화를 몰래 엿듣고 있었다.

한페이타가 찻집에서 나와 걸어가는데 야타로가 그늘 밑에서 불쑥 모습을 드러냈다.

"역시 잘난 사람은 어디가 달라도 다르다니까. 난 다케치 씨가 료마한테 화를 낼 것이라고 생각했는데. '뭐, 네가 에도로 간다고? 나도 못 가는 에도를 어디 감히 네가 간다고 나서!'라고 말이야."

"자네는 남들에게 미움받는 것을 즐기는 모양이군 그래."

한페이타는 딱하다는 듯이 미소를 지으며 말한 다음 등을 돌리고 가 버렸다. 야타로는 멀어져 가는 한페이타의 등에 대고 소리 질렀다.

"난 혼자만 착한 척하는 꼴이 제일 싫어!"

한페이타는 돌아보지 않았다. 하지만 그의 얼굴은 더 이상 미소 짓고 있지 않았다.

구마 강 제방 공사장에서는 농민들이 따분한 표정으로 술을 마시고 있었다.

료마는 문득 농민들에게 술을 대접해야겠다는 생각이 들어 그날 아침 수레에 술통을 싣고 구마 강으로 끌고 왔다. 안주로 말린 오징어까지 준비했다. 잠시 일손을 놓고 한차례 신 나게 술판을 벌여 일단 두 마을 간의 감정부터 풀어야겠다는 생각이 들었기 때문이다.

"다들 좀 즐겁게 마시지 그러나? 초상집에 온 사람들 같은 표정으로 있지 말고."

료마는 일부러 더 즐겁게 행동했다.

"이렇게 맛없는 술을 어떻게 즐겁게 마시란 말입니까?"

"웃기고 있네. 누구 때문에 술맛이 떨어지는데……."

겐조와 도메키치 사이에 시비가 붙자 양쪽 마을 사람들 분위기도 험악해졌다. 모두 반쯤 일어나 당장이라도 서로에게 달려들 태세였다.

"그만들 하시오! 제발 부탁이니까 오늘만큼은 서로에 대한 감정을 좀 잊어 주면 안 되겠소?"

료마가 달래려고 하자 이번에는 겐조가 공격 대상을 료마로 바꿨다.

"사무라이 나리가 우리 같은 농민들 사정을 뭘 안다고 그러시나?"

"사무라이라고는 해도 난 하급무사일 뿐이오. 제방을 만들라는 명령을 받은 것은 여러분이나 나나 매한가지란 말이오."

농민들은 기분 나쁜 표정만 지을 뿐 그 말에 대꾸도 하지 않았다.

"아, 좋은 수가 있네. 우리 분위기도 풀 겸 다 같이 노래를 부르는 게 어떻겠나?"

료마는 수레에서 샤미센(세 개의 현을 뜯으며 연주하는 일본 전통 현악기-옮긴이)을 꺼내 와 밝은 곡조를 연주하면서 노래를 불렀다. 농민들은 어이가 없기도 하고 황당하기도 해서 이 엉뚱한 사무라이를 옆에서 쳐다보고만 있었다.

하치헤이는 논두렁을 따라 제방 공사 현장을 향해 걸어갔다. 아들이 어떤 식으로 일을 관리하는지 한번 보려고 간 것이었는데 공사 현장에 도착해 보니 료마가 샤미센을 들고 되지도 않는 노래를 부르고 있는 것이 아닌가!

"저놈이 저게 뭐하는 짓이야?"

하치헤이는 허겁지겁 뛰어갔다.

료마는 분위기를 좀 부드럽게 만들려는 생각에 더욱 목청을 돋우었다.

"그만두세요. 사무라이 나리는 참 속 편해서 좋겠소."

"뭘 몰라도 너무 모른다니까."

겐조와 도메키치가 나란히 말했다.

무엇을 모른다는 말인가 싶어 당혹스러워하는 료마에게 겐조가 냉랭한 어조로 말했다.

"하급무사와 농민은 같지 않아요."

"그건 나도 알고 있소."

"깔보고 있다는 겁니다."

"난 전혀 그렇지 않은데……."

"우리가 당신네를 깔보고 있다는 말입니다."

료마가 겐조의 말을 알아듣지 못하는 것 같자 도메키치가 옆에서 거들었다.

"이 도사 땅을 움직이는 건 상급무사님들이지요. 그 땅에서 농사를 지어 쌀을 만드는 건 우리 농민이고요. 그런데 하급무사 나리들은 아무것도 하지 않아요. 도대체 당신네들은 무엇하러 있는 겁니까?"

"우린 말이오, 논일도 있고 밭일도 있는데 다 제쳐 두고 끌려나와서 일하고 있는 겁니다. 그런 우리한테 한가롭게 그늘에 앉아서 이래라저래라 하는 나리를 보고 있으면 속이 다 뒤집힌단 말입니다!"

"이 도사 땅에서 제일 쓸모없는 게 바로 하급무사와 개똥이오.

아무짝에도 쓸모없는 가짜 사무라이 나부랭이들 같으니!"

겐조와 도메키치가 번갈아 가면서 료마에게 욕지거리를 퍼부었다.

그런데 료마는 화를 내기는커녕 들고 있던 샤미센을 조용히 내려놓으며 말했다.

"그 말이 맞소……. 우리가 매일 먹는 쌀은 당신들이 피땀 흘려서 만든 것이지. 그래, 우리 하급무사는 개똥이나 마찬가지로 쓸모없을지도 모르지. 하지만 다들 잠깐만 내 말을 들어 주시오. 다카세 마을과 이노마타 마을이 서로 사이가 안 좋다는 것은 나도 알겠소. 우리 하급무사들을 싫어한다는 것도 잘 알겠소. 하지만 이번 일만큼은 그런 감정을 잊어 주었으면 좋겠소."

덤덤하게 말하는 료마를 홀로 남겨 두고 농민들은 겐조와 도메키치의 뒤를 따라 제각기 자기들 마을로 돌아가기 시작했다. 등을 돌린 농민들을 향해 료마는 포기하지 않고 온 힘을 다해서 사정했다.

"구마 강은 해마다 비만 오면 범람하는 강이오. 그때마다 많은 사람이 죽기도 하고 물난리 때문에 고생하지. 저 건너편에 있는 집에는 여자 둘만 살고 있소. 남자들은 다들 홍수 때 죽었다고 하더군. 살아남은 모녀는 우리가 부처님이나 되는 것처럼 고맙게 생각하고 있소."

지난번에 좁쌀로 만든 주먹밥을 놓고 간 모녀에 대한 이야기였다. 농민들이 발걸음을 멈췄다.

"물난리를 막기 위해 일하고 있는 당신들에게 진심으로 감사하고 있소. 우리에게 맡겨진 이 일은 정말로 중요한 일이오. 이 제방을 만드는 공사에는 사람 목숨이 달렸기 때문이오. 마음에 들지 않는 점이 있다면 내가 다 받아 줄 테니 나한테 말하시오. 속이 풀리지 않는다면 나를 때려도 좋소. 그 대신 제발 싸우지들 말고 이 공사만큼은 마지막까지 완성시켜 주시오. 제발 부탁이오!"

료마는 농민들을 향해 땅바닥에 두 손을 짚고 엎드려 절했다. 농민들은 땅바닥에 무릎을 꿇은 료마를 숨을 죽인 채 바라보고 있었다. 흐르는 강물 소리만 들리던 공사 현장에 겐조의 목소리가 울렸다.

"……가세."

농민들이 다 떠나갔다.

"기다려 주시오! 제발 부탁이오. 기다려 주시오, 제발 부탁하오!"

료마의 간절한 부탁도 농민들의 마음을 돌려놓지 못했다.

하치헤이는 말을 잃은 채 아들의 모습을 쳐다보았다.

그대로 되돌아온 하치헤이는 히네노 도장으로 료마의 검술 사범인 벤지를 찾아갔다.

"선생님께서 보시기에 제 아들놈 됨됨이가 어떻습니까? 부모 된 자로서 이런 질문을 다른 사람에게 하는 것은 참으로 부끄럽기 짝이 없는 노릇입니다만, 너무 가까운 사이이기에 부모의 눈으로는 자식을 제대로 보지 못하는 게 아닐까 해서 여쭙는 것입니다."

"그러시군요……."

히네노는 잠시 생각을 했다.

"료마의 됨됨이라, 검술 실력은 이제 대단합니다. 료마는 강하지요. 강하지만……."

"강하지만?"

"부족합니다. 부족하지만…… 큽니다. 크지만…… 모르겠습니다."

"모르겠다니요?"

"글쎄요, 도대체 료마는 어떤 인물일까요? 저로서도 잘 모르겠습니다. 제가 알고 있는 건 지금껏 수없이 많은 제자들을 봐왔지만 료마 같은 사람은 처음이라는 사실뿐입니다."

그 말을 들은 하치헤이는 머릿속이 오히려 더욱 혼란스러워졌다.

야타로는 한시도 쉬지 않고 학문에 정진하고 있었다. 이날도 평소처럼 정신없이 책을 읽고 있는데 덜컹거리는 소리와 함께 대문이 열리며 아버지가 돌아왔다. 야지로는 툇마루에 앉아 짚신을 벗으면서 "후우……" 하고 술 냄새를 물씬 풍기며 한숨을 내쉬었다.

"마을 모임에 다녀오신 것 아니었어요?"

야타로가 날카롭게 추궁하자 야지로는 흠칫 놀랐다.

"거기서 술을 마신 거다."

도망치듯이 안쪽으로 들어가 버리는 아버지를 보고 불길한 느낌이 든 야타로는 장롱 안에 있는 단지 속을 살펴보았다. 안이 텅 비어 있었다. 야타로는 안쪽 방으로 뛰어 들어가 아버지한테 따졌다.

"단지 안에 있던 돈으로 또 노름하신 거예요? 설마 그 돈을 다 잃었어요?"

"다음에는 꼭 딸 거다. 내가 한 번만 제대로 따면 너희를 다시는 고생시키지 않을 수 있다."

"다음에 노름할 돈이 어디 있다고요!"

"미안하다, 야타로야. 이 애비는 정말 구제불능이다. 이런 애비가 살아 있은들 무슨 소용이 있겠냐? 그냥 확 죽어 버리는 게 낫지."

야타로는 방바닥에 주저앉았다. 지금 와서 무슨 말을 한들 사라진 돈이 돌아올 리 없었다.

다음 날부터 야타로는 푼돈이라도 벌기 위해 다시 새장을 메고 나가야 했다.

"왜 나만 이러고 살아야 하는 거야? ······세상에는 신도 부처도 없나?"

신세 한탄이 절로 나왔다. 그렇게 한숨을 쉬며 구마 강변을 걷고 있는데 강 맞은편에서 농민들이 제방 공사를 하고 있는 것이 보였다. 농민들 가운데 료마의 모습도 눈에 들어왔다.

공사 현장에서 료마는 도면과 실제 공사 진척 상황을 비교하고 있었다. 도저히 시간 안에 완공될 것 같지 않았다.

"누구 네 명 정도만 땅고르기를 하는 데 가 주었으면 하는데……."

큰 소리로 외쳤는데도 누구 하나 거들떠보지 않더니 점심을 먹는다며 다들 일손을 놓고 말았다.

"이것 재밌네."

어찌할 바를 모르는 료마를 보자 야타로는 즐거운 구경거리를 보는 듯한 기분이 들었다. 어떻게 돌아가는지 작정을 하고 구경하려는 차에 보자기를 품에 안고 제방 공사 현장으로 다가가는 가오의 모습이 눈에 들어왔다.

가오는 한 번 웃지도 않고 무뚝뚝한 얼굴로 료마에게 다가갔다.

"여기서 일한다는 얘기를 오토메 언니에게 들었어요."

료마와 가오는 강둑에 나란히 앉아 보자기를 펼치고 도시락을 꺼냈다. 도시락에는 갖가지 모양과 색깔의 반찬들이 맛깔스럽게 담겨 있었다.

"와, 맛있겠네! 사양 않고 잘 먹을게."

속으로는 좋아서 어쩔 줄 모르면서도 가오는 퉁명스럽게 료마에게 젓가락을 내밀었다.

야타로는 어느새 건너편 기슭에서 몰래 다가와 풀숲에 숨어서 료마와 가오를 훔쳐보고 있었다.

"어째서…… 어째서 나한테 그런 모습을 보이는 거야? 젠장…… 에잇, 제기랄!"

야타로는 불타오르는 질투심을 스스로 견딜 수가 없어 더 이상 지켜보지 못하고 그 자리를 떠나 버렸다.

"맛있다! 정말 맛있게 잘 만들었네, 가오."

료마는 연거푸 칭찬하면서 도시락을 먹었다. 좀 허풍스럽다 싶으면서도 가오는 점점 기분이 좋아졌다. 자신의 그런 감정이 겉으로 드러나지 않게 조심하면서 물었다.

"료마 씨…… 가라키 님이라는 분 혹시 알아요? 가라키 고노스케 님이요."

"알아. 그 사람은 왜?"

"……혼담이 들어와서요."

"……너한테?"

"……받아들이는 게 좋다고 생각해요?"

료마의 젓가락이 멈췄다.

"그야 받아들이는 편이 낫지. 고노스케 님은 아주 착실한 분이야. 가오가 시집을 간다고? 하기야 이렇게 맛있는 도시락을 만들 수 있으니 아주 좋은 색시가 될 거야. 이야, 이거 경사네. 축하해. 슈지로도 좋아하지?"

갑자기 가오가 료마의 손에서 도시락을 빼앗았다.

"그럼요. 이렇게 행복한 일이 어디 있겠어요?"

재빨리 도시락을 도로 챙기는 가오의 눈에는 눈물이 가득 고여 있었다.

"난…… 료마 씨를 좋아했는데. 어릴 때부터 항상 료마 씨만 바라보고 있었는데!"

눈물이 볼을 타고 주르르 흐르는가 싶더니, 가오는 붙잡을 새도 없이 뛰어가 버리고 말았다.

가오의 눈물이 비구름을 몰고 왔는지 하늘도 어두컴컴해지기 시작했다.

료마가 망연자실 가오의 뒷모습을 쳐다보고 있으려니까 겐조와 도메키치가 다가왔다.

"비가 올 것 같소. 오늘은 작업을 그만합시다."

"우리 쪽도 그만 철수할랍니다."

이럴 때만 죽이 맞는지 겐조와 도메키치는 어깨를 나란히 하고 돌아가 버렸다.

료마는 넋을 잃은 사람처럼 가오가 뛰어가 버린 길을 쳐다보다가 멍하니 하늘을 올려다보았다.

(사무라이 나리는 참 속 편해서 좋겠소.)

(뭘 몰라도 너무 모른다니까.)

텅 비어 버린 듯한 가슴속에서 겐조와 도메키치의 말이 울려 퍼졌다.

(어릴 때부터 항상 료마 씨만 바라보고 있었는데!)

가오의 우는 얼굴이 떠올라 가슴이 아려왔다.

올려다본 하늘은 온통 먹구름으로 뒤덮여 있었다.

"남의 속내를 하나도 모르겠군. 정말 도무지…… 모르겠어……."

뚝뚝 빗방울이 떨어지기 시작했다.

그렇게 내리기 시작한 비는 시간이 갈수록 점점 거세지더니 이윽고 장대비가 되었다. 료마는 비에 흠뻑 젖으면서도 천 보자기에 흙을 넣은 부대를 제방 쪽으로 안고 가서 차곡차곡 쌓았다. 비에 젖어 몸에 들러붙는 옷을 벗어 버리고, 결국에는 속옷 차림이 되어서 부대를 날랐다. 료마의 얼굴은 비와 땀과 진흙으로 범벅이 되었다.

얼마 동안이나 그렇게 일했을까? 다리가 더 이상 말을 듣지 않게 되었다. 료마는 흙 부대를 끌어안은 채 미끄러져서 땅바닥에 벌렁 자빠지고 말았다. 비가 료마를 향해 끝도 없이 쏟아져 내렸다.

그날도 이렇게 비가 왔었다.

(료마! 너는…… 무언가를 이루기 위해…… 이 세상에 태어났단다.)

"전 아무것도 할 수 없어요."

(증오에서는…… 아무것도 생겨나지 않는다…… 아무것도.)

"난 도저히 못하겠어요. 아아!"

자꾸만 솟아나는 눈물을 비가 씻어 내렸다. 하늘에서 떨어지는 빗방울을 보고 있던 료마의 눈에 느닷없이 여러 사람의 얼굴이 들어왔다. 겐조의 얼굴도 보였다.

"참 내, 이상한 사무라이라니까."

도메키치도 있었다.

"이 일이 끝날 때까지만 싸움을 미뤄 드리리다. 하지만 사무라이님, 당신 때문이 아니에요."

다시 한 번 겐조가 못을 박았다.

"이 일에 사람 목숨이 달려 있다고 했기 때문이오."

16일 후, 위에서 명령한 마감일에 맞춰 제방은 무사히 완공되었다. 훌륭한 성과였다.

그날 밤, 다케치 도장에서 료마는 눈을 감고 마음을 가라앉혔다. 주위에는 짚으로 만든 허수아비가 세 개 세워져 있었다. 료마는 눈을 번쩍 뜨더니 칼을 뽑아 눈앞에 있는 허수아비를 베었고, 곧이어 오른쪽 뒤에 있는 허수아비도 두 동강을 냈다. 그러고는 자세를 낮추더니 왼쪽 뒤에 있는 허수아비까지 모조리 베었다.

"흔들림이 없는 칼 놀림이었다."

한페이타가 감탄하며 말했다. 구마 강의 제방 공사는 대립하던 두 마을의 농민들을 하나로 뭉치게 한 료마의 노력으로 성공할 수 있었다.

"난 네가 그때 한 말이 생각나더군."

(다만 내가 아는 한 가지는 싸워서 될 일이 아니라는 거다. 상급무사하고 싸워 봤자 아무것도 변하지 않는다.)

료마는 제방 공사에서 자신의 말을 실천으로 보여 주었다. 한페이타는 그 말에 일리가 있음을 인정하면서도 미묘한 웃음을 지었다.

"내 생각은 조금 다르다. 세상일이 모두 제방 공사처럼 되는 것은 아니지. 때로는 싸워야 할 때도 있는 거야."

다케치의 집에서 나와 집으로 가는 발걸음을 서둘던 료마는 도중에 지나치던 술집에서 때마침 술에 취해 나오는 아버지를 만났다. 예전에는 어지간한 술에는 티도 나지 않던 아버지였지만 나이가 들수록 점점 술에 약해졌고, 그럴 때마다 먼저 보낸 아내에 대한 추억을 늘어놓곤 했다.

료마는 참을 수 없는 충동이 일어 입을 열었다.

"어머니가 저에게 말씀하셨어요. 저는 무언가를 이루기 위해 태어났다고요."

앞장서서 걷고 있던 하치헤이가 발을 멈추고 료마를 돌아보았다.

"아버지! 저를 에도로 보내 주세요. 이번 일로 정말 뼈저리게 느꼈습니다. 저는 남의 도움을 받아 살아가고 있어요. 이대로 있을 순 없어요. 혼자 힘으로 살아 보고 싶어요. 도사 땅을 벗어나 넓은 세상을 겪어 보고 싶어요. 제가 이룰 수 있는 일이 무엇인지 지금 찾지 않으면 저는 평생 그것을 찾을 수 없을 것 같아요. 제발 부탁드립니다, 아버지!"

료마는 땅바닥에 무릎을 꿇고 절절한 마음으로 아버지에게 간청했다.

"넓은 세상을 보고 싶다고…… 그렇게 애매한 이유로는 에도로 보낼 수 없다."

하치헤이는 료마 앞에 양반다리를 하고 앉아 품속에서 여러 겹으로 접힌 종이를 꺼냈다.

"정 에도로 가고 싶다면 나를 납득시킬 만한 이유를 찾아 오거라."

하치헤이가 내미는 종이를 받아 든 료마는 거기에 쓰인 글자를 읽고 할 말을 잃었다.

"이건……."

겉에 '에도 교바시 오케마치, 지바 사다키치 님'라고 적혀 있었다. 히네노가 료마를 호쿠신 잇토류(검술 유파 중 하나-옮긴이)의 지바 도장에 추천하는 소개장이었다. 검술을 배우는 자라면 그곳을 모르는 사람이 없었고, 먼 도사 지방에까지 이름이 알려진 도장이었다.

"네가 가진 특기라고는 검술밖에 없다. 에도에서 검술을 연마한다는 이유라면 나도 에도로 가는 것을 허락하마. 지바 도장의 혹독한 수련을 견딜 수 있겠느냐?"

"견뎌 보이겠습니다! 아버지의 기대를 결코 저버리는 일이 없을 겁니다."

"가라, 료마야. 도사를 벗어나 에도로 가거라."

"아버지…… 감사합니다! ……정말 고맙습니다."

아버지와 아들은 감개무량한 눈빛으로 서로를 마주 보았다.

제3장
위조 통행증 여행

 '본 영토의 번사인 사카모토 곤페이의 동생 료마로부터 검술 수련을 위해 에도로 가겠다는 청을 받았으며, 이에 허가를 내린다.'

 도사 번이 발행한 허가증으로 료마가 검술 수련을 목적으로 에도로 가는 것이 정식으로 인정되었다. 기간은 1년 3개월. 수련 장소가 호쿠신 잇토류 지바 도장이라는 사실을 알게 된 누나 오토메는 뛸 듯이 기뻐했다.

 허가가 내려진 날 사카모토가에 손님이 찾아왔다. 미조부치 히로노조라는 하급무사로 정문으로 들어오면 될 것을 선물로 가져온 산마를 들고서 뒷문 앞에 서 있었다. 곤페이가 맞으러 나가자 친근한 표정으로 호쾌하게 웃었다.

 곤페이는 물론 히로노조와 아는 사이였다. 곤페이는 히로노조를 동생인 료마에게 소개시켜 주었다.

"미조부치 씨는 지금까지 여러 번 에도에 다녀오셨다. 이번에도 에도까지 너와 동행해 주시겠다고 한다."

"그렇습니까? 고맙습니다. 료마라고 합니다."

"에도까지는 갈 길이 아주 멀다네, 료마 군. 매일 부지런히 걸어도 한 달은 족히 걸리지. 그러니 길 떠나기 전에 이 산마를 먹고 정기를 좀 북돋아 두게나. 아하하하!"

히로노조는 또 쾌활하게 웃었다. 에도까지 기분 좋게 여행할 수 있을 것 같았다.

도사에 사는 젊은이에게 에도는 멀고도 먼 딴 나라라는 느낌이었다. 료마는 그런 에도에서 1년도 넘게 지내게 된 것이다. 이조 같은 친구는 료마가 과연 살아 돌아올 수나 있을지 걱정을 했다. 슈지로와 가메야타 등 죽마고우들이 이런저런 말로 걱정을 늘어놓자 료마도 슬금슬금 겁이 나기 시작했다.

"에도에서 1년 이상 배우는 것은 아마 평생의 보물이 될 거야. 넌 지금보다 훨씬 더 큰사람이 되어서 돌아오겠지."

한페이타가 격려했다.

번사가 고향 땅을 벗어나기 위해서는 소속된 번의 허가가 필요했다. 그러려면 하급무사의 경우 유력한 상급무사의 도움이 필수였다. 어떻게 해서든 에도로 가고 싶었던 야타로는 얼굴도 모르는 상급무사인 다카야나기 시게미쓰의 저택으로 무턱대고 찾아갔다.

"저를 에도로 보내 주십시오."

"누구냐, 너는?"

"이와사키 야타로라고 합니다. 저만큼 머리가 좋은 하급무사는 어디에도 없습니다. 에도에 가야 할 사람은 료마 같은 바보가 아니라 바로 접니다. 제발 부탁입니다. 다카야나기 님의 힘으로 저를 에도로 보내 주십시오."

너무도 뻔뻔스러운 야타로의 말에 다카야나기는 하도 어이가 없어 화조차 나지 않았다.

가오는 혼자 절에 가서 료마가 무사하길 빌고 있었다.

"료마 씨가 무사히 에도에 다녀오게 해 주세요."

막 돌아가려는데 료마가 경내의 돌계단을 올라왔다.

"가오…… 혼담은 어떻게 되었어?"

"……지금 진행시키고 있어요."

료마는 심각한 얼굴로 가오를 보았다.

"나도 네가 좋아. 하지만 너를 여자로 여기는지 아니면 그냥 여동생처럼 귀여워하는 건지는 잘 모르겠어. 게다가 지금 나는 넓은 세상에 나가 보고 싶고, 세상에 대해 알고 싶은 마음이 간절하다. 내가 무엇을 이루기 위해 태어났는지 에도로 가서 찾아봐야 해."

가오는 료마가 나름대로 열심히 자신을 생각해 주고 있다는 것을 충분히 느낄 수 있었다.

"고노스케 님은 좋은 분이지. 틀림없이 너를 소중히 아껴 주실 거야."

"저도 지금 절에 와서 좋은 혼담이 들어오게 해 주셔서 감사하다고 부처님께 인사드리고 가는 길이에요."

료마가 미련 없이 길을 떠나는 것이 가오가 해 줄 수 있는 선물이었다. 떠나는 사람에게 눈물을 보이면 안 된다고 속으로 되뇌며 가오는 생긋 웃으면서 먼저 자리를 떴다.

가오의 뒷모습을 바라보며 료마는 마음의 동요를 없애려는 듯이 자신을 타일렀다.

"잘한 거야."

하치헤이는 '수련 중 지켜야 할 마음가짐'으로 세 가지 항목을 적었다.

하나, 한시도 충효를 잊지 않고 수련을 제일로 여길 것.

"료마, 너는 주군의 윤허를 받아서 에도로 갈 수 있게 된 것이다. 그 사실을 잊지 말고 수련에 전념하도록 해라."

하나, 물건에 마음이 사로잡혀 돈을 낭비하지 말 것.

"혼자 살면 돈이 얼마나 귀한 것인지 알게 된다. 낭비하지 말거라. 훌륭한 사람이 되고 싶으면 언제나 세상과 나라를 생각하며 살아야 한다."

하나, 색정에 빠져서 국가 대사를 잊지 말 것.

"에도에 아무리 어여쁜 여자가 있다 해도 거기에 넋이 빠져서는 안 된다."

하치헤이가 하나하나 짚어 가면서 훈계했다. 료마는 얌전히 듣고 있었다.

곤페이가 나서서 아버지가 쓴 글을 읽어 주었다.

"이와 같은 세 가지 항목을 가슴에 새기고 수련에 정진해 훌륭하게 되어서 귀향하도록 하라. 이것이 아비가 주는 훈계니라. 언제나 곁에 두고 날마다 읽도록 해라."

"감사합니다, 아버지."

료마는 하치헤이의 글을 두 손으로 공손히 받아 들었다. 가슴이 벅차올라 눈물이 나올 것만 같았다.

1853년 3월 17일, 료마는 아버지 하치헤이, 새어머니 이요, 형 곤페이, 누나 오토메, 그리고 형수 지노 등의 환송을 받으며 집을 나섰다.

료마와 히로노조는 논 사이로 난 길을 빠른 걸음으로 나아갔다. 도중에 료마는 발걸음을 멈추고 뒤를 돌아보았지만 벌써 도사 마을은 보이지 않았다. 앞서 가는 히로노조를 쫓아가려고 료마가 다시금 걸음을 내디뎠다.

"가오……."

멀리 있는 나무 그늘에서 가오가 자신을 배웅하고 있었다. 가오는 머리를 깊이 숙여 보이는 것으로 인사를 대신했다. 료마도 고개를 살짝 숙이고는 그대로 가오를 바라보았다.

"료마! 뭐하고 있어?"

히로노조가 벌써 저만치 멀어져서는 료마를 불렀다.

―료마는 아무것도 모르고 있었던 게야. 자기가 얼마나 복 받은 처지였는지. 이때 에도를 향하고 있었던 사람이 료마 혼자만이 아니었다는 사실도 물론 몰랐을 테지.

페리 제독을 태운 서스퀘해나호는 중국 광둥성 남쪽에 있는 마카오에 정박하고 있었다. 일본을 노리는 서양 각국의 움직임이 귀에 들어왔다. 페리는 서둘러 에도로 향했다.

료마와 히로노조는 산길을 걸었다. 다테가와, 우마타테 그리고 다도쓰의 관문을 지나면 세토내해가 나온다. 거기서부터 오사카까지는 바닷길로 가고, 오사카에서 다시 육로로 교토를 향하게 된다.
"피가 끓네요."
료마가 흥분으로 몸을 부르르 떨다가 갑자기 그 자리에 우뚝 섰다. 무언가의 기척이 느껴져서 숲 속을 뚫어져라 쳐다보았다.
"누구냐!"
날카롭게 물었다. 부스럭부스럭하는 소리와 함께 풀숲이 흔들리더니 찢어진 삿갓을 쓴 남자가 나와 얼굴을 보였다.

"나다."

"야타로……!"

"나도 같이 에도로 갈 거다. 내가 얼마나 수재인지 알고는 깜짝 놀라 번에서 금방 통행증을 내주더군. 나도 에도로 가서 천하에서 제일가는 학자인 아사카 곤사이 선생님의 제자로 들어갈 거다."

야타로는 품에서 통행증을 꺼내 보여 주었다. 아사카 곤사이는 에도에서도 학식이 높기로 유명한 유학자였다. 료마는 길동무를 반갑게 맞았다.

"정말이야, 야타로? 정말 잘됐네. 좋아, 같이 가자고."

히로노조는 수상한 차림새의 야타로를 보며 눈살을 찌푸렸다. 하치헤이로부터 료마를 부탁받은 책임 때문이었다.

"잠깐만, 료마. 난 이렇게 막돼먹은 녀석은 싫다."

"뭐야, 당신? 난 이 녀석하고는 어렸을 적부터 아는 사이라고. 야, 너도 말 좀 해 줘. 내 몫은 네가 내주겠다고 말이야. 번에서 여비까지는 주지 않더라고. 부탁해, 료마."

야타로는 거만한 태도로 뻔뻔스러운 말을 아무렇지도 않게 내뱉더니 후딱 앞장서 걷기 시작했다.

히로노조는 등장부터가 수상한 야타로를 못마땅하게 보았지만 료마는 여비 정도는 내줄 요량이었다.

"뭐 어때요. 아껴 쓰면 한 사람 몫쯤은 어떻게든 마련할 수 있어요."

히로노조는 료마의 아량에 깜짝 놀랐다.

야타로는 가족에게 아무런 말도 하지 않고 집을 나왔다. 남겨두고 온 어머니와 여동생을 생각하면 가슴이 아프지만 이제 와서 되돌아갈 수는 없는 일이었다. 그렇게 가다보니 어느새 다테가와 관문에 다다르게 되었다. 도사 땅은 여기까지였다.

관문에서는 담당 관리에게 통행증을 제시해야만 그곳을 통과할 수 있었다. 히로노조, 료마가 무사히 통과한 다음 야타로 차례가 되었다.

"구라타 야스베입니다."

야타로는 태연자약하게 말했다. 료마와 히로노조는 깜짝 놀란 표정으로 야타로를 쳐다보았고, 이어서 통행증을 조사하는 관리의 눈치를 살폈다.

"통과."

야타로는 당연하다는 듯이 관리 앞을 지나쳐서 료마와 히로노조가 있는 곳으로 왔다.

"감쪽같다니까."

야타로는 회심의 미소를 지으며 말했다.

담당 관리가 보이지 않는 곳까지 간 다음 료마는 야타로가 보여 준 구라타 야스베의 위조 통행증을 이리저리 살펴보았다.

"진짜랑 똑같네……."

도장까지 제대로 찍혀 있었다. 히로노조는 료마 옆에서 야타로의 위조 통행증을 들여다보았다.

"어쩌려고 이렇게 엄청난 짓을 저지른 거야? 그러다 들통 나면 어쩌려고? 참수를 당해도 할 말이 없단 말이야."

야타로는 일부러 더 여유롭게 기지개를 켜며 말했다.

"누가 들통이 난다고 그래? 가짜인 걸 알아챌 사람은 아무도 없어."

료마는 갑자기 무서워졌다. 관문은 앞으로도 많이 남아 있었다. 에도까지 가려면 수도 없이 많은 관문에서 조사를 받아야 한다.

"어쩌자고 이런 짓을……."

"어쩌자고? 너희보다도 훨씬 더 신분이 낮은 지하낭인이 도사에 남아 봤자 무슨 좋은 일이 있겠어? 상급무사에게 짓밟히고 땅바닥을 기어다니며 비참하게 목숨이나 부지할 뿐이지. 게다가 우리 아버지는 매일 같이 노름과 싸움만 일삼고 다니지. 그 집구석에 남아 있는 한 난 평생 도사에서 벗어나 보지도 못하고 죽을 거란 말이야."

야타로의 피를 토하는 듯한 절규에 료마도 히로노조도 압도당했다. 야타로는 느닷없이 바닥에 엎드리더니 고개를 땅에 대고 큰절을 하며 애원했다.

"부탁이야, 료마! 나도 데려가 줘. 난 에도에서 학문하고 싶단 말이야."

"안 된다, 료마. 안 돼. 이런 놈과는 상종도 하지 마."

히로노조는 료마가 정에 흔들려서 일을 그르치지 않도록 충고했다.

료마도 사태의 심각성을 알고 있었다.

"아무래도 무리야, 야타로. 만약 통행증을 위조한 것을 들켜서 나에게까지 추궁이 돌아오면 여기 있는 미조부치 씨에게도 폐를 끼치게 돼. 난 너를 못 데려갈 것 같다. 갑시다, 미조부치 씨."

료마는 히로노조에게 말하더니 짐을 들고 걸어가기 시작했다.

"빨리 집으로 돌아가라."

히로노조가 나지막한 목소리로 타이르더니 료마를 뒤따라갔다.

"……안 가! 너만 에도로 가게 내버려 둘 것 같아?"

야타로가 아귀 같은 형상으로 쫓아왔다.

"아, 따라 온다!"

뒤를 돌아본 히로노조가 외치는 소리를 듣더니, 료마가 갑자기 달리기 시작했다. 히로노조도 허겁지겁 뒤따라 뛰었다.

"저 새끼가!"

야타로가 흙먼지를 일으키면서 뒤따라 달려왔다.

"포기해, 야타로!"

료마가 속도를 더 냈다.

"누가 포기할까 봐!"

야타로도 지지 않으려고 속도를 냈다. 그러고는 히로노조까지 추월해서 필사적으로 뛰었다.

"나를 두고 가면 어떡해!"

히로노조가 울상이 되어 외쳤다.

"이겼다. 내가 완전히 휩쓸었다고! 자, 봐라!"

야지로는 대문을 덜컹하고 거칠게 열어젖히면서 품속에서 두둑한 돈주머니를 꺼냈다. 안에서 쩔렁 하고 묵직한 동전 소리가 났다.

"야타로! 네가 가지고 싶어 하던 책이다! 빨리 나와 봐라, 야타로."

큰 소리로 불렀지만 대답이 없었다. 아내인 미와와 딸 사키가 넋이 빠진 표정으로 주저앉아 있을 뿐이었다.

"없어요. 책도 칼도 다 없어졌어요. 야타로가 집을 나가 버렸단 말이에요."

미와가 와락 울음을 터뜨렸다.

다케치 도장에서는 이날도 열띤 검술 훈련이 벌어지고 있었다.

"이야아앗!"

이조가 엄청난 기세로 달려들어 죽도로 머리를 내리치자 에키치가 휘청거리며 벽에 부딪혔다.

"실력이 또 늘었네, 이조. 너는 검술에 재능이 있어. 열심히 노력하면…… 그래, 료마도 이길 수 있을 거다."

한페이타는 이조의 실력을 칭찬했다.

도장에서 훈련을 끝내고 혼자가 된 한페이타는 아까와는 다른 사람처럼 어두운 표정으로 하늘을 올려다보았다. 에도는 바랄 수조차 없는 머나먼 꿈이었다.

도장에서는 슈지로, 이조, 가메야타 등 문하생들이 돌아갈 준비를 하고 있었다. 이조는 훈련 때 칭찬을 받은 기쁨에 아직도 흥분한 상태였다.

"다케치 씨는 정말 훌륭한 분이야. 나를 어엿한 사무라이로 대접해 주는 사람은 저분밖에 없어."

"이조는 다케치 씨한테 홀딱 빠졌다니까."

슈지로가 그렇게 말하며 놀렸지만, 사실 문하생들은 모두 한페이타를 경애하고 있었다.

드르륵 하고 문이 열렸다. 야지로가 벌겋게 핏발 선 눈으로 서 있었다.

"야타로가 어디 있는지 아는 사람 없어? 우리 아들이 어디 갔는지 누가 아느냐고! 어디로 갔는지 찾을 수가 없단 말이야."

술집 같은 곳은 모조리 찾아보았지만 어디에도 없었다. 슈지로와 다른 사람들은 야지로에 대한 나쁜 소문을 들어 알고 있었다. 세이헤이도 야지로를 탐탁지 않게 생각하던 사람 중 하나였다.

"아무리 찾아도 없으면 집에서 도망친 거겠네."

"웃기는 소리 하지 마!"

그렇게 실랑이를 하던 것이 나중에는 멱살잡이가 되었고, 야지로는 마구잡이로 주먹을 휘둘러 댔다.

장지문이 저녁 햇살을 받아 붉게 물들었다. 가오는 바느질 도구를 앞에 두고 생각에 잠겨 있었다. 도장에 갔다 돌아온 오빠 슈지로의 목소리가 들리자 가오는 번뜩 정신이 돌아왔다.

"지금 가라키 님 댁에 다녀올게. 혼담을 받아들이겠다고 말씀드리고 인사도 드려야지."

"잠깐만 기다려봐요, 오라버니. 아무래도 난…… 난…… 가라키 님과의 혼담은 거절해 주세요."

"가오!"

"부탁드려요."

가오의 표정에는 절대로 물러서지 않겠다는 강한 의지가 드러나 있었다.

날이 저물자 여관가에서 벗어난 산길 옆 싸구려 여인숙에 불이 밝았다. 여인숙의 문 하나가 열리더니 료마가 밖으로 나왔다. 근처 풀숲을 보니 아예 배짱을 부릴 생각인지 야타로가 책상다리를 하고 앉아 있었다.

"거기서 노숙할 거야?"

"돈이 없으니까."

잠자리는 고사하고 오늘 저녁 끼니도 때우지 못했다. 료마는 그런 야타로의 모습을 못 본 척할 수가 없었다.

목욕탕에 몸을 담근 야타로는 기분이 좋아 콧노래까지 흥얼거렸다. 그런데 극락에 있는 듯한 기분이 문득 뚝 끊겨 버렸다. 어머니가 자기를 위해 모아 주었던 단지 속의 동전. 그 정성을 보며 감격했던 것도 잠시뿐, 아버지는 그 돈까지도 모조리 도박으로 날려 버렸다.

(이 애비는 정말 구제불능이다. 이런 애비가 살아 있은들 무슨 소용이 있겠냐? 그냥 확 죽어 버리는 게 낫지.)

머릿속에서 아버지의 목소리가 들리는 바람에 좋았던 기분을 확 잡쳐 버렸고, 야타로는 뜨거운 물로 어푸어푸 얼굴을 씻어 냈다.

목욕탕에서 나와 방으로 들어가려는데 화투를 치는 남자들의 시끌벅적한 소리가 들려왔다. 다들 얼근하게 취한 모양이었다. 그중 하나로 보이는 남자가 뒷간에서 나왔다.

"으응? 너 이와사키네 아들이지?"

"사람 잘못 봤소."

옆으로 지나치려고 하는 야타로의 팔을 남자가 와락 붙들었다.

"네 아비한테 빌려 준 돈이나 빨리 갚아."

남자는 억지로 야타로의 팔을 잡고 밖으로 끌고 나갔다. 그 뒤를 따라 화투를 하던 남자들이 우르르 몰려나왔다.

"믿어 주시오. 난 구라타 야스베라는 사람이란 말이오."

필사적으로 가짜 이름을 둘러댔지만 아버지와 함께 새장을 팔러 다니던 야타로는 이미 많은 사람에게 얼굴이 알려져 있었다. 이대로 가다가는 반죽음을 당할 판이었다.

숙소 여주인이 알려 줘서 료마와 히로노조가 밖으로 나갔을 때, 야타로는 몇 명의 남자들에게 벌써 얻어맞고 있었다.

　"잠깐 기다려 주시오. 다들 사람을 잘못 봤소. 여기 이 사람은 구라타 야스베라고 하오."

　료마가 남자들 틈으로 파고들어 야타로를 빼내려고 했다.

　"빨리 방으로 들어가자, 야스베. 이러다가 감기 걸리겠다."

　남자들이 가만두고 볼 리가 없었다. 한 남자가 료마의 멱살을 잡았다.

　"허튼수작 부릴 생각하지 마라. 이놈 아비한테 빌려 준 돈이 자그마치 얼마인 줄이나 알아?"

　위협하던 남자가 료마에게 관절을 잡히자 비명을 질렀다. 유도 기술에 당한 것이다.

　또 다른 남자가 칼을 뽑았다. "이놈!" 하면서 칼을 들고 료마에게 달려들다가 그 자리에서 얼어 버렸다. 어느새 료마의 칼날이 그 남자의 턱밑에 가 있었던 것이다. 전광석화 같은 솜씨였다.

　"난 마음만 먹으면 너희쯤은 모조리 베어 죽일 수 있다."

　료마가 상대할 수 없는 고수임을 깨닫자 남자들은 너나 할 것 없이 도망쳤다.

　"게으르고 속없는 도련님이라고만 들었는데……."

　히로노조의 눈이 휘둥그레졌다.

　"아무튼 일이 해결되었으니 그나마 다행이다" 하고 료마가 말을 걸었다.

"큰일 날 뻔했네, 야타로."

"그놈의 영감탱이…… 도대체 어디까지 내 앞길을 막는 거야……."

야타로의 입에서 나온 것은 아버지에 대한 원망이었다.

방으로 돌아오자 히로노조는 부드럽게 야타로를 꾸짖었다.

"반성하고 생각을 고쳐먹어라, 야타로. 료마가 살려 주지 않았으면 넌 큰일을 당할 뻔했다."

"됐어. 그딴 놈들 나 혼자서도 충분히 처치할 수 있었다고."

야타로는 이불을 머리 위로 훌렁 뒤집어썼다. 히로노조는 어이가 없기도 하고 화가 나기도 해서 료마가 한 대쯤 패 주면 속이 시원해질 것 같았다.

그런데 료마는 히로노조와 야타로에게 등을 돌린 채 손에 든 종이에 시선을 떨구고 있었다.

"난 인간이 덜 되었어요. 아버지께 면목이 없어요."

료마가 손에 들고 있는 것은 하치헤이가 준 글이었다.

"수련 중 지켜야 할 마음가짐."

히로노조가 옆에서 소리 내어 읽자 야타로는 이불 속에서 몸을 돌려 흘깃 그 글을 보았다.

료마는 계속 뉘우쳤다.

"그런 일로 칼을 뽑다니 전 정말 한참 모자라는 놈이에요."

"이 글에는 정말 자식을 생각하는 아버지의 마음이 담겨 있구나."

히로노조는 마음이 훈훈해졌다.

밤이 깊어 료마와 히로노조는 코를 골면서 잠들어 있었다. 야타로가 슬금슬금 자리에서 일어나더니 료마의 짐을 뒤져서 부적 주머니를 꺼냈다. 그 안에 료마가 소중하게 간직하던 종이가 들어 있었다. 야타로는 종이를 꺼내서 달빛 아래 놓았다.

하치헤이가 손수 적은 세 가지 당부가 달빛에 비쳤다.

수련 중 지켜야 할 마음가짐. 한시도 충효를 잊지 않고 수련을 제일로 여길 것, 물건에 마음이 사로잡혀 돈을 낭비하지 말 것, 색정에 빠져서 국가 대사를 잊지 말 것.

마지막에는 '3월 길일에 늙은 아비가 료마에게'라고 적혀 있었다.

야타로는 감탄하면서 그 글을 읽었다.

자고 있는 줄 알았던 료마가 몸을 일으켰다.

"우리 아버지는 엄한 분이셔. 하지만 아들인 나를 진심으로 생각해 주시지. 이건 내 보물이야. 너희 아버지의 마음도 마찬가지일 거라고 생각해."

"……네가 뭘 안다고 그래."

통행증이 위조임이 발각되면 야타로는 참수를 면하지 못한다. 야타로가 그런 위험을 감수하면서까지 에도로 가고 싶은 이유는 료마에게 뒤처지기 싫어서였다.

"네가 말한 대로 나는 많은 혜택을 받은 사람인지도 몰라. 하지만 나도 나름대로 각오를 가지고 도사를 떠나 왔어. 앞으로 어떻게 될지 모르는 것은 너나 나나 마찬가지야."

"너랑 내가 마찬가지라고? 료마, 넌 밥 굶어 본 적 있나?"

야타로는 뱃속에서 끓어오르는 분노를 뿜어내듯 낮은 목소리로 배고픔이 얼마나 사람 마음을 황폐하게 만드는지 아느냐며 이 세상에 태어난 것조차 원망스럽게 느꼈던 괴로운 심정을 쏟아 냈다.

"너희 집은 하급무사라고는 해도 부자야. 원래 고리대금을 하는 사이타니야였으니까. 넌 먹고살 걱정 없이 그냥 검술만 배우면 되었겠지만 난 달랐어. 농민들과 똑같이 밭을 매야 했고, 새장도 팔러 다녀야 했어. 그러면서 어떻게든 이 비참한 생활에서 벗어나고 싶다는 일념으로 필사적으로 책을 읽었지. 나에게는 학문만이 유일한 희망이었어.

그렇지만 말이야, 아무리 열심히 살아도 아무도 도와주지 않더라. 땅바닥에 얼굴을 비비면서 죽어라 애원해도 나를 에도로 보내 주겠다는 놈은 하나도 없더라고! 그런데 너는…… 너는……! 난 모든 것을 다 버리고 왔어, 모조리 다! 그러니까 너랑 내가 같다는 말도 안 되는 소리는 집어치워!"

야타로는 이부자리로 돌아가더니 이불을 머리 위로 확 뒤집어썼다. 억울하고 분해서 눈물이 나올 것만 같았다.

료마는 안일하게 격려하려고 했던 자신의 경솔함이 부끄러웠다.

이튿날 아침 숙소를 나온 료마와 히로노조는 녹음이 우거진 산길을 열심히 걸었다. 두 사람 뒤에서 야타로가 뻔뻔스럽게 료마의 등을 노려보면서 따라오고 있었다.

"바다다……."

료마가 발걸음을 멈추었다. 눈 아래로 세토내해가 보였다. 하지만 료마가 바다에 마음을 빼앗긴 것도 한순간이었다. 산길을 내려서면 곧바로 마주치게 될 건물이 보였던 것이다. 다도쓰 관문이었다.

"같이 가자, 야타로. 네가 어떤 각오로 떠나 왔는지 잘 알았어. 내가 힘이 되어 줄게."

아연실색한 것은 같이 있던 히로노조였다.

"료마, 위조 통행증인 게 발각되면 우리도 무사하지 못해!"

"죄송해요, 미조부치 씨. 전 아무래도 야타로를 그냥 두고 갈 수 없어요."

"이 바보 같은 녀석아!"

다도쓰 부교소 안으로 들어서 료마, 야타로, 히로노조는 셋이 나란히 앉았다. 조사 담당 관리가 돌아다니면서 한 사람씩 통행증을 확인하고 있었다.

"미조부치 히로노조는 에도에 학문 수행차 가는가?"

"네."

"음…… 사카모토 료마는 검술 수련이라. 훌륭한 마음가짐이구먼."

"감사합니다."

"그리고…… 구라타 야스베도 학문 수행이로군."

관리가 야타로의 통행증을 검사했다. 아까까지만 해도 자신만만하게 자기 차례를 기다리던 야타로가 잔뜩 긴장해 있었다. 관리가 얼굴을 들고 야타로를 보았다.

"에도에 있는 어느 사숙으로 가는가?"

"아사카 곤사이 선생님의 겐잔 사숙입니다."

"그래. 그분은 아주 훌륭한 학자시지. 열심히 공부하도록."

관리는 료마 일행의 통행을 허가했다. 세 사람이 일어서려는데 관리가 "잠깐만" 하고 불러 세웠다. 야타로의 통행증을 다시 점검하고 있었다. 발행인 칸에 '아키 군(지금의 히로시마 현) 부교 하세가와 가쓰노조'라는 서명과 날인이 있었다.

"인감대조표를 가지고 오라."

관리는 가문 이름과 인감이 죽 늘어서 있는 대조표를 펼치더니 하세가와 가쓰노조의 서명과 인감을 야타로의 통행증에 있는 서명 날인과 비교했다.

"……구라타 야스베는 여기 남도록. 별실에서 재검사를 받아야 한다."

료마는 가능한 한 아무렇지도 않은 것처럼 물었다.

"무슨 문제가 생겼습니까? 다테가와 관문에서는 아무 말씀 없이 통과시켜 주셨는데요."

"글씨체에는 제각기 특징이 있게 마련인데, 그 점이 좀 신경 쓰여서 말이지."

"하지만 오늘 배를 타지 않으면 곤란합니다."

"너희는 먼저 가도 상관없다."

"그래도 같이 여행하는 일행인데 그럴 수는 없지요."

료마는 끈질기게 말했다.

야타로는 필사적으로 머리를 굴리다 느닷없이 큰 소리로 외쳤다.

"아닙니다! 이 사람들과 저는 아무런 상관이 없습니다. 어젯밤 숙소에서 처음 만나 제가 같이 노름이나 한판 하자고 했습니다. 그 판에서 제가 지는 바람에 엄청난 빚을 지게 되었는데 이 남자는 어떻게 해서든 그 돈을 받아내려고 이렇게 제 뒤를 끈질기게 따라다니는 겁니다."

야타로는 자리에서 벌떡 일어서더니 어안이 벙벙해진 료마에게 최후통첩을 하듯이 쏘아붙였다.

"이제 얼굴 보기도 지긋지긋하다. 어서 빨리 내 눈앞에서 꺼져 버려!"

"어이."

료마가 야타로의 옷깃을 붙잡았다.

"이거 놔!"

야타로는 료마의 손을 뿌리치더니 곧바로 달려들었다.

"여기가 어딘 줄 알고 이 소란이냐!"

관리가 호통을 쳤고, 곧바로 포졸들이 달려왔다.

야타로는 포졸들에게 붙잡혀서도 계속 소리를 질러 댔다.
"난 에도에는 안 간다! 도사로 돌아갈 거다. 네 얼굴은 두 번 다시 보고 싶지 않으니까 썩 꺼져 버리라고!"

야타로는 료마를 노려보면서 포졸들에게 끌려갔다. 뒤따라가려고 일어서는 료마의 옷자락을 히로노조가 붙잡으며 말렸다.
"안 돼! 이제는 어쩔 수 없어."

다도쓰 항구에서 료마와 히로노조를 태운 배가 출항했다.
"야타로는…… 어떻게 될까요?"
료마는 잔잔한 바다를 바라보면서 물었다.
"우선 신원 조사를 받은 다음……."
히로노조는 그 이후의 일을 입에 올리는 것이 망설여졌다.
"그 녀석은 우리를 끌어들이지 않으려던 거야. 자기의 꿈까지 너에게 맡긴 거다."
"하지만 야타로는…… 야타로는 이제……."
료마는 가슴이 미어졌다. 이 괴로움을 견딜 수 있을 것 같지 않았다. 히로노조도 쓸쓸한 마음을 안고 항구 쪽을 돌아보았다. 바닷가 벼랑 위에 한 남자가 서 있었다.
"……료마."
료마는 우울한 표정으로 히로노조의 시선을 따라갔다. 얼굴과 옷이 온통 엉망진창인 남자가 거친 숨을 내쉬면서 료마 일행이 타고 있는 배를 노려보고 있었다.

"야타로!"

"저 녀석, 도망쳤구나. 도망쳤어!"

히로노조가 신이 나서 외쳤다.

벼랑 위에서 야타로가 뭐라 외치고 있었다.

"난 네 말을 듣고 생각을 바꾼 게 아니다, 료마. 그냥 내가 돌아가기로 결정한 거야!"

하지만 야타로의 목소리는 료마의 귀에 들리지 않았다.

히로노조의 눈에 눈물이 맺혔다.

"저 녀석, 일부러 우리한테 작별 인사를 하러 온 거야."

"넌 역시 좋은 녀석이었어, 야타로!"

료마가 목청을 다해 외쳤다.

야타로는 배에 있는 료마에게 들리도록 온 힘을 다해 소리쳤다.

"너 혼자만 에도로 가는 거냐! 이 나쁜 놈아! 가다가 고꾸라져 죽어 버려라!"

료마의 귀에는 그 말이 들리지 않았다. 하지만 료마는 야타로가 전하고 싶어 하는 뜻을 알 듯한 느낌이 들었다.

"알았어! 알았다고. 네 마음도 같이 가지고 에도로 갈게. 내가 네 뜻도 가지고 간다고!"

"이 바보야! 너 같은 놈 정말 질색이야."

"잘 있어, 야타로. 잘 있어!"

료마는 벼랑을 향해 팔을 크게 흔들었다.
"제기랄!"
야타로는 몸을 돌려서 숲 속으로 들어갔다.
히로노조는 크게 웃으면서 감탄했다.
"저 녀석은 죽여도 죽지 않을 거야."
야타로의 모습이 벼랑에서 사라지자 료마는 다시 앞쪽을 바라보았다.
"이 바다만 건너 육로를 따라가면 에도다."
새로운 가능성이 료마를 기다리고 있었다.

제4장
에도의 무서운 미인

에도에 당도한 료마와 히로노조는 쓰키지에 있는 도사 번저에 짐을 풀었다. 좁은 방을 다른 사람들과 같이 써야 하기 때문에 생활이 좀 갑갑할 것 같았다.
"우선 지바 도장에 인사하러 가요."
료마가 일어섰다.

—1853년 4월, 사카모토 료마와 미조부치 히로노조는 드디어 에도에 도착했지. 도사를 출발한 지 한 달째 되는 날이었어. 지바 도장은 지바 슈사쿠가 세운 호쿠신 잇토류의 명문 도장으로, 교신 메이치류, 신도 무넨류와 더불어 에도 검술의 3대 유파로 꼽히는 곳이었지.

에도는 활기찬 곳이었다. 기세 좋은 에도 사투리가 오가는 한편으로 여러 지방 말이 교차하곤 했다. 일본 전역에서 상인들이나 직공들이 일을 찾아서 모여들었기 때문이다.

료마는 활기 넘치는 에도의 거리를 걷다가 교바시의 오케마치에서 지바 도장 간판을 발견했다.

"여기에 전국에서 모인 검술의 고수들이……."

큰 도장을 들여다보니 아이들과 여자들이 소리를 지르면서 죽도를 휘두르고 있었다. 료마는 맥이 빠졌다. 사범으로 보이는 남자가 싱글벙글 웃으면서 가르치고 있었다. 남자는 료마를 보더니 웃는 얼굴 그대로 말을 걸었다.

"입문을 희망하시는가?"

"도사에서 온 사카모토 료마라고 합니다."

"오, 사카모토 군, 기다리고 있었네. 난 지바 주타로라고 하네. 이 집 장남이지. 잘 부탁해."

싱글벙글하며 초보자들을 가르치고 있는 주타로가 나중에 천하의 지바 도장을 이어갈 사람인가 싶어 료마는 여우에 홀린 듯한 기분이 들었다.

"요즘에는 여자들이나 아이들, 상인들이 입문하는 경우가 많이 늘어서 말이야. 다들 몸을 단련하기 위해 죽도를 휘두르지. 전쟁이 없는 평화로운 치세가 250년이나 계속되지 않았는가? 이제 에도에서는 검술이 마을 사람들의 도락인지도 모르겠네."

주타로는 설명을 늘어놓으면서 복도를 따라 료마를 안내했다.

도장 경영 자체가 어려워진 시대였다. 주타로의 이야기를 듣고 료마는 머릿속에 떠오른 생각을 그대로 말했다.

"도장에 큰 북을 들여놓으면 어떨까요?"

북소리에 맞춰 죽도를 휘두르면 즐겁기도 할 터이고, 그러면 지바 도장이 재미있다는 소문도 낼 수 있다.

"야, 이거 놀라운데. 그런 생각을 하는 사무라이가 있을 줄이야."

사실 오히려 료마야말로 놀랐다. 검술 실력이 뛰어난 사무라이들이 밤낮을 가리지 않고 수련하고 있으려니 각오하고 왔는데 펼쳐진 것은 전혀 다른 광경이었다.

주타로는 아까보다 작은 도장으로 료마를 안내했다. 문을 열자마자 엄청난 기합이 느껴졌다. 10여 명의 사람들이 수련을 하고 있었다. 그런데 수련이라는 말로는 표현할 수 없을 정도로 박력이 넘치고 있었다.

제일 윗자리에 앉아 있는 사람이 도장의 주인인 지바 사다키치였다. 호쿠신 잇토류의 창시자 지바 슈사쿠의 친동생이기도 했다. 주타로가 다가가 뭔가 귀띔을 하자 사다키치가 고개를 끄덕였다.

이어서 주타로가 료마를 불렀다. 료마는 긴장하면서 사다키치가 있는 곳으로 다가갔다. 그러러고는 품속에서 소개장을 꺼내 사다키치 앞에 내민 다음 바닥에 엎드려 절했다.

"도사 번사인 사카모토 료마라고 합니다. 저희 고향의 오구리

류 히네노 벤지 선생님의 추천을 받아 오늘 이렇게 찾아뵈었습니다. 아무쪼록 문하생으로 받아 주십사 부탁드리는 바입니다."

사다키치는 소개장을 훑어보았다.

"실력이 상당한 모양이군."

"아직 많이 부족합니다."

문하생들이 수련을 중단하고 숨을 헐떡거리면서 료마를 아래위로 쳐다보았다.

"그럼 당장 시합을 해 보도록 하게."

사다키치는 제자들을 둘러보더니 료마 뒤쪽에 서 있던 사람으로 정했다. "네" 하고 가느다란 목소리가 대답했다.

"여자……?"

료마가 깜짝 놀라 뒤돌아보니 아직 나이가 얼마 되지 않아 보이는 아가씨였다. 젊은 여인은 긴장하지 않은 평온한 얼굴로 료마를 마주했다.

주타로가 심판을 보았다.

"시작!"

료마와 젊은 여인은 획 하고 떨어져서 자세를 잡았다. 료마는 발을 바닥에 고정시킨 종목다리撞木足였다. 칼끝을 딱 고정시키고는 한 치도 움직이지 않는 방식이었다. 젊은 여인은 척령鶺鴒 자세로 다리를 가볍게 앞뒤로 움직이면서 칼끝은 항상 불규칙하게 움직이는 방식을 취했다.

젊은 여인이 머리를 노리며 앞으로 뛰어들었다. 료마는 머리를 뒤로 빼고 칼끝으로 간신히 막았지만 젊은 여인은 민첩한 움직임으로 쉴 새 없이 공격을 하며 들어왔다.

방어하는 데 급급하던 료마는 어느새 손등을 맞고, 허리를 맞고, 머리까지 맞았다.

"거기까지!"

젊은 여인은 아무 일 없었다는 듯이 원래 위치에 정좌했다. 문하생들은 그러면 그렇지 하는 표정으로 태연하게 둘을 바라보고 있었다. 오로지 료마 혼자서만 망연자실해 바닥에 주저앉았다.

"한 번만 더! 한 번만 더 대결하게 해 주십시오."

"오늘은 첫날이야. 이쯤 해 둬."

주타로가 말렸지만 료마는 도저히 납득할 수가 없었다. 문하생들이 우습다는 얼굴로 보고 있었다. 료마는 더욱 고집이 생겼다.

"사카모토 군, 사나는 내 딸이네."

사다키치의 말을 듣고 료마는 새삼 상대의 얼굴을 바라보았다. 젊은 여인은 호구를 벗어서 옆에 놓고 앞을 바라보았다. 지바 사나, 료마보다 어린 열여섯의 소녀였다.

"자네만이 아니야. 이 중에서 사나를 이길 수 있는 사람은 하나도 없네."

사다키치에게 실력 부족을 정확하게 지적당하자 문하생들은 체면이 깎였다는 생각에 모두 얼굴에서 미소가 싹 사라졌다.

도사 번저로 돌아가자 료마는 곧장 그날의 시합에 대해 히로노조에게 이야기했다.

"저보다도 훨씬 작은 여자애가 그렇게 강할 줄이야……."

"사나 아가씨야 워낙 유명해. 지바의 무서운 미인이지."

"무서운 미인?"

"외모는 귀엽고 사랑스러운데 한번 칼을 잡았다 하면 귀신처럼 무섭다는 뜻이지."

"……그 말이 딱이네요. 호쿠신 잇토류는 정말 대단한 것 같습니다."

료마는 첫날부터 호쿠신 잇토류의 저력을 엿본 듯한 느낌이 들었다.

"내가 검술을 가르쳐 주지."

한페이타는 구로다 기치조, 노가미 세이키치, 다야마 가쓰타로 등을 비롯한 젊은 청년 여러 명을 다케치 도장으로 끌어들였다. 그러던 어느 날 새장을 팔러 다니는 야타로를 보게 되었다. 야타로는 다도쓰 관문에서 무사히 도망쳐 돌아온 후 다시금 미래가 보이지 않는 생활을 계속하고 있었다.

"자네도 우리 쪽으로 와도 돼. 『근사록近思錄』이나 『일본외사日本外史』 같은 것도 가르쳐줄 수 있으니."

"『일본외사』? 그딴 건 벌써 내 머릿속에 다 들어 있어."

한페이타의 말에 야타로는 자기 머리를 가리키며 대답했다.

"그래? 공부를 많이 했군. 하지만 사무라이는 문무양도에 다 능해야지. 자네는 검술을 너무 소홀히 하는 것 같아. 우리 도장에서 수련하면 새장을 팔러 다니는 생활에서 벗어날 수 있을지도 모르지 않는가?"

"어차피 사람들은 에도에서 배우고 돌아온 사람들이 하는 도장으로 몰리게 되어 있어. 료마가 돌아와서 도장을 열면 당신 도장도 당해 내지 못할 걸. 그래서 지금부터 문하생들을 끌어모으려고 하는 건가?"

야타로가 밉살스럽게 비꼬았다. 한페이타로서는 '사고방식이 참 꼬여 있군' 하고 쓴웃음을 지을 수밖에 없었다. 한페이타가 부정의 말을 하지 않아서 그런지 야타로는 혼자 고개를 끄덕이며 비웃었다.

"그렇군, 다케치 한페이타도 질투라는 걸 한단 말이지. 이것 참 재미있네."

그 말을 들은 한페이타는 스스로도 놀랄 정도로 마음이 흔들렸다.

야타로가 집으로 돌아가 보니 아버지가 어깨를 붙잡고 끙끙 신음하고 있었다. 오랜만에 괭이를 잡은 것까지는 좋았는데 어깨를 삐끗하는 바람에 한동안 일을 못할 것 같았다. 먹을 양식도 없어 옴짝달싹 못하는 처지에 놓인 야타로에게 묘안이 떠올랐다.

"나도 사숙을 열겠어. 도사에 이와사키 야타로가 있다는 사실을 세상에 알리는 거야!"

지바 도장에서 검술 실력을 겨루는 문하생들은 모두 상당한 기량을 가지고 있었다. 료마의 실력으로도 좀처럼 당해 낼 수가 없었다. 더구나 사나는 료마 따위는 안중에도 없는 듯했다. 어떻게 해서든 설욕을 하고 싶은 료마는 수련이 끝난 저녁에 홀로 도장에 남아 죽도를 계속 휘둘렀다. 사나가 지난번 시합 때 취했던 척령 자세로 바닥이 땀으로 흥건해질 때까지 마음을 다잡고 죽도를 휘둘렀다. 그러나 좀처럼 생각대로 몸이 움직여지지 않았다.

"아직도 마음에 두고 있나? 사나한테 진 것을……."

주타로가 도장으로 들어왔다.

"그 아이는 말이야, 지바 사다키치의 작품이라네. 아버지는 걸음마도 하기 전부터 그 아이의 손에 죽도를 쥐어 주셨을 정도야. '너는 도장의 살림 따위는 신경 쓰지 않아도 되니까 그저 호쿠신 잇토류의 진수를 다 익혀라'라며 말이지."

그 결과 사나는 지바 도장의 간판이라 자부할 정도로 대단한 실력을 가지게 되었다.

"여자를 본보기로 삼는 것도 재미있네요."

료마는 연습으로 돌아가 기합 소리와 함께 죽도를 휘두르기 시작했다.

주타로는 료마가 연습하는 모양을 잠깐 살피더니 그에게 어떤 점이 부족한지 간파했다.

"사카모토 군, 검을 잡으면 전후좌우 위아래까지 한눈에 모두 들어와야 해. 그런데 그건 아무것도 보지 않는다는 것이기도 하지."

선문답 같은 말을 던지더니 비치된 됫박에서 메주콩을 한 줌 움켜잡고는 료마 발치에 후두둑 뿌렸다.

"그 콩을 하나도 밟지 않도록 조심하면서 발을 끌어 움직여 봐."

료마는 죽도를 들고서 콩을 곁눈질하며 발을 바닥에서 떼지 않고 움직였다.

"아래쪽을 보지 말고."

주타로는 싱글벙글하면서 말도 안 되게 힘든 주문을 하고 있었다.

아래쪽을 보지 않으면서 발을 끌면 콩이 발에 닿았다. 료마는 콩에 정신이 팔렸다.

"상대는 여기 있어."

료마가 목소리 나는 쪽을 보았더니 주타로가 손을 칼처럼 들고 있었다. 아차 싶었을 때 료마는 이미 메주콩을 밟아 버린 후였다.

"열심히 해 봐, 사카모토 군."

주타로는 여전히 싱글벙글 웃으면서 도장을 나가 버렸다.

료마는 바닥에 흩어져 있는 메주콩을 물끄러미 쳐다보았다.

"보지 않고 움직인다……."

료마는 다시금 죽도를 들고 연습에 집중했다.

도장에서 나온 주타로는 사다키치의 방으로 향했다.

"저 사람, 강해지겠는데요."

주타로가 말하자 글을 쓰고 있던 사다키치가 붓을 멈추었다.

"왜 그렇게 생각하느냐?"

"지바 도장의 문을 두드리는 사무라이는 보통 입신출세를 마음에 담고 있기 마련인데 사카모토 군은 다른 것 같습니다. 저 사람은 자기 자신을 위해 강해지려 합니다. 너도 그리 생각하지 않니, 사나?"

마침 사나가 사다키치에게 차를 내오는 참이었다.

"그럴까요?"

사나는 애매하게 미소 지었다. 사나가 놀란 이유는 사다키치도 료마의 재능을 인정했다는 점 때문이었다.

"여기에서 수련에 정진하면 상당한 경지에까지 이를 수 있겠지."

료마에게 그 정도의 힘이 숨겨져 있을까? 사나가 차를 내왔던 쟁반을 손에 들고 복도를 걸어가고 있으려니까 안뜰에 있는 우물에서 료마가 웃통을 벗어 젖힌 채 세수를 하고 있었다.

"몸을 닦을 때는 도장 뒤쪽에 있는 우물을 쓰세요."

사나가 쌀쌀맞게 주의를 주었다.

"아차, 미안하게 되었소."

료마는 허둥지둥 웃옷을 입었고, 사나는 이제 볼일이 없으니가 보려고 했다.

"저어, 한 가지 물어봐도 되겠습니까? 사나 아가씨는 항상 그런 식입니까? 예를 들어서 배를 잡고 웃는다든지 술에 취해서 정신이 흐릿해진다든지 하는 일은……."

"없습니다."

"아, 그렇군요. 우리 오토메 누나하고는 천지차이네요. 같은 여자라고는 생각할 수가 없어요."

"오토메 누나?"

"도사에 있는 제 누이입니다. 어렸을 때부터 남자보다 더 억세서 사카모토 집안의 도깨비라고 불리곤 했지요. 저도 어렸을 때 누나한테 맞고 운 적이 얼마나 많았는지 모릅니다."

"……재미있는 집안이네요."

사나는 흥미 없다는 듯이 떠나 버렸다.

도사의 사카모토가로 료마가 보낸 편지가 도착했다.

"아버님, 어머님, 형님, 모두 건강하신지요. 료마는 에도에서 날마다 검술 수련에 매진하고 있습니다."

료마의 편지에는 지바 도장의 모습이나 에도에서 검술에만 몰두하는 생활이 적혀 있었다. 그중 지바 도장에서 료마의 제안을 수용해 어린아이나 여자들은 큰 북소리에 맞춰서 수련을 하게 되었다는 구절도 있었다.

"하지만 저에게 주어진 수련은 치열합니다. 처음에는 도무지 이겨 낼 수 없을 것 같았는데 지금은 날마다 실력이 늘어 가는 것을 실감하고 있습니다. 호쿠신 잇토류는 놀라울 정도로 대단한 깊이를 가지고 있어 지바 사다키치 스승님의 지도 아래 매일같이 새로 눈을 뜨는 기분으로 지냅니다. 몸에 멍이 들거나 손발이 붓는 일이 다반사지만 절대로 좌절하는 일 없이 연습에 정진해 가도록 하겠습니다."

료마는 메주콩을 이용한 연습을 혼자서 계속하고 있었다. 눈은 가공의 적에게 고정시킨 채 발을 땅에서 떼지 않고 콩을 피해서 움직이는 연습이었다. 어느새 주타로가 내린 과제를 극복한 상태였다.

"아버님, 어머님, 그리고 누나들, 료마는 에도의 하늘 아래서 열심히 살고 있습니다. 료마 올림."

이런 편지 자체에 눈부신 성장이 느껴져서 하치헤이는 자기도 모르게 웃음을 지었다. 곤페이, 지노, 하루이까지도 좋아하고 있는데 오토메 혼자서만 불만이었다.

"에도에서 도대체 뭐하고 있는 거야, 료마는!"

오토메는 화를 내면서 답장을 써 보냈다.

"료마, 네가 보낸 편지 잘 읽었다. 아버지도 어머니도 다들 아주 기뻐하셨다. 하지만 난 납득할 수가 없다. 너는 검술만 하려고 도사에서 나간 것이냐? 넓은 세상을 보겠다는 소중한 목적은 어떻게 된 것이냐? 초심을 잃어서는 안 된다! 오토메 씀."

"이게 무슨 소리야?"

도사 번저에 당도한 오토메의 답장을 읽고 료마는 편지를 손에 든 채 황당해했다. 도대체 무슨 말이 적혀 있기에 그러나 싶어 히로노조가 오토메의 편지를 들여다보았다.

"아이고, 엄청 무서운 누님이시네."

"전 지금 검술 수련만으로도 벅찰 지경인데요."

"안 되지. 그런 식으로 있다가는 속 좁고 생각 짧은 소인배가 되고 말아. 누님이 말씀하신 대로 모처럼 에도로 나왔으니 검술 이외의 세상에도 눈을 돌려봐."

히로노조는 무서운 누님 편을 들었다.

"내가 가르쳐 주지. 네가 모르는 세상을 말이야."

히로노조는 료마를 데리고 나가 시나가와야도에 있는 밥집으로 들어갔다. 얼핏 보기에는 보통 밥집이었다. 그런데 가게 한 귀퉁이에서 술을 마시던 히로노조가 "후후후" 하고 음흉하게 웃더니 손님을 맞이하고 있는 여자들 쪽을 눈짓하면서 료마의 귓가에 대고 속삭였다.

"저 여자들 좀 봐. 여기에 있는 여자들은 말일세, 돈만 쥐어 주면 2층에서 같이 잘 수도 있어."

시노라는 여자가 안주 접시를 탁자에 놓으며 료마에게 추파를 던졌다.

"……네에?"

"가자."

히로노조는 벌써 자리에서 일어섰다. 료마는 깜짝 놀라면서

제4장 에도의 무서운 미인 133

히로노조의 옷자락을 붙잡았다.

"안 됩니다, 안 돼요! 아버지께서 저에게 여자에게 빠지는 것은 절대 금지라고 당부했잖아요."

"료마, 그런 식으로 있다가는 큰사람이 되지 못해."

"전 밥만 먹으러 왔어요."

료마는 일부러 정신없이 밥을 먹기 시작했다.

"나 참……. 그럼 나 혼자 다녀오련다."

히로노조는 가게 주인인 할멈에게 뭐라고 귀띔을 하더니 료마에게 "이히히히" 하고 웃어 보이고는 2층으로 올라갔다. 할멈의 귀띔을 받은 시노가 그 뒤를 곧바로 따라갔다. 치맛자락이 흔들리면서 드러난 하얀 종아리가 눈부셨다. 료마는 술을 들이키며 흔들리는 마음을 다잡으려 했다.

"자네는 훌륭해!"

옆자리에서 술을 마시고 있던 남자가 돌아보았다. 누군가가 낙서를 해 놓은 것처럼 남자의 눈썹은 일자로 이어져 있고, 코 밑에는 수염이 그려져 있었다.

"여자보다 아버지와의 약속을 선택하다니, 참으로 훌륭한 마음가짐 아닌가."

남자는 이미 만취한 상태인데도 술을 더 들이켜서 그런지 아주 달변이었다.

"자네는 도사의 번사렷다? 사투리를 듣고 알아차렸네."

"오케마치의 지바 도장에 다니고 있습니다. 저, 그 수염은?"

"난 사이토 도장일세."

"사이토! 검술 수련을 위해 에도로 오신 겁니까?"

료마는 친근함이 느껴져서 술병을 들고 남자 옆자리로 옮겨 갔다. 에도의 3대 유파 중 하나인 신도 무넨류를 가르치는 곳이 사이토 도장이었다. 남자는 특이한 지방 사투리로 통성명을 했다.

"조슈 번 번사인 가쓰라 고고로라고 하네."

"저는 사카모토 료마라고 합니다. 도사에서 나오니 비로소 일본이 얼마나 큰지 알게 되었습니다. 역시 에도는……."

"잠깐, 지금 뭐라고 했나?"

"……도사에서 나오니 일본이 얼마나 큰지……."

"세계는 일본의 몇 천 배, 몇 만 배나 더 크다고! 이 세계에는 말이야, 일본보다 훨씬 문명이 앞선 나라들이 얼마나 많은지 몰라. 미국, 영국, 프랑스, 러시아!"

료마는 놀라 자빠질 뻔했다. 미국이라는 이름조차 들어본 적이 없었던 것이다.

"미국이라는 곳은 도대체 어디에 있습니까?"

고고로는 노골적으로 낙심한 표정을 지었다. 아무튼 일본에서 한참 먼 곳에 있는 나라라고 했다.

"그놈들은 증기선을 가지고 있지."

료마가 증기선이라는 말 때문에 고개를 갸웃거리자 고고로가 어린아이를 대하듯이 조곤조곤 설명해 주었다.

"일본의 배들은 모두 돛으로 바람을 받아 나아간단 말이야. 하지만 증기선은 바람이 없어도 항해를 할 수 있지. 더구나 대포를 몇 십 개나 싣고도 끄떡없이 어디까지든 갈 수가 있어. 석탄을 태워서 그 힘으로 나가는 것이지."

"배 안에서 석탄을 땐다고요?"

"조만간 놈들은 일본을 노리고 달려들 거야."

"그런 짓을 했다가는 불이 나잖아요."

"2층에서 여자랑 놀고 있을 때가 아니란 말이야."

"어째서 배가 불타지 않는 건가요?"

"나도 몰라."

고고로는 료마를 뚫어지게 쳐다보면서 "모른다니까"라는 말을 되풀이했다. 동력 구조에 괜한 신경 쓰지 말고, 넓은 세계에서 무슨 일이 일어나고 있는지에 눈을 돌리라고 충고하고 싶었던 것일까? 어쨌든 료마로서는 교묘한 농담이라는 느낌이 들 뿐이었다.

"나를 놀리신 건가요? 가쓰라 씨는 재미있네요. 세상에는 이런 사람도 있군요. 술은 적당히 드시고요."

고고로의 술값까지 같이 계산해서 탁자에 돈을 올려 놓고 료마는 가게를 나왔다.

가게 2층에서는 히로노조와 시노가 술자리에서 흔히 하는 가위바위보 놀이인 도하치켄에 한창 빠져 있었다. "요이요이 핫" 하고 가위바위보를 했다가 히로노조가 지자 시노는 히로노조의 코 밑에 먹물로 수염을 그려 넣었다.
 홀로 돌아가는 길에 료마는 혼잣말을 중얼거리며 웃었다.
 "일본을 노리고 달려든다고? 그런 일이 정말로 일어난다면 천하의 막부가 일찌감치 움직였을 텐데, 뭐."

 ─그 말이 맞았어. 사실 막부는 벌써부터 움직이고 있었지. 단지 우리한테는 아무것도 알려 주지 않았을 뿐이었네.

 미국 함대는 와카야마 근처 바다까지 다가와 있었다.
 에도 성에서는 아베 마사히로가 구제 히로치카, 마쓰다이라 다다마스, 마쓰다이라 노리야스, 마키노 다다마사 등 중신들과 대책을 논의하고 있었다. 에도막부가 시작된 이래 최대의 긴급 사태인데도 획기적인 의견은 나오지 않았다. 중신들은 지혜를 모아야 한다면서도 눈앞의 일에만 급급했다.
 아베는 더 이상 참을 수가 없었다.
 "여러분! 미국과 전쟁을 하게 되면 일본이 승리할 가망은 만에 하나도 없습니다. 우리는 이 일본이라는 나라를 지켜야 합니다. 그러기 위해서는 여러 지방 번주들의 의견도 받아들여서 힘을 모아 대처해 나가야 합니다."
 "지방 번주들까지 참견을 하게 한단 말씀입니까?"
 "나라를 다스리는 것은 어디까지나 우리들 막부입니다."
 마쓰다이라 다다마스와 마키노가 입을 모아 아베에게 반론을 제기했다.

"더 이상 그런 것을 따지고 있을 때가 아니에요."

"지방 번주들한테 힘을 실어 주었다가 반란이라도 일어나면 어쩌려고요?"

구제도 막부 안에서 결정해야 한다는 의견이었다. 양이냐 개국이냐 하는 점에서는 대립하고 있어도 지방 번주들에게까지 정보를 공개하고 널리 의견을 구해야 한다는 생각에 대해서는 한마음이 되어 반대했다.

저렇게 굳은 머리들로 어떻게 일을 하자는 것인가 하고 아베는 암담한 생각이 들었다.

한페이타는 다케치 도장에 모여든 문하생들에게 『영의 기둥』을 강의하고 있었다. 국학자인 히라타 아쓰타네의 저서로, 신들의 공적을 밝혀서 영혼의 행방을 논한 책이었다.

"황조신인 아마테라스 오미카미는 충의와 효행을 다하라고 가르치셨다. 그렇기 때문에 천황께서는 황공하옵게도 아마테라스 오미카미의 가르침을 지키라고 우리에게 분부하시는 것이다."

이는 나중에 존왕양이尊王攘夷의 기둥이 되는 사상이다.

문하생 중에는 이조도 있었다.

"다케치 씨의 강의는 참 알아듣기 쉬워요."

"이조가 알아들었으면 다른 사람들은 다 이해했겠네."

세이헤이가 놀려 댔다. 한페이타의 인품을 반영해서인지 도장에는 웃음과 활기가 넘쳤다.

한편 야타로가 '화한학교수和漢學教授 이와사키 야타로'라는 간판을 걸고 문을 연 사숙에는 열 살인 다메고로와 일곱 살인 쓰루키치 두 명만 다니고 있었다. 교본도 제대로 읽지 못하고 코만 질질 흘리고 다니는 다메고로나 무슨 영문인지 언제나 실실 웃고만 다니는 쓰루키치를 상대로는 모처럼 배운 학문을 가르칠 방법이 없었다.

"어째서 나한테는 이런 바보 같은 놈들만 오는 거야?"

야타로가 참지 못하고 외쳤다.

"실례합니다."

여자 목소리가 나더니 문간에 가오가 서 있는 것이 보였다. 혼담을 거절하고, 다도, 꽃꽂이, 외줄 가야금 등 여러 가지 신부 수업까지 그만둬 버린 가오는 뭔가 커다란 결심을 하고 야타로의 사숙 문을 두드린 것으로 보였다.

"야타로 씨, 저에게 학문을 가르쳐 주세요. 부탁드립니다."

가오가 머리를 숙였다.

"꿈이야…… 이건 필시 꿈이야!"

야타로는 날아갈 듯이 기뻐했다.

이 무렵 료마는 일반인의 이른 아침 연습을 맡게 되었다. 큰 북에 맞춰 하는 연습이 재미있다는 소문이 퍼지면서 료마가 지바 도장을 처음 찾아왔을 때보다 문하생의 수가 훨씬 많아졌다.

대도장에 울리는 경쾌한 북소리를 듣고 사나가 신기해하는 표정으로 안을 들여다보았다. 문하생 중 한 남자가 북을 치면 여자와 아이들이 "야앗" 하고 기합을 넣으면서 죽도를 휘둘렀다.

사나를 본 료마는 사람들에게 연습을 잠시 중단하라고 외쳤다.

"여러분, 다들 잘 들으세요. 여기 계신 이 사나 아가씨는 무시무시할 정도로 강한 분이랍니다. 지바 도장에서 사나 아가씨를 이길 수 있는 사람은 아무도 없지요."

도장 안이 웅성거렸다. 모두들 반신반의하며 놀라는 표정으로 사나에게 눈길을 보냈다.

"사카모토 씨, 그런 말씀은······."

사나는 멋쩍어서 어쩔 줄 몰라 하는데 도장 여기저기서 사나의 실력을 보고 싶다는 소리가 들렸다.

"이거 일이 난처하게 되었네요. 죄송하지만 조금만 보여 주시면 안 되겠습니까?"

료마가 부탁했다. 문하생들도 졸라 대는 바람에 사나는 아주 잠깐만 하겠다며 죽도를 손에 잡았다.

"죽도를 잡을 때 왼손은 7할, 오른손은 3할 정도의 힘을 주도록. 너무 꽉 쥐지도 말고 너무 느슨해도 안 돼요. 손목은 부드럽게 움직이도록. 내리칠 때는 팔을 겨드랑이에 딱 붙이고."

사나가 획 하고 휘둘렀다. 잡다한 움직임 없이 휘두르는 동작이 너무 자연스러웠는지 반응이 거의 없었다. 료마가 "팔을 붙이고 친다"고 소리치자 사나가 "핫" 하는 소리와 더불어 죽도를 휘둘렀다.

"팔을 붙이고 친다."

"핫!"

"팔을 붙이고 친다."

"핫!"

료마와 사나가 기합 소리와 함께 번갈아 가면서 죽도를 휘둘렀다. 차츰 속도를 올려서 "핫, 핫" 하고 휘두르는 동작에 맞춰 북소리가 둥둥둥 울렸다.

어느새 문하생들도 북소리에 맞춰서 "이얏!" 하는 기합을 내지르며 사나의 동작을 흉내 내기 시작했다. 문하생들과 함께 죽도를 휘두르던 사나는 언제부터인지 어린아이들이나 여자들을 지도하면서 즐겁게 땀을 흘리고 있었다.

연습이 끝나자 사나는 안뜰에 있는 우물에서 어푸어푸 세수를 했다. 그 옆에서 료마도 얼굴을 씻었다.

"오늘은 다들 엄청 감격했을 겁니다. 정말 고맙습니다."

"저도 즐거웠어요."

사나가 밝게 웃었다.

"이야, 처음 보네요. 사나 아가씨의 웃는 얼굴 말이에요."

"네? ……수고하셨습니다."

가슴이 덜컹하더니 두근거리는 것을 료마가 눈치채지 못하게 사나는 재빨리 그 자리를 떠났다.

"가끔씩 저런 얼굴을 보여 주면 좋을 텐데……."

료마가 혼자 중얼거렸다. 조금 전 료마가 메주콩을 뿌리고 집중해 연습하고 있을 때, 사나는 문밖에서 몰래 그 모습을 엿보고 있었다. 그 사실을 료마는 전혀 모르고 있었다.

"둥둥둥둥, 앗!"

사나는 복도를 걸어가면서 중얼거리고는 그 모습을 떠올리며 웃었다.

사다키치는 자기 방에서 글을 쓰고 있었다. 귀에 들려오는 소리만으로도 사람의 마음이 어떻게 움직이는지 보일 때가 있었다. 안뜰에서 들려오는 사나의 목소리에 붓을 잡았던 사다키치의 손이 문득 그 자리에서 멈췄다.

―그리고 료마가 에도로 온 지 한 달 반이 지난 1853년 6월. 대사건이 일어났지.

"검술의 도는 이치와 기량으로 구해야 한다. 이치를 알았다면 기량을 구하고, 기량을 닦았다면 이치를 구하라. 자신을 버리고 오로지 수행에 정진해야 한다."

사나는 사다키치가 묻는 물음에 어릴 때부터 머릿속에 새겨 놓았던 '검술의 도'에 대해 줄줄 외웠다.

"……이걸 왜요?"

"만약 내가 너의 적이라면 주저 없이 나를 벨 수 있느냐?"
"어째서 그런 말씀을……?"
"사카모토 료마라면 어떠냐? 벨 수 있느냐?"
"……상대가 누구건 전 벨 수 있어요!"
"아니, 못한다. 너는 이제 사카모토한테는 이길 수 없다."
"그게 무슨 말씀이세요! 제가 사카모토 씨한테 진다니요……."
"너를 책망하려는 게 아니다. 네가 어릴 때부터 호쿠신 잇토류를 가르쳐 왔지만…… 너는 어쩔 수 없는 여자다. 평생을 검에 바치기는 힘들어. 그 사실을 인정할 때가 왔다는 것이다."

사나에게는 이 말이 패배와 같은 뜻이었다.

"아버지! 저는 검도에만 전념하며 살아왔습니다. 지바 사나는 지바 도장의 간판입니다. 아버지의 입에서 그런 말씀을 듣고 싶지 않습니다."

사다키치의 방에서 뛰쳐나온 사나는 료마가 혼자 연습을 하고 있는 작은 도장으로 뛰어들었다.

"사카모토 씨, 나랑 대련해요."

부드러운 말투와는 달리 심상치 않은 분위기가 흘렀다.

"무슨 일인가요?"

"조금도 봐줄 필요 없어요. 진지하게 임하세요."

사나는 호구를 착용하고 일어나 죽도를 손에 잡았다.

"사나 아가씨, 잠깐만 기다려 봐요. 어째서 뜬금없이……."

료마가 당혹감을 감추지 못하자 사나는 죽도를 내던지면서 외쳤다.

"전 당신에게 지지 않습니다!"

"사나 아가씨와 겨룰 마음은 없는데요."

"내가 여자라서?"

"따지고 보면 검은 싸움에서 상대방을 죽이는 도구니까요."

"싸움에는 성별 따위 상관없어요."

사나는 가차 없이 공격해 왔다. 료마가 막아 내면 전광석화와 같은 속도로 다음 일타를 가했다. 방어만 계속하던 료마가 다음 순간 사나의 죽도 칼자루를 잡아 버렸다. 자기 죽도를 버리고 사나의 멱살을 잡아 다리를 젖혔다. 사나가 바닥에 넘어지자 료마는 사나 위에 올라타고 두 팔을 붙잡았다. 사나의 손에서 떨어진 죽도가 바닥을 뒹굴었다.

"이것이 진짜 싸움이었다면 사나 아가씨는 죽은 목숨입니다."

사나는 거친 숨을 내쉬며 호구 안에서 눈을 감았다. 혹시 머리를 부딪쳤나 싶어 료마는 허둥지둥 사나의 호구를 벗기다가 얼굴을 보고는 깜짝 놀랐다. 사나의 볼은 눈물로 범벅이 되어 있었다.

"어째서…… 난 여자로 태어났을까? 어째서……."

사나가 흐느꼈다.

"무슨 소리를 하는 겁니까? 전 사나 아가씨처럼 늠름한 여인을 본 적이 없습니다. 그건 틀림없이 검술 수련을 통해 얻은 겁니다. 다른 어떤 사람도 흉내 낼 수 없는 늠름함이지요. 사나 아가씨는 제 눈에 정말 눈부시게 보입니다."

사나는 정신없이 떠드는 료마를 울면서 쳐다보았다.

"여자로 태어나고 싶지 않았다니, 그런 아까운 말을 하면 안 됩니다."

사나는 료마 밑에 깔린 채 눈물 젖은 눈으로 올려다보았다. 료마 또한 그 눈길을 마주보다가 도복 안에 붕대를 감은 가슴이 눈에 들어왔다.

"앗, 내가 뭐하는 짓이지……!"

료마는 허둥지둥 사나에게서 몸을 떼었다.

사나도 도복 옷깃을 여미서 가슴을 숨겼다. 그녀는 더 이상 울고 있지 않았다.

"전…… 약하지 않아요. 당신이 너무 강한 거예요."

사나가 생긋 웃더니 천장을 향해 속이 후련해진 목소리로 되풀이했다.

"난 약하지 않아."

"맞아요. 사나 아가씨는 강해요. 오토메 누나보다 더 강할 거예요!"

"도깨비보다요?"

"맞아요. 사카모토 집안의 도깨비요!"

료마와 사나는 큰 소리로 웃었다.

복도에는 주타로가 있었다. 우연히 지나치다가 료마와 사나의 대화를 듣고 걱정이 되어 그대로 발걸음을 멈추고 있었는데, 구김살 없는 두 사람의 웃음소리에 안심하며 가슴을 쓸어내렸다.

"주타로 선생님!"

문하생 한 사람이 새파랗게 질려서 뛰어왔다.

"쉬잇!"

주타로는 당황해서 조용히 시켰다. 하지만 문하생은 놀라서 입에 거품을 물고 있었다.

"온 도시가 지금 난리예요! 우라가에 엄청나게 커다란 외국 배가 나타났대요!"

"뭐야?"

문하생의 큰 목소리는 도장 안에 있는 료마와 사나의 귀에까지 들어갔다.

외국 배. 료마의 가슴에 크나큰 흥미와 불안한 예감이 동시에 몰려 왔다.

제5장
검은 배와 검

 1853년 6월. 미우라 반도 우라가 해안에 페리 함대 네 척이 거대한 모습을 나타냈다.
 "저게 뭐야……?"
 "시커먼 게……. 거, 검은 배 아냐!"
 지역 어민들은 이상한 배의 모습에 깜짝 놀랐다.
 "헬로우, 재패니즈!"
 페리 제독은 서스퀘해나호의 갑판에서 두 팔을 크게 벌렸다. 쾅! 하고 대포가 불을 뿜었다. 우라가 만을 뒤흔들면서 땅울림과도 같은 굉음이 울려퍼졌다.

 ─페리가 이끄는 네 척의 미국 함대가 우라가에 나타났다는 소식은 곧바로 에도 성으로 전해졌지. 막부 중신들은 당황해서

어쩔 줄을 몰랐네. 그들은 몇 달 전부터 페리가 온다는 사실을 알고 있었으면서도 결국 아무런 대책도 세우지 않은 채 이날을 맞이하고 말았던 거야.

에도에 주재하는 우라가의 부교 이도 히로미치의 보고에 따르면 페리는 미국 대통령의 편지를 가지고 왔으며, 네 척의 군함 중 두 척에 대포 20문, 한 척에 10여 문, 나머지 한 척에는 40문이 설치되어 있다고 덧붙였다.

에도막부의 중신인 마쓰다이라 다다마스, 구제 히로치카, 마쓰다이라 노리야스, 마키노 다다마사가 입을 모아 아베의 결단을 구했다.

우라가는 에도 바로 코앞이었다. 막부가 위협을 받는 것이나 마찬가지였다. 궁지에 몰린 아베는 페리와 절충하는 일을 우라가 부교소에 일임하는 것으로 시간을 벌고, 그 사이에 대책을 강구하겠다며 결단을 뒤로 미루었다.

교섭에 임한 사람은 우라가 부교소에서 나온 관리 나카지마 사부로스케, 미국 측은 부관인 콘티였다.

미국 측은 막부의 고위층에게 직접 대통령의 친서를 전달하겠다고 요구했다. 나카지마가 외국과의 교섭 창구는 나가사키라는 점을 이유로 미국 측의 요구를 거절했지만 미국 측도 나가사키로 배를 돌리라는 요구에 응할 기색을 보이지 않았다.

―미일교섭은 미국 함대의 서스퀘해나호 선상에서 시작되었다네. 하지만 페리는 그 자리에 나오지 않았지. 모습을 드러내지 않는 것으로 일본 측에 위압감을 주어서 교섭에서 우위를 차지할 작정이었던 거야. 우라가의 관리가 사력을 다해 미국을 저지하는 사이에 에도에서는 아직도 논의가 계속되고 있었지.

이제 막부 내부에서 은밀하게 대처하는 것은 불가능한 일이었다.

"이참에 친서를 그냥 받아들이는 편이 낫지 않겠습니까?"

말을 꺼낸 마쓰다이라 다다마스는 원래부터 개국파였다.

"일본에 들어오려는 나라는 미국 하나가 아니에요."

"러시아, 영국, 프랑스도 일본을 노리고 있습니다."

마찬가지로 개국파인 마쓰다이라 노리야스, 그리고 전쟁만은 피하고 싶은 마키노가 다다마스의 의견에 동조했다.

"이번 기회에 미국을 우리 편으로 끌어들이는 것이 좋을 수도 있겠군······."

마음이 개국 쪽으로 크게 기울어지는 아베에게 구제는 정면으로 반론을 제기했다.

"그렇게 약한 자세로 나가다가는 다 내주게 됩니다!"

개국을 강요하는 미국을 상대로 막부의 대응 방향이 도무지 정해지지 않았다. 논의가 계속 겉도는 사이에 우라가 부교소에서 보낸 소식을 가지고 이도가 뛰어들어 왔다.

"페리가 친서를 계속 거부하면 병력을 동원해서 억지로라도 상륙해 에도로 향하겠다고 말했답니다!"

아베를 비롯한 중신들은 사색이 되었다.

―막부는 당장 각 번에 우라가에서 에도 만에 걸친 해안의 경비를 명했지. 하지만 200년 이상이나 전쟁을 모르고 살아왔던 사무라이들에게는 변변한 갑옷조차 남아 있지 않았다네.

해안을 경비하라는 명령은 도사 번에도 내려져 료마가 머물고 있는 도사 번저에서도 큰 소동이 벌어졌다. 도사의 번사들은 여기저기 뛰어다니며 창고에서 낡아빠진 대포를 끌고 나오는 등 온통 야단법석을 떨었다.

"미국과 한판 벌이는 거다! 군장을 갖춰라! 료마."

히로노조는 흥분해 있었다. 군장을 갖추라고는 하지만 료마는 어디에 있는지조차 알지 못해 일단 고물상으로 뛰어갔다.

가게 안은 무기와 장비를 사러 온 사무라이들로 꽉 차 있었다. 무사들이 우왕좌왕하는 모습을 곁눈질하면서 가게 주인은 좋아서 어쩔 줄 모르고 있었다. 낡은 무기와 갑옷들이 모조리 팔리는 것은 물론이고, 물건이 얼마 없어 가격도 천정부지로 뛰어오른 참이었다.

도사 번이 경비를 명령받은 곳은 시나가와 해안이었다. 바닷가를 따라 몇 군데 번이 각각 진을 치고 있었고, 도사 번도 정해진 장소에 포진했다.

도사 번사들은 생소한 전쟁 준비를 하느라 정신없이 돌아다니고 있었다. 상급무사들은 갑옷을 떡하니 차려입기는 했지만 위아래가 맞지 않거나, 개중에는 입는 방법조차 몰라서 엉뚱하게 차려입은 사람도 있었다. 하급무사들은 방화 작업용 옷차림이나 공사용 차림새로 그냥 나온 사람까지 섞여 있어 긴박한 상황임에도 불구하고 어딘지 우스꽝스러운 분위기였다.

료마는 히로노조와 함께 큰 수레에 범종을 실어 운반했다.

"이 종을 해변에 늘어세워서 어쩌려는 걸까요?"

"검은 배에서 보면 이게 대포로 보일 거라고 하는군."

"대포요……?"

료마는 얼빠진 목소리로 되물었다. 과연 이런 어린애 장난 같은 속임수가 통할 것인가.

―모두들 영문도 모르고 우왕좌왕하고 있었지. 우라가에서는 일본이 교섭 담당자를 바꾸는 바람에 미국은 점점 짜증을 내기 시작했어.

새로운 교섭 담당자는 가야마 에이자에몬이라는 관리였다. 가야마 또한 서스쿼해나호에게 나가사키로 돌아가라고 끈질기게 요구했고, 대통령의 친서에 대해서는 나가사키에서 검토하겠다며 애매하게 얼버무렸다.

"여기서 친서를 받지 않으면 우리 나라에 대한 모욕으로 간주하겠다!"

콘티가 언성을 높이면서 항의했다.

교섭 창구가 된 콘티는 일본 측의 대응에 진저리를 치면서 페리에게 보고했다.

"나가사키로 돌아가라는 말만 계속 되풀이합니다."

페리는 좀처럼 진전되지 않는 교섭에 참을성을 잃고 드디어 다음 수단을 쓰기에 이르렀다.

"미시시피호를 에도 만으로!"

지령을 받은 미시시피호는 뱃고동을 울리고 검은 연기를 뿜어 올리면서 에도로 향했다.

ㅡ당시 페리의 판단이 묘하게도 료마의 운명을 바꾸게 되었던 것이야.

시나가와 해안에서 한가롭게 바다를 바라보고 있던 료마와 히로노조는 교섭의 최전선에 서야 했던 우라가 부교소의 고뇌나 페리의 짜증 따위를 알 리 없었다. 태평스럽게 아직 보지도 못한 검은 배에 대한 이야기를 나누고 있었다. 들리는 소문에 따르면 검은 배 한 척에는 몇 십 문이나 되는 대포가 실려 있다고 했다. 료마는 소박한 의문을 떠올렸다.

"무게 때문에 배가 가라앉아 버리지 않을까요?"

"그 정도로는 가라앉지 않을 만큼 커다란 배라는 건가?"
"연기를 내뿜으면서 바다 위를 달린다고 들었는데."
"도무지 상상이 가지를 않는군."

히로노조라고 해서 료마보다 검은 배에 대해 더 많이 알고 있는 것은 아니었다. 료마가 주위를 둘러보자 졸음을 참는 하급무사도 있었고, 밀려드는 잠을 못 이겨 꾸벅꾸벅 졸고 있는 늙은 상급무사도 있었다.

"잠깐 좀 둘러보고 올게요. 적을 모르고서는 싸움을 할 수 없지 않겠어요?"
"아니, 어디를 가려고?"
"전 넓은 세상을 보기 위해 에도로 나왔어요. 그러니까 검은 배라는 것도 제 눈으로 직접 보고 싶어요."

한 사람쯤 자리를 지키지 않아도 문제가 되지는 않겠지 싶어 히로노조가 말리는 것도 뿌리치고 료마는 슬그머니 자리를 이탈했다. 그리고는 해안 길을 따라 달려서 하네다 마을 부근에 당도했을 무렵 경비를 서고 있던 다른 번사들에게 걸리고 말았다.

"여기서 무엇을 하고 있는 거지?"

전투 장비로 온몸을 무장하고 소총까지 들고 있는 무사도 있어 분위기가 살벌했다.

"전…… 우라가의 상황이 어떤지 좀 살피러……."
"어느 지방 소속인가? 이름을 대라."
"잠깐만요. 당신들은 검은 배에 대비해서 여기 있는 거잖아요. 그럼 적은 제가 아니라 외국 놈들이죠."

"검은 배 소동을 틈타서 다른 번의 방비 상황을 탐색하러 다니는 놈들이 있어서 그런다."

"전 아니에요."

료마가 부인했지만 무사들은 료마를 수상한 인물로 간주해 자기네 진영으로 끌고 가려 했다. 무사들에게 둘러싸여 위협을 느낀 료마는 슬쩍 몸을 뒤로 빼 틈을 만들고는 칼자루에 손을 댔다. 료마의 움직임을 본 무사들이 일제히 공격 자세를 취했다.

"여기서 붙잡힐 수는 없단 말이야."

료마는 몸을 획 돌려 풀숲으로 뛰어들었다. 도망치는 료마를 무사들이 뒤쫓았다. 나무 사이를 달리는 료마의 등 뒤에서 탕 하는 총소리가 들려왔다. 료마는 달리고 또 달리다가 벼랑에 이르렀다. 벼랑 밑은 하네다 해안이었고, 눈 아래로 파도가 밀려와 바위에 부딪치고 있었다.

"어디로 도망친 거야?" "찾아라!" 하고 소리 지르면서 무사들이 료마를 찾아다녔다.

료마는 벼랑 밑의 바위 틈새에 들러붙어 디딜 곳을 확보하면서 조금씩 옆으로 이동했다. 신중하게 손을 뻗어서 바위를 잡았다. 뒤쪽에서 투둑 하는 소리가 나더니 돌 하나가 첨벙 소리를 내며 바다로 떨어졌다. 료마는 흠칫 놀라 소리가 났던 방향으로 애써 눈길을 돌렸다. 바위를 잡고 있는 손이 보였다. 사람들이 여기까지 쫓아왔나 싶어 초조한 마음에 앞으로 더 나아가려고 다리를 뻗었다. 그런데 디딜 곳은 어디에도 없었다. 이제 끝났구나 생각하면서 료마는 다시 뒤를 돌아보았다.

추격자로 보이는 남자는 디딜 곳을 찾았는지 료마 쪽으로 더 가까이 다가왔다. 남자의 얼굴이 보였다.

"앗!"

깜짝 놀라며 얼굴을 감춘 사람은 오히려 남자 쪽이었다. 반사적으로 료마도 얼굴을 획 돌렸다가 "응?" 하는 생각에 남자를 유심히 보았다.

"……가쓰라 씨? 가쓰라 고고로 씨 아닌가요? 저, 기억나지 않으세요? 시나가와의 밥집에서 만났는데."

"엉?"

고고로는 경계하면서 조금씩 얼굴을 내밀었다.

"앗! 도사의 번사!"

"맞아요."

"여기서 뭐하고 있어?"

"검은 배가 보고 싶어서요."

"나도 마찬가지야."

"역시!"

료마는 바위에 매달린 채로 씩 웃었다.

"그때 가쓰라 씨가 말한 대로였어요. 설마 진짜로 검은 배가 올 줄이야."

"그런 말을 했지만, 실은 나도 놀랐다네. 자네에게 한 말은 모

제5장 검은 배와 검 155

조리 쇼인 선생님 말씀을 그대로 옮긴 것이거든."

"쇼인 선생님?"

"그분은 일찍부터 이런 일이 일어날 것을 예측하셨지."

그때 우우웅 하고 엄청난 소리가 다가왔다. 굉음은 점점 가까워졌다. 료마와 고고로가 주위를 둘러보자, 바위 그늘에서 커다란 뱃머리가 불쑥 튀어나왔다. 이윽고 미시시피호가 거대하고 검은 선체 모습을 드러냈다.

"아앗!"

료마는 자기도 모르게 칼을 뽑았다. 미시시피호의 굴뚝은 연기를 내뿜고, 선체는 해면에 격한 파도를 일으키고 있었다. 바람을 받아 펄럭이는 것은 미국 국기로 짐작되었다.

"이게…… 검은 배라고!"

상상을 훨씬 뛰어넘는 크기에 고고로가 압도되었다.

료마는 칼을 빼들었지만 거대한 선체와 비교해 보니 자기 손에 든 칼이 너무도 가늘고 힘없게 보였다. 다음 순간 료마와 고고로는 파도 속에 있었다. 미시시피호가 만들어 낸 엄청난 파도가 료마와 고고로를 집어삼키고 말았기 때문이다.

―페리의 위압적인 작전에 막부는 결국 굴복해 미국 대통령의 친서를 받아들일 수밖에 없었지. 이렇게 해서 열흘 동안의 검은 배 소동은 끝이 났다네. 하지만 이 일로 많은 사람들이 에도막부의 치세에 의문을 갖기 시작했지.

페리는 이듬해에 다시 오겠다고 예고한 뒤 일본을 떠났다. 그러나 검은 배가 사라진 뒤에도 막부는 전전긍긍하고 있었다. 이번 사건이 미국과 일본의 압도적인 군사력 차이를 여실히 보여주었기 때문이다.

에도 거리에는 페리의 얼굴이 그려진 신문이 돌아다녔고 일반인들 사이에 불신감이 생겨났다. 막부의 위신이 흔들리기 시작했다.

도사에서는 한페이타를 사사하는 이조, 슈지로 등 혈기 왕성한 제자들이 다케치 도장에 집결했다.

"외국 놈들의 발에 일본이 더럽혀진다면 교토에 계시는 천황폐하께 너무도 송구스러운 일이 된다."

한페이타가 분노하며 말했다. 다음에 페리가 온다면 전쟁도 불사하겠다는 기세였다.

야타로의 사숙도 페리에 대한 소문으로 시끄러웠다.

"그러니까 미국은 일본에게 개국을 요구하는 거야."

야타로는 다메고로나 쓰루키치를 적당히 대하며 가오 한 사람을 위해 설명하고 있었다.

"지금이야말로 나처럼 뛰어난 사람이 필요한 시대라고 봐야겠지."

"네."

고개를 크게 끄덕이는 가오를 보며 야타로는 자신의 존재 가치를 인정받은 것 같아 기분이 좋아졌다.

가오가 야타로의 사숙에 다니는 것을 오빠인 슈지로는 별로 탐탁지 않게 생각했다.

"학문을 배우고 싶으면 다케치 씨 도장에 나가면 될 것을."

"야타로 씨는 정말 많은 것을 알고 있어요. 훌륭한 선생님이에요."

학문을 배우고 세상에 대해 알고 싶다면서 가오는 오빠의 걱정에도 아랑곳하지 않았다.

또 한 가지 가오의 의식을 바꿔 버린 일이 있었다.

(나도 네가 좋아. …… 게다가 지금 나는 넓은 세상에 나가 보고 싶고, 세상에 대해 알고 싶은 마음이 간절하다.)

료마가 에도로 떠나기 전에 남기고 간 말이었다.

검은 배 소동이 있고부터 무사들은 죽자 사자 달려들어 검술 수련에 매달리기 시작했다.

지바 도장에서는 주타로가 문하생들에게 역설했다.

"바야흐로 일본은 외국의 먹잇감이 되려는 참이다. 조만간에 전쟁이 일어날지도 모른다. 그러나 우리에게는 검이 있다. 지금이야말로 우리 사무라이들이 일본을 지키는 방패가 되어야 한다."

주타로가 검을 치켜들었다. 문하생들은 기분이 고양되어 진지한 눈빛으로 주타로를 바라보고 있었다.

료마는 마음속으로 당혹과 위화감을 느끼고 있었다.

검은 배를 본 이후로 료마는 수련에 집중할 수가 없었다. 휴식 시간이 되면 도장 밖으로 나가 흐트러진 호흡을 가다듬었다. 검은 배가 우우웅 하고 대지를 뒤흔들며 다가오는 광경이 자꾸만 머릿속에 되살아났다.

"안 돼…… 이러면 안 돼……."

검은 배의 환영을 떨쳐낸 료마는 인기척이 느껴져서 뒤를 돌아보았다. 사나가 서 있었다. 평소 눈에 익은 도복 차림이 아니라 소녀다운 기모노 차림이었다. 료마와 눈길이 마주치자 사나는 슬며시 시선을 돌렸다.

"사나 아가씨, 그런 여자다운 차림은 처음 보네요. 아주 잘 어울려요."

사나는 부끄러움을 감추듯 살짝 토라진 표정을 짓더니 작은 꾸러미를 내밀었다.

"이건 어떤 분에게 받은 양갱인데요, 혹시 좋아하시면 드세요. 우리 집에는 먹는 사람이 없어서……. 싫으면 관두시고요."

"아니, 고맙게 잘 받겠습니다. 이거 너무 황송하네요."

"……뭐가 아니라는 거죠? 방금 고개를 막 흔드시던데……."

료마가 딴청을 피우려고 했지만 사나는 그냥 얼버무리는 것을 용납하지 않았다. 하는 수 없이 이제 생각났다는 식의 서툰 연극을 했다.

"아아, 역시 호쿠신 잇토류는 그 깊이가 대단하다는 생각이 들어서……."

"사카모토 씨, 어째서 그런 거짓말을 하는 거예요?"

역시 사나는 간단하게 속아 주지 않았다. 료마는 검은 배를 보았다고 털어놓았다.

"그것 때문에 영 머릿속이 혼란스러워요……. 그런 괴물에게 칼은 통하지 않아요. 외국과 진짜로 전쟁이 벌어지면 검 따위는 아무짝에도 쓸모가 없을 거란 말이에요."

"이곳은 지바 도장입니다. 검이 쓸모없다니, 그런 말을 아버님이나 오라버니가 듣게 되면 당신은 더 이상 이곳에 발을 들여놓을 수 없어요! 그 말은 무슨 일이 있어도 절대 입 밖에 내서는 안 돼요."

사나가 화를 내는 것은 당연한 일이었다. 료마는 풀이 죽어서 물러났다.

이날 료마가 지바 도장에서 돌아가려는데 주타로가 감기약을 가지고 따라왔다. 수련에 집중하지 못했던 료마는 움직임이 둔하다고 지적하는 주타로에게 감기 기운이 있다며 몸이 안 좋다고 둘러댔던 것이다.

"몸 상태가 좋지 않을 때는 빨리 말하게. 고민이건 뭐건 나에게 털어놓으면 의논 상대가 되어 줄 테니. 난 사카모토 군이 지바 도장을 짊어지고 갈 만한 검술가로 커 주기를 바라고 있어."

주타로의 호의가 료마로서는 조금 버겁게 느껴졌다.

"……고맙습니다. 아 참, 양갱 잘 먹겠습니다."

"엉?"

"사나 아가씨께도 고맙다는 말씀 전해 주세요."

인사하고 돌아가는 료마를 주타로는 어안이 벙벙한 표정으로 바라보았다.

당시 일본의 배는 커 봐야 100톤 정도 크기였다. 지방 번주들이 독자적인 세력을 키울까 염려했던 막부가 큰 배를 금했기 때문이다. 그런데 료마와 고고로가 목격한 검은 배는 그 수십 배에 달하는 어마어마한 크기였다. 서스쿼해나호 한 척만 해도 2천 450톤이나 되었고, 더구나 몇십 문이나 되는 대포를 비치하고 있었다. 그러니 료마가 헤아릴 수 없을 정도로 큰 충격을 받은 것도 어찌 보면 당연한 일이었다.

료마가 돌아간 후 사나는 방에서 바느질을 했다.

(외국과 진짜로 전쟁이 벌어지면 검 따위는 아무짝에도 쓸모가 없을 거란 말이에요.)

멍하니 료마가 한 말을 곱씹고 있으려니 어느새 바느질을 하는 손이 멈춰 있었다.

방 밖에서 부르는 소리가 들리더니 주타로가 엄한 표정으로 들어왔다.

"너 나한테 숨기는 것이 있지?"

"네?"

"양갱을 료마에게 주었더구나. 내가 양갱을 얼마나 좋아하는지 잘 알면서."

주타로는 내친김에 사나가 바느질이나 다도를 시작한 것도 료마가 문하생이 된 이후부터라고 지적했다.

"너 그 녀석한테 반한 거냐?"

"……모르겠어요. 사카모토 씨를 예전처럼 아무렇지도 않게 볼 수가 없어요. 어째서 그런지 저도 잘 모르겠어요."

"사나……, 너는 사카모토를 연모하는 거야!"

아무리 검술의 달인이라 해도 사나 역시 한창때의 아가씨였다. 주타로는 사나를 위하는 마음에서 기뻐했다.

"사카모토라면 나쁘지 않다. 너희가 부부가 되어서 나와 함께 지바 도장을 이끌어 준다면……."

"부부?"

"그 녀석도 너한테 반해 있어. 사카모토가 오늘 이상했던 것은 감기에 걸려서가 아니야. 네 생각으로 머릿속이 꽉 차 있었기 때문이지. 이제야 어떻게 된 일인지 사정이 보이는군!"

주타로는 자기 멋대로 해석을 하더니 갑자기 방을 나섰다.

"걱정 마라, 사나. 네 사랑을 이 오라비가 반드시 이뤄 주마!"

료마는 에도에 있는 조슈 번저로 고고로를 찾아갔다. 검은 배를 본 이후로 가슴속을 꽉 채우고 있는 정체 모를 혼란스러움에 대해 함께 이야기 나눌 수 있는 사람은 같은 경험을 한 고고로밖에 없었다.

안내를 받아 방으로 들어서자 책에 몰두하고 있던 고고로는 초췌해진 얼굴로 료마를 돌아보았다. 눈 밑에 검은 그늘이 생겨나 있었고, 앉은뱅이책상 위에는 책이 높이 쌓여 있었다.

고고로 또한 괴물과도 같은 검은 배의 모습을 뇌리에서 지울 수 없었다. 앞으로 일본은 엄청난 변화를 겪을지도 모른다. 그런 생각에 사로잡혀 잠을 이루지 못하는 날들이 계속되고 있었다.

"양이攘夷라는 말을 아는가?"

"양이?"

료마는 앵무새같이 되물었다.

"일본이 외국으로부터 침략당하는 것을 끝까지 저지한다는 뜻이야."

"그건 당연한 일이잖아요."

"하지만 지금 양이를 입에 올리는 사람들은 일본에 오려는 오랑캐 따위는 모조리 깨끗하게 내쫓아 버리겠다고 떵떵거리고 있어. 그게 가능한 일이라고 생각하나?"

"무리죠. 그런 사람들은 검은 배를 몰라서 그래요!"

"이제 일본은 쇄국을 포기하고, 미국, 러시아, 프랑스 모두 받아들이는 수밖에 없어."

"정말 그런 거예요?"

"이 말씀을 하신 분은 내 스승뻘 되시는 사쿠마 쇼잔 선생님이야."

"네?"

"'아니다, 외국 오랑캐들과 사이좋게 지내다니 당치도 않은 소리다!'라고 말한 사람은 내 검술 스승이자 친구이기도 한 사이토 신타로이고."

"……그럼 가쓰라 씨는요?"

"모르겠어. 어느 쪽이 옳은지 나로서는 도무지 모르겠단 말이야. 그럼 모를 때는 어떻게 해야 하느냐? 공부해야지. 지식이 없으면 아무것도 판단할 수 없으니까. 그래서 지금 열심히 책을 읽는 거야."

고고로는 다시 책상을 향해 돌아앉았더니 시간이 아깝다는 듯 책을 읽기 시작했다.

료마의 고민은 해결되지 않았다. 너무도 명백한 무력의 차이에 직면한 일본은 앞으로 어떻게 변하게 될까?

"가쓰라 씨…… 난 이대로 검술 수련을 계속해야 되는 걸까요? 호쿠신 잇토류를 완벽하게 익힌다고 해서 그게 어떤 의미가 있을까요?"

"그럼 검을 버리겠다는 말인가? 그건 사무라이를 그만두겠다는 것이나 마찬가지야. 자기 삶이 걸린 중대한 문제를 남에게 묻지 마!"

고고로는 료마의 고민을 단칼에 베어 버리더니 다시 책으로 눈길을 돌렸다.

같은 무렵 도사의 사카모토가에 료마가 보낸 편지가 당도했다. 하치헤이의 방으로 오토메를 비롯한 가족들이 모여서 곤페이가 펼쳐 든 편지를 읽으려고 자기 차례를 기다리고 있었다.

"만약 외국과 전쟁이 벌어지면 자기는 오랑캐의 목을 베어서 도사로 돌아오겠다고 쓰여 있네."

곤페이는 료마의 열정에 흥분했다. 이요, 지노, 하루이도 료마의 용맹스러움이 든든하게 느껴졌다.

"그 정도 일을 가지고 뭘 감탄하고 그러느냐? 사무라이라면 당연한 일이지."

하치헤이는 떠들썩하게 흥분한 가족들을 넌지시 꾸짖었지만 아버지로서 내심 기쁘지 않을 리가 없었다.

그러나 믿을 수가 없었던 오토메는 곤페이에게 편지를 받아 다시 읽어 보았다.

"오랑캐의 목을 베어서······."

료마답지 않았다. 오토메는 료마의 마음속 혼란을 예민하게 알아차렸다.

―그 무렵 에도막부에서 간신히 미국 대통령 친서의 일본어 번역을 완성했다네. 그런데 검은 배 소동으로 인한 마음고생이 심해서였는지 도쿠가와 이에요시 쇼군께서 갑자기 돌아가시고, 넷째 아드님이신 이에사치 님께서 그 뒤를 잇기로 결정되었지. 그래, 바로 그분이 바보 나리로 소문이 자자했던 도쿠가와 이에사다 님이라네. 중신들의 우두머리인 아베 이세노카미 마사히로는 드디어 전대미문의 결단을 내렸지. 미국 대통령 친서의 내용

을 전국에 있는 모든 번주들에게 모조리 공개했던 것일세.

아베는 에도 성의 큰 거실로 여러 번주들을 모아 미국 대통령의 친서를 읽어 주었다.

"하나, 미국과 일본은 친구로서 서로 교역 이외의 의도를 갖지 않기로 약속한다. 하나, 미국은 이국의 각령을 범하지 않기로 약속한다. 하나……."

낭독을 마친 아베는 편지를 내려놓고 번주들을 둘러보았다.

"이상이 미국이 요구한 사항들이오. 이것을 받아들여 개국을 단행하느냐 혹은 전쟁을 각오하고 쇄국을 고수하느냐, 이에 대한 번주 여러분의 기탄없는 의견을 들었으면 하오."

웅성거림이 물결치듯이 퍼져나갔다.

―번주들이 놀란 것도 당연한 일이라고 할 수 있지. 도쿠가와 막부가 생긴 지 250년이 지나는 동안 처음으로 막부로부터 정치에 대한 의견을 질문받았기 때문이네. 그리고 이 일이 여러 번에 있는 지사志士들에게도 불을 붙인 꼴이 되었지. 모두들 일본의 앞날에 대해 의논하기 시작한 것일세.

도사 번에서는 번주인 야마우치 도요시게(훗날의 요도)가 상급 무사, 하급무사 가리지 않고 널리 의견을 구했다. 한페이타와 야타로는 당장 붓을 들었다.

이렇게 모인 의견서 중에서 도요시게의 눈길을 끈 것이 요시다 도요의 의견이었다.

"너의 의견서는 아주 훌륭하다. 지금 일본에서 우리 도사 번이 무엇을 해야 하는지를 제대로 밝히고 있다. 어떤가? 번의 정사를 맡을 참정직에 오를 의향은 없는가? 옆에서 내 힘이 되어다오, 도요!"

도요는 원래 마구간을 담당하는 낮은 신분의 집안 출신이었으므로 도요시게는 능력에 따른 인사를 한 셈이었다.

"고맙고 황송할 따름입니다."

도요는 이를 감사히 받들었다. 놀란 사람은 도요시게를 곁에서 모시던 가신들이었다.

이어서 도요시게는 흘깃 정원 쪽으로 시선을 돌렸다. 마당에서 땅바닥에 납작 엎드려 있는 남자가 있었다. 한페이타였다. 도요시게의 뜻을 받들어 이를 알리는 측근이 한페이타 옆으로 갔다.

"번주님께서는 너의 의견도 상당히 인상깊었다고 말씀하셨다. 이것을 격려 삼아 앞으로 더욱 번주님께 충성을 다하도록 하라."

도요시게는 마침 방에서 나가려고 툇마루로 나온 참이었다. 뜰에 엎드려 있는 한페이타를 힐끗 보았다. 슬그머니 얼굴을 들었던 한페이타는 마침 도요시게와 시선이 마주쳤다.

"아아! 황송하옵니다!"

한페이타는 어쩔 줄 몰라 하면서 땅바닥에 이마를 붙였다.

하급무사가 번주의 부름을 받아 그 저택에 갔다는 것 자체가 이례적인 일이었다. 자기 집으로 돌아간 한페이타는 울면서 할머니인 도모에게 이 영광을 보고했다.

"칭찬의 말씀을 받았어요. 내 의견서를 읽어 주셨지 뭐예요! 번주님은…… 우리 번주님께서는 정말 훌륭한 분이세요!"

한페이타, 도모, 그리고 아내 도미까지 모두 감격에 겨워 눈물을 흘렸다.

그런데 야타로에게는 아무런 소식이 없었다. 뿐만 아니라 한페이타가 성으로 부름을 받았다는 소식이 들리자 야타로는 머릿속이 하얘졌다.

"이와사키 선생님도 한번 쓰시지 그래요."

가오가 아무것도 모르고 야타로에게 의견서를 내 보라고 권했다.

"검은 배가 온 정도 가지고……. 내가 의견을 낼 때는 세상이 더 크게 움직일 때야."

있는 힘껏 허세를 부리며 분한 마음을 속으로 삼켰다.

에도의 도사 번저에 있는 료마에게 오토메의 편지가 배달되었다.

"……일본을 위하는 마음이야 기특하지만 네가 전쟁을 원한다고는 생각되지 않는다. 세상을 안다는 게 남들하고 똑같은 인간이 된다는 뜻이 아니다, 료마. 넌 그냥 평범한 인간이 되기 위해 에도로 간 것이 아니다. 그러니 너답게 사는 게 무엇인지 찾아보도록 해라. 그것을 찾아내야지만 네가 무엇을 이루기 위해 태어났는지 알게 될 것이다."

엄하기는 하지만 진심으로 료마의 장래를 걱정하는 오토메의 마음이 넘치도록 느껴지는 편지였다.

"그래 맞아, 누나……. 그 편지에 쓴 건 거짓말이었어……. 나답게 산다는 게 도대체 어떤 거지……?"

이튿날 아침 료마는 '호쿠신 잇토류 지바 도장' 간판 앞에서 크게 숨을 들이켰다. 기를 모아서 도장으로 들어갔더니 주타로가 문 앞에 우뚝 서서 료마를 기다리고 있었다. 료마는 흠칫 놀랐다.

"주타로 선생님, 아, 안녕하십니까?"

"사카모토 군, 오늘 연습이 끝난 다음에 다른 약속이 있는가?"

"네? 아니요……."

"그럼 나와 같이 오오가와 근처로 바람이나 쐬러 나가지 않겠나? 아참 그렇지, 사나에게 도시락을 싸 달라고 해야겠군. 그 녀석이 의외로 요리를 잘한다네, 사카모토 군."

"그러시면 같이 가겠습니다."

료마는 기분 좋게 제의를 받아들였다.

도장 근처에 있는 방 안에서는 사나가 가슴을 두근거리며 대화를 듣고 있었다. 료마가 기분 좋게 승낙하자 사나의 얼굴에 웃음꽃이 피었다.

연습 시간이 되어 문하생들이 도장에 나란히 앉았다. 주타로가 "묵상" 하고 호령하자 료마는 문하생들과 더불어 눈을 감고 심호흡을 하면서 마음을 가라앉히려고 노력했다. 상석에 앉은 사다키치가 얼핏 보기에 침착해 보이는 료마를 뚫어져라 쳐다보았다.

묵상이 끝나자 사다키치는 료마를 지명했다.

"죽도를 가지고 앞으로 나오거라."

사다키치는 직접 죽도를 손에 쥐고 도장으로 내려서서 료마를 기다리는 태세를 취했다. 전에 없는 사다키치의 행동에 주타로, 사나, 문하생들 모두 무슨 일이 일어나나 싶어 눈길을 떼지 못했다.

료마는 곤혹스러워하면서 사다키치 앞에 섰다.

"네 마음이 지금 어디에 있느냐?"

사다키치가 묻자 료마의 마음은 벌써부터 흔들렸다.

"마음은…… 지금 여기에……."

"그러냐. 그렇다면 먼저 공격해라."

사다키치가 자세를 잡았다. 호구도 쓰지 않은 상태였다.

"부정한 검은 나를 칠 수 없다."

"……네. 그럼 사양 않겠습니다!"

료마의 마음에 투지가 생겨났다. 죽도를 들고 간격을 둔 다음 사다키치를 향해 공격을 가했다. 사다키치는 가볍게 몸을 돌려 피했다. 모두들 숨을 죽이고 두 사람의 승부를 지켜보고 있었다.

료마는 숨을 고르고 자세를 다시 잡더니 온몸으로 사다키치에게 달려들어 재빨리 죽도를 휘둘렀다. 사다키치는 기가 막히게 그 공격을 피했다. 초조함 때문인지 벌써 료마의 호흡이 흐트러졌다.

"이얏!"

사다키치의 죽도가 료마의 허리를 치고 머리를 쳤다. 료마가 반격했지만 그의 죽도는 사다키치를 건드리지도 못했다. "얏!" 하는 기합 소리와 동시에 사다키치가 료마의 손등을 쳤다. 료마는 손목에 격통을 느끼고 도저히 참을 수가 없었다. 놓친 죽도가 통통 소리를 내며 바닥에 굴렀다.

"마음을 다른 곳에 놓고 온 인간이 검술을 익힐 수 있으리라 생각하느냐?"

사다키치가 호통을 쳤다. 료마는 그 자리에 쭈그리고 앉아 손목을 잡고 아픔을 견디고 있었다.

"자신을 돌아보고 정신을 차린 다음 다시 나오거라."

상석으로 돌아가는 사다키치에게 료마가 충격적인 말을 털어놓았다.

"그렇습니다. 제 마음은 여기 없습니다. 검은 배는 믿을 수 없을 정도로 컸습니다. 검은 배의 대포에 비하면 우리의 칼 따위는 바늘만도 못합니다!"

"조용히 하세요!"

사나가 외쳤다. 료마의 입을 막으려고 했지만 이미 료마는 자신을 주체할 수 없었다.

"외국과 전쟁을 하게 되면 칼은 아무 쓸모도 없습니다! 저는 무엇을 위해 검술을 수련해야 하는지 모르겠습니다."

가만히 두고 볼 수가 없었던 주타로가 료마의 멱살을 움켜잡았다.

"검술이 시대에 뒤떨어졌다는 말이냐? 그러고도 네가 사무라이라고 할 수 있겠느냐!"

주타로가 료마를 밀쳐 냈다. 바닥에 나동그라진 료마에게 사다키치가 명령했다.

"검술을 연마하는 것에 아무 의미가 없다면 너는 왜 여기 있는 것이냐? 떠나거라."

"선생님……."

료마는 검술의 길을 모색하고 있었다. 설사 대포 앞에서는 아무것도 아니라 하더라도 검술을 연마해야 하는 의미를 찾고 있었다. 그러나 료마는 답을 얻지 못한 채 도장을 떠날 수밖에 없었다.

지바 도장에서 나온 료마는 호구를 손에 든 채 터벅터벅 걸었다. 앞길이 보이지 않았다.

(가라, 료마야. 도사를 벗어나 에도로 가거라.)

에도로 보내 주신 아버지의 얼굴이 떠올랐다.

(큰 인물이 되어서 돌아와, 료마.)

누구보다도 료마를 이해해 준 사람은 오토메 누나였다.

료마는 하늘을 우러러보았다.

(네 마음도 같이 가지고 에도로 갈게. 내가 네 뜻도 가지고 간다고!)

다도쓰 관문에서 도망친 야타로가 벼랑 위에서 자기를 보고 있었다.

그 뜻을 료마는 어디에 두고 온 것일까?

"난…… 난…… 왜 이런 바보 같은 짓을! 아버지…… 누나…… 야타로…… 내가 무슨 짓을 저지른 거야!"

료마는 땅바닥에 그대로 엎어져서 남의 눈도 아랑곳 않고 목청껏 소리 내어 울었다.

제6장
쇼인은 어디에?

 이튿날 이른 아침에, 료마는 히로노조와 두세 마디 주고받고는 "아침 연습에 늦으면 안 되니까" 하면서 저택을 나섰다.
 그날 점심 무렵 사나는 도사 번저의 문 앞에 서서 문을 두드려도 괜찮을지 망설이고 있었다. 마침 저택 안에서 나오는 사무라이가 있었다. 히로노조였는데, 사나와 히로노조는 서로 모르는 사이였다.
 "저…… 저는 지바 도장의 사나라고 합니다."
 "사나…… 앗, 그렇다면 지바의 무서운 미인!"
 "저는 무서운 사람이 아니에요."
 황당한 인사를 받아넘긴 사나는 히로노조한테 료마를 만나게 해 달라고 부탁했다.
 "료마요? 수련하러 갔잖아요, 지바 도장에."

"……네?"

료마는 신사에서 아이들과 놀기도 하고 멍하니 시간을 보내기도 하다가, 저녁때가 되자 마치 수련을 하고 돌아오는 사람처럼 보이기 위해 막 뛰어서 숨을 헐떡거리며 돌아갔다. 돌아가 보니 방에서 사나가 기다리고 있었다.

"아, 아니, 사나 아가씨……!"

"도장으로 돌아와 주세요, 사카모토 씨. 사카모토 씨가 정중하게 사죄하면 틀림없이 아버지께서도 용서해 주실 거예요."

사나는 이대로 가다가는 료마가 파문되어 버리지 않을까 염려하고 있었다.

그러나 료마는 검술 스승을 향해 칼이 아무짝에도 쓸모없다는 폭언을 해 버리고 말았다. 쉽게 용서받을 수가 없었다. 명백히 잘못한 것이라면 얼마든지 고개를 숙이고 사죄하겠지만 아직 잘못인지 아닌지 알 수 없었다.

뿐만 아니라 뇌리에 검은 배의 당당한 위용이 계속 떠올라서 검은 배에 타 보고 싶다, 어떻게 하면 그런 배를 만들 수 있을까 하며 온갖 상상을 부풀리곤 했다. 이런 상태로는 도저히 제대로 사죄할 수 없을 것 같았다.

"어째서 그런 생각을…… 검은 배를 보았다고 검술을 그만두다니, 그런 사람은 온 에도를 뒤져 봐도 아마 사카모토 씨밖에 없을 거예요!"

"아직 그만두겠다고 확실하게 결정한 것은…… 어휴, 정말

미치겠네!"

　료마는 혼란스러운 머리를 어쩌지 못하고 머리카락만 마구 쥐어뜯었다.

　—검은 배의 출현으로 혼란에 빠진 사람은 물론 료마만이 아니었지. 페리에게서 억지로 미국 대통령의 친서를 받게 된 에도 막부도 마찬가지였다네.

"시나가와 만에 흙을 쌓아 섬을 만들어라. 그곳을 포대 삼아 대포를 설치한다!"
　아베가 방어책이라고 생각해 낸 궁여지책이었는데 그것을 실행하는 데에는 방대한 자금과 인력이 필요했다. 막부는 그만큼 염출해 낼 여유조차 없을 만큼 재정이 어려웠다.
"각 번에 전하라! 검은 배와 맞수가 될 수 있는 대형 선박 건조를 허가한다!"
　여태까지 금지했다가 이제 와서 갑자기 허가한다 한들 기다렸다는 듯이 큰 배를 만들어 낼 수 있는 번은 손에 꼽을 정도였다. 그래도 막부는 이제 여러 번들의 힘에 의지하는 수밖에 없었다.

　료마는 어찌할 바를 모르고 있었다. 고고로가 말한 대로 미국인은 증기선을 타고 일본에 왔고, 일본을 지배하려고 노리고 있는 것 같았다. 고고로와의 대화를 곰곰이 곱씹고 있으려니까 한 인물이 머리에 떠올랐다.

(자네에게 한 말은 모조리 쇼인 선생님 말씀을 그대로 옮긴 것이거든. 그분은 일찍부터 이런 일이 일어날 것을 예측하셨지.)

아마 요시다 쇼인이라는 이름을 고고로의 스승이라고 들은 것 같았다. 료마는 다시 조슈 번저로 찾아갔다. 고고로는 전보다 더욱 초췌해진 얼굴이었다. 책상에는 지난번보다 훨씬 더 많은 책들이 쌓여 있었다.

"밤이면 밤마다 검은 배가 꿈속에 나타나는 바람에 한숨도 잘 수가 없어."

"가쓰라 씨, 쇼인 선생님은 도대체 어떤 분인가요?"

"한마디로 천재라고 할 수 있지."

고고로는 쇼인이 얼마나 대단한지 예를 들어 주었다. 다섯 살 때 조슈 번에 있는 야마가류의 병법 사범이었던 숙부에게 양자로 들어가 아홉 살에는 벌써 사범 대리가 되었고, 열한 살 때는 조슈의 번주인 모리 요시치카 앞에서 야마가 소코가 저술한 『무교전서武教全書』를 강의했다.

료마는 깜짝 놀랐다. 료마와 쇼인은 나이도 여섯 살밖에 차이가 나지 않는다. 더구나 열한 살 무렵의 료마는 징징 울고 다니는 울보였고 학문에서나 무술에서나 남보다 훨씬 뒤처진 아이였는데, 쇼인은 그 나이에 이미 『무교전서』를 강의했다니 경악할 따름이었다.

"만나게 해 주세요! 쇼인 선생님이라면 제게 해답을 주실 겁니다. 지금 당장 만나게 해 주세요."

"선생님께 가르침을 받고 싶은 사람은 바로 나야."

"그럼 같이 가면 되겠네요."

"불가능해. 선생님은 학문 수학을 위해 길을 떠나셨어."

쇼인은 제자인 가네코 시게노스케를 데리고 여러 지방을 돌아다니고 있을 터였다.

"언제 돌아오실까요?"

"모르지."

고고로는 정말로 몰랐다. 의욕적으로 달려왔던 만큼 료마는 그 말에 크게 낙심했다.

사나는 료마가 도장으로 돌아왔으면 하고 간절히 바라고 있었다. 어떻게 아버지의 노여움을 풀 방법이 없을까 하고 궁리하다가 오빠의 힘을 빌리기로 했다.

"한길만 달려가다가 문득 의문을 가지는 경우는 누구에게나 있어요. 오라버니까지 그렇게 사람을 내치시다니 너무한 것 아닌가요?"

사나는 주위의 눈치를 보며 작은 목소리로 말했는데 아무리 부탁해도 주타로가 어중간한 태도를 보이자 기백으로 주타로를 압도했다.

"오라버니는 제가 사카모토 씨를 좋아한다는 걸 알면서도 어쩜 그럴 수 있어요? '네 사랑은 내가 이루어 주마' 하고 큰소리를 떵떵 칠 때는 언제고!"

"억지 부리지 마라, 사나."

주타로가 난처해져서 어쩔 줄 모르며 뒤로 빼자 사나는 흥 하고 토라져서 가 버렸다.

사다키치는 검을 손질하면서 도와주러 온 주타로에게 넌지시 말했다.

"주타로, 나는 사카모토를 미워하는 게 아니다. 검은 배를 향해 칼을 들고 달려들어 봐야 상대가 안 되는 건 당연하지."

"아버님?"

"세상은 원래 끊임없이 변하게 되어 있다. 50년, 100년 뒤에는 이 검이 무용지물이 될 수도 있지. 그러나…… 그렇기 때문에 사무라이는 더더욱 검을 자신의 분신 삼아 기량을 갈고 닦아야 하는 것이다. 특히 사카모토 같은 남자는 더 그렇지……. 요는 그 녀석이 그 사실을 깨달을 수 있느냐 하는 점이다."

사다키치는 허연 칼날을 이리저리 살펴보았다. 칼날이 맑은 빛을 내뿜고 있었다.

―아마 지바 사다키치 한 사람밖에 없었을 거야. 그때 료마를 진정으로 이해하고 있던 사람은. 하지만 따지고 보면 사카모토 료마라는 남자가 이 시대에 태어나 검은 배를 만나고 충격을 받

게 되는 것은 처음부터 천신이 짜 놓은 계획이었다고 생각해.

그리고 신은 다시 그자를 등장시키는 거지. 1854년 1월 16일. 반년 전에 떠났던 페리가 이번에는 아홉 척의 함대를 끌고 돌아온 거야.

아베를 비롯한 막부의 각료들은 갑작스럽게 다시 온 페리의 함대 앞에 당황해서 어쩔 줄 몰랐다.

페리는 처음부터 에도로 들어올 작정이었는지 우라가를 그냥 지나쳐서 함대를 에도 만 안쪽으로 계속 몰았다.

에도 시내는 벌집을 쑤신 듯이 온통 난리가 났다.

아베는 간신히 우라가의 부교인 이도 히로미치에게 명했다.

"일단 들을 용의가 있으니 이야기를 해 보자고 페리에게 전하라!"

—결국 일이 이렇게 되리라는 건 아베 이세노카미 마사히로도, 그리고 다른 중신들도 처음부터 알고 있었겠지. 페리를 상륙시킨 곳은 요코하마 마을이었네. 지금이야 커다란 도시지만 당시만 해도 자그마한 어촌에 불과했어. 그곳에 급히 접견 장소가 마련되었고, 일본의 운명을 결정하는 교섭이 시작되었지.

일본 측에서 교섭에 임한 사람은 막부의 외교 담당 수장이었던 하야시 후쿠사이 이하 다섯 명의 외교 담당 관리, 치안 담당자, 통역 등이었다. 미국 측은 페리, 콘티 이하 30명이 나왔다. 이번에도 네덜란드어 통역을 통했다.

하야시 후쿠사이가 긴장을 감추지 못해 얼굴이 뻣뻣하게 굳어 있는 것에 비해 페리는 여유 만만한 표정이었다.

미국 측의 요구는 그전과 마찬가지로 일본의 개국이었다.

"만약 우리가 거부한다면……?"

하야시 후쿠사이가 묻자, 페리는 상냥한 미소를 지으며 대답했다.

"전쟁이오."

미국이 소유한 100척 이상의 군함이 20일 안에 일본으로 들이닥치게 될 것이라고 협박했다.

—사실 페리의 위협은 얼토당토않은 거짓말이었지. 당시 미국에는 군함이 100척씩이나 있지도 않았고, 증기선이라 해도 20일 만에 태평양을 건너올 수는 없었으니까.

보고를 받은 중신들 사이에서 다시금 의견이 갈렸다.

"정말로 일본과 교역을 원한다면 미국이 전쟁을 시작하지는 않을 것입니다."

마쓰다이라 노리야스는 페리의 속내를 읽고 말했지만 구제는 무력의 차이를 무시한 채 반론을 제기했다.

"그렇다면 페리 따위는 쫓아내 버리면 되는 일 아닙니까."

페리의 함대가 보유한 대포에 비하면, 일본의 철포 따위는 구시대의 유물에 지나지 않았다.

아베는 고뇌에 찬 결단을 내렸다.

"……이제는 개국하는 수밖에 없습니다. 미국과 교역을 해서 막부 재정에 여유가 생기면 에도막부는 앞으로도 영원히 존속할 수 있어요. 이건 바로 우리를 위한 개국인 것입니다!"

방비를 명령받은 각 번에서는 에도 성의 중심부가 혼란에 빠져 흔들리는 것도 모른 채 전쟁에 대비해서 에도 해안에 진을 치고 있었다.

도사 번은 시나가와 해안 방비를 위해 출동했다. 료마와 히로노조도 동원된 무사들 속에 끼어 있었다.

료마는 지금 일본이 미국과 싸워서 과연 나라를 지켜 낼 수 있을지 의문이었다.

"만일 지금 페리가 쳐들어오면 우리더러 어떻게 싸우라는 건가요?"

"료마."

히로노조가 당황해서 주위에 듣고 있는 사람이 없는지 확인했다. 그러나 료마는 소용돌이치는 의문 때문에 가슴이 터져 버릴 것만 같았다.

"사무라이라는 게 도대체 뭐하는 존잽니까?"

"쉬잇! 지금 여기서 그렇게 끔찍한 소리를 하면 어떻게 해?"

료마는 가만히 있을 수가 없어서 자기 자리를 떠나 조슈 번저로 가 보았다.

"쇼인 선생님은 언제 돌아와요?"

찾아오자마자 대뜸 그것부터 물어보는 료마를 고고로는 질린 얼굴로 맞이했다.

"돌아오시면 내가 알려 준다고 그랬잖아."

"도대체 어디서 뭐하고 계시는 거야, 정말!"

료마가 안절부절못하고 있을 무렵 쇼인은 검은 배를 향해 어딘가에서 열심히 걸어가고 있었다.

"빨리, 서둘러, 가네코 군!"

"예!"

시게노스케는 지친 몸에 채찍질하며 쇼인에게 뒤처지지 않기 위해 발걸음을 재촉했다.

한페이타는 도사의 번주인 도요시게에게 보낼 의견서를 작성하고 있었다. 지난번 도요시게의 칭찬을 듣고 충성심이 넘치는 마음으로 써 내려가는 의견서는 양이 사상으로 가득했다.

가오는 열심히 야타로의 사숙에 다니며 공부에 정진하고 있었지만 요즘 들어 야타로는 의욕을 잃었는지 그냥 멍하게 있는 때가 대부분이었다. 이유는 한 가지밖에 없었다.

"선생님, 저도 납득이 가지 않아요. 선생님의 의견서에 대해 아무런 반응이 없었다니 말이에요. 성에 계시는 분들은 선생님의 뛰어난 생각을 이해할 수 없었나 봐요."

구석에 있는 책상에는 야타로가 쓴 의견서가 놓여 있었다. 야타로의 학식이 높다는 것은 알고 있었지만 가오는 실제로 야타로가 쓴 내용을 읽어 본 적은 없었다.

"그렇다면 저도 읽어 보게 해 주세요. 선생님이 어떤 생각을 가지고 계신지 저도 알고 싶어요."

"나에 대해, 알고 싶다고……?"

가오가 돌아가자 야타로는 가족들을 멀리하고 홀로 집 밖으로 나왔다.

"학문을 하고 싶어도 에도로 갈 수가 없지, 의견서를 내도 인정받지 못하지. 그러니 낙심해서 저러는 것도 당연한 일이겠지요."

야타로의 어머니 미와가 아들의 심중을 헤아리며 그렇게 말하자 아버지 야지로는 아들을 걱정하며 집 밖으로 따라 나섰다. 고개를 푹 숙이고 구부정하게 서 있는 야타로의 뒷모습을 보니 정말로 장래를 비관하는 것 같았다.

"……야타로. 사람의 일생에는 말이다, 행운하고 불운이 똑같은 수만큼 찾아온다. 내가 젊었을 때는 여자들이 졸졸 따라다녔다. 도박을 해도 항상 따기만 했다. 그래서 지금은 아무것도 안 되는 것이다. 너는 지금부터다. 힘을 내라."

야지로가 나름대로 아들을 격려하기 위해 말을 꺼냈지만 야타로는 대꾸도 없었다. '이거 정말 심각한 모양이네' 하고 야지로는

제6장 쇼인은 어디에? 185

아들 옆에 나란히 앉아 일부러 밝은 목소리로 말을 걸었다.

"에도가 대수냐? 의견서가 대수냐? 지금까지 운이 없었던 만큼 너는 앞으로 더 활짝……?"

얼굴을 들여다보자 야타로는 넋을 잃은 사람처럼 실없이 웃고 있었다.

"왜, 왜 웃는 거냐?"

"아버지, 저 이제 슬슬 장가가도 될까요? 으흐흐흐."

야타로는 기뻐하고 있었던 것이다.

페리가 개항을 요구한 항구는 우라가, 마쓰마에(지금의 홋카이도), 류큐(지금의 오키나와) 등이었다. 하야시 후쿠사이는 교섭 창구로 임명받고 처음에는 긴장했지만 점차 침착을 되찾으면서 의연한 태도로 페리의 요구를 뿌리쳤다.

"에도를 개항하라는 건 말도 안 되오. 우라가도 에도에 너무 가깝습니다. 마쓰마에도 곤란합니다."

"전쟁이 일어나도 된다는 건가?"

콘티가 위협했다. 하야시 후쿠사이는 기가 꺾이지 않고 절묘한 협상 기술을 발휘해 오히려 여유 있는 미소를 지으며 반격했다.

"귀국이 그 정도로 야만적인 나라라고 생각하지 않습니다."

정사를 다루는 중신들이 당황해서 좀처럼 의견을 모으지 못하던 반면, 페리 일행과 직접 대치해 협상에 임했던 하야시 후쿠사이와 우라가 관리들은 조국의 위신을 지키기 위해 사력을 다해서 버티며 일본이 함부로 덤비지 못할 무서운 상대라는 것을 미국에게 인식시켰다.

 료마가 조슈 번저로 고고로를 다시 찾아간 날, 마침 안에서 뛰쳐나오던 고고로와 마주쳤다.
 "사카모토 군, 오늘은 그냥 가게."
 고고로는 얼마나 급한지 그 말만 던지고 료마 곁을 지나치려고 했다.
 "어째서요? 쇼인 선생님이 돌아오신 거예요?"
 "아니야! 다른 일이야."
 "거짓말!"
 료마는 고고로의 소매를 붙잡아 세웠다.
 "만나게 해 준다고 약속했잖아요."
 '문턱이 닳도록 조슈 번저를 찾아왔던 료마가 여기서 물러날 리가 없겠구나' 하고 생각한 고고로는 재빨리 주변을 살펴보더니 작은 목소리로 속삭였다.
 "그럼 따라와. 쇼인 선생님을 찾아야 돼."
 고고로는 품속의 편지를 슬쩍 꺼내 보여 주었다.
 "선생님께서 편지를 보내셨어. 검은 배를 타고 미국으로 간다고 쓰여 있더라고."

"네에?"

"막부에 들키면 큰일 나. 번에서도 모르는 게 좋고. 한시라도 빨리 찾아서 말려야지."

"검은 배에 올라탄다고……?"

료마가 너무 놀라 넋을 잃은 사이에 고고로는 벌써 걸어가기 시작했다. 료마는 허겁지겁 고고로를 쫓아갔다.

페리 일행은 그 무렵 시모타에 머물고 있었다. 검은 배에 올라탈 작정이라면 쇼인은 정박한 곳에서 가장 가까운 바닷가에서 작은 배를 타고 건너갈 것이다. 이튿날 저녁 료마와 고고로는 바다가 보이는 야트막한 언덕에 올라서서 바다 위를 둘러보았다. 근처 바다에 검은 배 아홉 척이 정박하고 있었다.

위용을 자랑하며 바다에 떠 있는 검은 배들을 료마는 한동안 넋을 잃고 쳐다보았다.

저녁노을이 지고 어둠이 밀려드는 속도와 겨루듯 료마와 고고로는 바닷가 여기저기를 헤맸다. 결국 해는 다 떨어지고 하늘에 별이 반짝이기 시작했을 무렵 속이 타는 듯 초조해진 두 사람이 풀숲을 헤치며 찾아간 곳은 시모타의 가키자키 해안이었다.

모래사장에는 인적이 없었고, 파도만 밀려왔다 나가곤 했다. 고고로는 구름이 달을 가려서 앞이 보이지 않는 해변가에서 열심히 쇼인의 모습을 찾아 헤매다가 이윽고 "응?" 하며 앞을 응시했다. 모래사장에 쪽배 한 척이 있었고, 사람의 그림자처럼 생긴 것 두 개가 희미하게 어른거렸다. 료마도 금세 알아보고 "앗" 하고 외쳤다.

료마와 고고로는 모래에 자꾸 발이 파묻혀서 허우적거리면서도 힘껏 뛰어가다가 쇼인과 시게노스케의 모습이 점차 분명하게 보이자 어쩐 영문인지 속도를 늦췄다.

쇼인과 시게노스케가 서로의 뺨을 때리고 있었다. 더구나 두 사람 모두 상반신은 알몸이었다.

"두려워 마라!"

쇼인이 시게노스케의 뺨을 때렸다.

"선생님도요!"

이번에는 시게노스케가 쇼인의 뺨을 때렸다.

"미국으로 가는 거야!"

"예!"

쇼인의 뺨을 때리려던 시게노스케가 가까이 다가오는 료마와 고고로의 모습을 알아차렸다. 쇼인도 "앗!" 하는 소리를 내더니 두 사람이 동시에 배 뒤쪽으로 뛰어들어 모습을 감췄다.

"선생님, 접니다. 가쓰라 고고로입니다!"

고고로가 외치자 쇼인과 시게노스케가 슬그머니 배 그늘에서 얼굴을 내밀었다. 고고로는 가까이로 뛰어가서 쇼인 앞에 납작 엎드리며 말했다.

"쇼인 선생님, 제발 그만두십시오! 검은 배에 올라탄다니 당치도 않습니다."

료마도 쇼인을 포기하게 하려고 모래사장에 무릎을 꿇고 머리를 숙였다.

"맞습니다! 일부러 목숨을 버리러 가는 것이나 마찬가지 아닙니까?"

"자네는 누군가?"

"도사의 번사인 사카모토 료마라고 합니다. 오랫동안 선생님 뵙기를 소망하고 있었습니다."

"어째서?"

쇼인은 알 수 없다는 표정을 지었지만 이유를 설명하고 있을 시간이 없었다. 료마는 다시금 부탁했다.

"저희는 선생님을 말리러 왔습니다. 부디 밀항은 포기해 주십시오."

"……이런이런, 일껏 기합을 넣고 있던 참인데 말이야. 안 그런가, 가네코 군?"

"네에……."

시게노스케가 김빠진 목소리로 대답했다.

고고로와 시게노스케는 서로 초면이었다. 고고로는 수상쩍게 시게노스케를 쳐다보았다.

"이 사람은 상인 집안 출신이네. 하지만 공부를 아주 좋아하지. 내가 외국 이야기를 했더니 자기도 가고 싶으니 꼭 데려가 달라고 하더군. 가쓰라 군도 그랬지? 외국이라는 곳이 도대체 어떤 곳일까 무척 흥미를 가지고 있지 않았나?"

쇼인은 시게노스케와 고고로를 서로 소개하더니 료마 쪽을 바라보았다.

"사카모토 군은 어떤가? 바다 건너편에 무엇이 있는지 알고 싶지 않은가?"

"네?"

료마는 바다 쪽으로 시선을 돌렸다. 끝도 없이 이어지는 바다의 수평선 너머에 미국이 있다고 했다.

쇼인의 목소리에 힘이 실렸다.

"나는 알고 싶다네. 이 눈으로 직접 외국을 보고 싶어서 견딜 수가 없다고! 지금 저기에 검은 배가 와 있지. 저 배를 타면 미국으로 갈 수 있어. 일본보다 훨씬 앞선 문명의 나라로! 이런 둘도 없는 기회를 눈앞에 두고 바라만 보라는 말인가?"

열정적으로 이야기하는 쇼인을 고고로는 필사적으로 설득했다.

"밀항이 발각되면 선생님은 사형당합니다! 만일 무사히 미국으로 건너갈 수 있다 해도 다시는 일본으로 돌아오지 못합니다!"

외국으로 떠나기는커녕 검은 배에 도착하기도 전에 붙잡힐 위험이 많았고, 혹시 무사히 당도한다 해도 미국인에게 승선을 거부당할 확률이 높았다.

"그래도 괜찮네. 아무것도 하지 않고 있는 것보다는 그러는 편이 몇천 배, 몇만 배나 가치가 있지. 난 죽음 따위 두렵지 않아. 그런 것보다 외국에 가고 싶은 마음이 훨씬 더 강하단 말일세!"

료마는 쇼인의 타오르는 의지에 감동했다. 그러나 고고로는 쇼인의 제자였다.

"저는 선생님을 잃고 싶지 않습니다."

"가쓰라 군, 나도 자네와 헤어지는 것이 괴로워. 하지만 스승으로서 한마디만 해 두지. 자네가 진정으로 외국에 흥미가 있다면 틀림없이 나와 같은 행동을 할 것이네. 그러나 자네는 그러지 않지. 어째서인가? 죽음을 당할까 봐? 일본으로 돌아올 수 없어서? 이별이 힘들어서? 그런 건 모두 변명일 뿐이야."

고고로는 조슈 번의 의사 집안 출신이었다. 학문에 매진할 수 있는 좋은 환경에서 자랐기 때문에 머리만 커지고 이론만 앞세우게 된 것이라고 쇼인이 지적했다.

"이 세상에는 아무리 책을 많이 읽어도 찾지 못하는 대답이 있어! 보게. 나는 아무 변명도 하지 않네. 어떤 운명이 기다린다 해도 후회하지 않을 거야. 내가 지금 해야 할 일은 검은 배를 타고 미국으로 가는 것이네!"

쇼인은 모든 것을 받아들일 각오를 보이려는 듯이 두 팔을 활짝 벌렸다.

"선생님, 달이!"

시게노스케가 밤하늘을 올려다보았다. 구름이 끊긴 틈새로 달이 얼굴을 내보였다. 달빛을 받아 해안에 정박한 검은 배가 신기루처럼 흔들리고 있었다.

"오오!"

쇼인이 탄성을 질렀다. 그 소리를 신호로 시게노스케가 쪽배를 바다로 밀고 나갔다.

"가쓰라 군, 사카모토 군. 나를 걱정해 줘서 고맙네. 그러나 지금 나는 온몸이 떨릴 정도로 환희에 차 있다네. 미국으로 갈 거야!"

쇼인은 모래를 박차고 뛰어나갔다. 쇼인의 등을 향해 료마가 외쳤다.

"저도, 저도 데려가시면 안 됩니까?"

쇼인이 발을 멈추고 뒤돌아보았다.

"선생님이 지금 하신 말씀을 듣고 제가 얼마나 사소한 일로 전전긍긍했는지 알게 되었습니다. 정말 부끄럽습니다. 검이 쓸모가 있건 없건, 그건 이제 상관이 없습니다. 저도 선생님처럼 인생을 살고 싶습니다!"

료마는 끓어넘치는 마음으로 쇼인에게 호소했다.

"정신 차려, 이 바보야!"

느닷없이 뺨을 얻어맞은 료마는 어안이 벙벙해서 쇼인을 쳐다보았다.

"검은 배를 타고 미국으로 가는 것은 내가 해야 할 일이지 자네가 할 일이 아니야. 자네는 누군가? 무엇을 위해 이 세상에 사는 것인가? 자네가 해야 할 일은 무엇인가?"

료마는 할 말이 없어 어떻게든 대답을 찾으려고 머리를 굴렸다.

"생각하지 말게. 마음을 들여다보란 말이야!"

"마음……!"

"그래, 마음. 거기에 이미 답이 나와 있을 것이네."

시게노스케가 먼저 배에 올라탄 다음 쇼인을 불렀다.

"가쓰라 군, 잘 있게. 살아서 돌아올 수 있으면 다시 만나지. 사카모토 군, 머리로 생각해 봐야 소용이 없네."

쇼인은 배에 올라타 노 대신 맨손으로 물을 저으며 시게노스케를 재촉했다.

"검은 배가 바로 저기 있다."

시게노스케는 있는 힘껏 노를 저었다. 손으로 물을 가르는 쇼인의 흥겨운 목소리가 배와 더불어 점차 멀어져 갔다.

"검은 배! 검은 배! 미국! 미국!"

믿을 수 없는 광경이었다. 료마는 온몸에 힘이 빠져서 고고로와 함께 말을 잃은 채 멀어지는 배만 바라보고 있었다.

며칠 뒤 선술집에 들어간 료마는 먼저 밥을 먹던 직공들의 잡담에 주문한 술이 나온 것도 알아차리지 못한 채 귀를 기울였다. 직공들의 잡담 속에 '요시다 쇼인'이라는 이름이 섞여 있었다.

"검은 배에 올라타려다가 거절당했다는군."

"자기가 먼저 부교소로 가서 자수했다던데."

"도대체 뭔 짓이 하고 싶었던 거야, 그놈은?"

직공들이 크게 웃었다.

쇼인은 그날 밤 검은 배까지 쪽배를 저어 갔고, 쇼인의 희망은 페리에게 보고되었다.

"일본에 그런 인물이 있었다니! 참으로 아쉽군……."

페리는 쇼인에 대해 관심을 가지면서도 일본과의 관계에 영향을 줄까 우려해 승선을 거절했다.

항간의 소문만 가지고는 상세한 내막까지 알 수가 없었다. 그래도 료마는 한 가지는 확신했다. 쇼인은 검은 배에 도전함으로써 삶의 가치를 증명하려 했다.

이런저런 생각에 잠겨 멍하니 탁자 위를 바라보던 료마가 갑자기 잠에서 깨어난 사람처럼 머리를 들었다. 눈에 씌었던 무언가가 없어지면서 갑자기 눈앞이 환해졌다.

료마는 이제 망설임 없이 지바 도장으로 향했다.

도장에서는 이날도 격렬한 수련이 진행되고 있었다. 료마는 뜻을 다지고 도장으로 들어가 사다키치 앞에 무릎을 꿇고 고개를 숙였다.

"사다키치 선생님……. 제가 잠시 자기 자신을 잃고 있었습니다. 어느새 아무 생각 없이 검을 도구라고만 여기고 있었습니다. 검은 배에 대항할 수 있느냐 없느냐를 판가름하는 것은 검이 아니었습니다. 바로 사카모토 료마라는 인간이 문제였습니다. 선생님, 아무쪼록 저를 용서해 주십시오. 다시 한 번, 다시 한 번 이 도장에서 저를 단련해 주십시오. 부탁드립니다."

료마는 고개를 깊이 숙였다.

그 말을 들은 주타로와 사나도 감명을 받아 본심을 살피려는 듯한 눈길로 아버지 사다키치를 바라보았다.

사다키치는 엄한 얼굴로 한동안 료마를 바라보다가 문득 표정이 부드러워졌다.

"시간이 걸렸구나. 알았으면 이제 우물쭈물하지 말거라."

료마는 고개를 들고 올곧은 시선으로 사다키치를 바라보았다. 료마와 사다키치의 시선이 마주쳤다.

"연습을 준비하도록."

"가, 감사합니다!"

사나의 마음속에 기쁨이 번졌고, 주타로도 속으로 안도의 한숨을 내쉬었다.

오랜만에 죽도를 손에 쥔 료마는 문하생들을 상대로 열심히 연습을 했다. 그런 료마의 마음이 충만해졌을 뿐만 아니라 어딘지 좀 달라졌음을 사다키치, 주타로, 사나가 모두 느끼고 있었다.

―1854년 3월. 미국과 일본은 드디어 조약을 체결했지. 항간에서는 일본이 미국에게 휘둘렸다고 평가하는 사람도 많지만, 난 불리한 입장에서도 막부가 잘 싸웠다고 생각하네. 하지만 에도막부의 쇄국정책이 끝났다는 사실만큼은 틀림없었지. 그 순간 일본의 역사는 크게 바뀌어 버린 게야.

미일화친조약에서 막부는 나가사키를 비롯해 하코자키(지금의 하코다테)와 시모다 항구에 선박을 기항해 연료나 식량을 보급하도록 허락했다. 조약이 체결된 날을 기점으로 약 220년에 걸친 쇄국정책에 종지부가 찍힌 것이다.

미국으로 건너가기를 열망한 요시다 쇼인은 사형을 면하고 조슈로 압송되었다. 쇼인을 태운 죄인 호송용 수레가 거리를 지날 때 호기심 많은 구경꾼들이 몰려들었다.

"나는 변명할 것이 없다."

쇼인은 죄인 호송용 수레 안에서도 당당하게 가슴을 펴고 말했다.

미일화친조약이 체결되기 조금 전의 일이었다. 도사의 고치 성에서는 번주인 도요시게가 한페이타의 의견서를 읽고 있었다.

"이제 더 이상 나라의 앞날을 막부에만 맡겨둘 수 없습니다. 일본을 지킬 수 있는 분이 도사의 명군이신 야마우치 도요시게 공 외에 누가 있겠습니까?"

도요시게는 의견서를 읽어 보더니 흐흥 하고 코웃음을 쳤다.

"황당할 정도로 나를 치켜세우고 있군."

그 옆에는 도요시게가 직접 발탁해 참정관의 직위를 내린 도요가 대기하고 있었다.

"내용이야 어떻든 다케치라는 자는 주군에 대한 충성심으로 가득합니다."

"그렇지만, 도요. 이자는 상급무사가 아니다."

도요시게는 한페이타의 의견서를 내던졌다. 신분 고하를 막론하고 의견을 모았던 도요시게조차도 상급무사와 하급무사에 대한 차별 의식이 뿌리 깊었다.

그 무렵 야타로는 우라도 마을 다가야라는 쌀 도매상의 부름을 받았다. 무슨 일인가 싶어 영문도 모른 채 가게로 향하던 도중 한페이타와 마주쳤다.

"쌀 도매상이 자네한테 무슨 볼일이라던가?"

한페이타는 이상하다는 듯이 물었다.

"내가 얼마나 뛰어난지 소문을 듣고 밥이라도 배불리 대접해주고 싶은 마음에서 부른 것이겠지."

야타로가 생각 없이 입에서 나오는 대로 대답했다.

한페이타는 도요의 부름을 받고 고치 성으로 향하는 길이었다.

"번의 중신과 직접 만날 수 있다니 참으로 영광스러운 일이지. 앞으로 도사가 어떻게 나아가야 할지 내 생각을 기탄없이 말씀드리고 올 참이네."

"번의 중신이라는 분이 뭐 때문에 하급무사를 부르겠어? 무슨 일인지는 가 봐야 알걸."

야타로는 질투가 나서 공연히 비꼬았다. 다가야에서 이름을 말하고 안내를 청하자 야타로는 귀빈 대접을 받으며 호화로운 방으로 안내되었다. 가게 주인 다가야 히사베가 인사를 하러 나오자 야타로는 주눅이 드는 것을 애써 감추려고 거만한 태도를 취했다.

"내가 이, 이와사키 야타로요. 아니, 쌀 도매상이 도대체 무슨 용건으로 나를 부른 거요?"

"실은 제가 이것을 읽었습니다."

히사베는 천 두루마리를 꺼내 야타로 앞에 펼쳤다. 그 안에 야타로가 쓴 의견서가 들어 있었다.

"도사에는 가다랑어포, 장뇌와 같은 특산물이 있으니 그것을 다른 번에 내다 팔아야 한다. 양이입네 개국입네 하며 앞을 내다볼 수 없는 시기이기에 더욱 돈을 비축해 비상시를 대비해야 한다. 이와사키 님께서 여기 쓰신 내용은 우리 상인들에게는 무릎을 치고 싶을 정도로 획기적인 의견이었습니다."

"……어째서 당신이 내 의견서를 가지고 있는 거요?"

"아아, 히라이 슈지로 님의 여동생이라는 분께서 꼭 한번 읽어 보라면서 주고 가셨지요."

"가, 가오 씨가?"

"이와사키 님, 에도에서 학문을 계속하고 싶으시다면 비용은 이 다가야가 내드릴 의향이 있습니다. 이와사키 님은 틀림없이 앞으로 큰 인물이 되실 것입니다."

"뭐라고요?"

설마 다가야가 이 정도까지 야타로를 높이 평가하고 있을 줄은 꿈에도 생각지 못했다. 가오에게 읽으라고 준 의견서가 생각지도 않은 행운을 가져다 주었던 것이다.

 같은 시각, 한페이타는 고치 성에 들어가 도요 앞에 엎드려 있었다.
 "난 요시다 도요다. 지난번에 그대가 번주께 올린 의견서는 나도 잘 읽었다. 도사를 생각하는 충성심이 참으로 기특하더 구나."
 "감사합니다."
 "그런데 말이야, 진정으로 일본이 외세를 몰아낼 수 있으리 라고 믿는가?"
 "……그게 무슨 말씀이신지?"
 "우리가 만든 배로는 서양에 가지 못하는데, 그쪽에서는 아무 렇지도 않게 우리 나라에 오지. 그것만 보아도 힘의 차이가 여실 하다고 생각하지 않나?"
 한페이타로서는 도요의 견해가 뜻밖이었다. 한페이타는 흥분 해서 반론을 제기했다.
 "요시다 님께서는 일본이 오랑캐의 발에 짓밟혀도 된다는 말 씀이십니까? 서양 오랑캐들은 무슨 일이 있어도 내쫓아야 합니 다. 우리는 그렇게 할 수 있습니다!"
 도요는 낙담하는 표정이었다.
 "……그 정도 그릇이었군. 에도막부는 개국을 결정했다. 일본은 앞으로 달라져야 해. 그것도 모른다는 뜻이군."

"하급무사는 나서지 말라는 말씀이시군요. 그런 식으로 내쳐지는 데에는 익숙합니다."

"됐다. 그만 물러가라."

도요는 볼일이 끝났다는 식으로 명령했다.

한페이타는 너무 분해서 눈물이 나올 지경이었지만 이를 앙다물고 참았다.

어떤 운명의 장난이 명암을 갈라놓은 것일까?

같은 시각에 야타로는 기쁨의 눈물을 흘리고 있었다.

"에도로…… 갈 수 있어……."

야타로에게 생각지도 못한 기회가 찾아온 것이었다.

그해 5월, 료마가 도사 번에서 허가받은 에도 수련의 기한이 다했다. 아쉬움이 많이 남았지만 지바 도장에 이별을 고하고 도사로 돌아가야만 했다.

"오늘까지 지도해 주셔서 정말 감사합니다. 지바 도장에서 전수받은 1년 1개월 수련을 결코 헛되이 하지 않겠습니다."

료마는 사다키치와 주타로에게 큰절을 하며 인사했다.

사다키치는 아직 수련이 끝나지도 않았는데 료마가 도장을 떠나야 하는 것을 안타까워했다.

"호쿠신 잇토류는 네가 상상하지 못할 정도로 깊다. 너의 수련이 아직 끝나지 않았음을 명심하라."

"잘 알고 있습니다."

주타로는 다른 문하생들과는 다르게 료마에게 각별한 친근함을 느끼고 있었다.

"다시 에도로 돌아와라, 사카모토. 다음에는 틀림없이 면장을 받을 수 있을 거야. 반드시 돌아와야 돼!"

"고맙습니다, 주타로 선생님."

주타로는 눈물을 머금고 몇 번이나 고개를 끄덕였다.

바로 도사로 출발해야 하는 료마는 이미 차비를 끝낸 뒤였다. 출발하기 전에 도장을 다시 봐 두려고 문 앞에 서니 사나가 도복 차림으로 바닥을 걸레질하고 있었다. 이마에 땀이 송글송글 맺힌 채로 바닥 나뭇결을 따라 구석구석 걸레질을 하는 사나는 무아지경에 빠진 듯 정신없이 바닥을 닦고 있었다.

사나가 걸레질을 끝내고 한숨을 내쉬면서 무심결에 문 쪽으로 눈길을 돌리니, 료마가 있었다.

"여기 계셨군요."

료마가 도장으로 들어서자 사나는 마음을 가라앉히기 위해 물통에 있는 물로 손을 씻기 시작했다.

"그동안 신세 많이 졌습니다. 지바 도장에서 한 수련은 무엇보다 값진 보물이 되었습니다. 정말로 고맙습니다."

"이제 가시는군요. 도사로 돌아가셔서도 수련을 게을리하지 마시길 바랍니다."

"고향으로 돌아가자마자 곧바로 청원을 낼 생각입니다. 에도에서 더 수련을 하고 싶다고요."

사나의 눈이 반짝였다.

"그때까지 사나 아가씨도 부디 안녕히 계세요."

"정말로 돌아오셔야 해요. 꼭이요."

"네, 꼭 다시 오겠습니다."

"약속해 주세요."

사나는 료마 앞으로 달려가더니 새끼손가락을 내밀었다.

료마는 깜짝 놀라며 한순간 망설이더니 씩 미소를 짓고는 사나의 가느다란 손가락에 자신의 커다란 손가락을 걸었다.

"우리 약속하자, 거짓말하면 큰 벌을 받는다!"

어린아이처럼 노래를 부르는 료마와 새끼손가락을 걸자 사나의 가슴이 두근거렸다.

"거짓말하면 정말로 가만히 안 놔둘 줄 아세요."

아주 잠깐 사나는 무서운 표정을 지으며 못을 박았다.

"우와, 정말로 지바의 무서운 미인이네."

"제, 제가 뭐가 무섭다고 그래요?"

사나가 흥분하면서 따지자 료마는 함박웃음을 지었다.

도장을 나선 료마는 자기가 검술의 미로에서 방황하던 시기에 사나 또한 패기를 잃었다는 사실을 모른 채 고향을 향해 길을 떠났다.

"강의를 시작하기 전에 여러분에게 말해 둘 것이 있다."

한페이타는 다케치 도장에 모인 슈지로, 이조, 가메야타, 세이헤이, 에키치, 모타로, 요시무라 도라타로 등을 둘러보았다.

"에도막부는 미국의 꼭두각시가 되어 기어이 쇄국을 포기하고 말았다. 지금이야말로 우리가 일어서지 않으면 이 나라는 망하고 말 것이다!"

한페이타는 결의를 굳건히 다졌다.

야타로는 그토록 소원하던 에도로 갈 수 있게 되었다.

"가오 씨…… 당신 덕분이오."

야타로는 진심 어린 감사의 뜻을 전했다.

가오도 스승에게 도움을 줄 수 있어 기뻤다.

"이와사키 선생님, 에도로 가셔서도 아무쪼록 몸 건강히 지내세요."

"가오 씨!"

야타로가 가오 곁으로 다가왔다.

"나와 함께…… 에도로 가지 않겠소?"

"네……?"

"내 아내가 되어 주시오!"

가오는 깜짝 놀라서 야타로의 얼굴을 뚫어져라 쳐다보았다.

제7장
머나먼 뉴요커

—1854년 6월. 에도에서 검술 수련을 마친 료마가 15개월 만에 도사로 돌아왔지.

오랫동안 집을 비웠던 료마는 짐을 풀기도 전에 가족들에게 절하며 귀가 인사를 올렸다. 형 곤페이는 감개무량한 표정이었다.
"무사히 다녀왔으니 정말 다행이다."
"어디, 얼굴 좀 보자."
그 말을 듣고 료마는 고개를 들어 엄격했던 아버지를 바라보았다. 하치헤이 또한 감개무량해서 할 말을 잃은 모습이었다.
"어딘지 모르게 늠름해진 것 같네……."
지노가 웃으면서 말했다.

오토메도 가슴이 벅찼다.

"세상 구경 제대로 잘 하고 온 거니, 료마?"

"다양한 사람들이 있었어요. 사는 방법도, 생각하는 방법도 다 다르지요. 에도로 가기를 정말 잘했어요."

료마는 명백하게 성장한 티가 나는 태도로 품속에서 편지를 꺼내 하치헤이 앞에 놓았다.

"지바 사다키치 선생님께서 이것을 주셨습니다."

검술을 조금이라도 아는 사람이라면 지바 사다키치가 손수 쓴 편지라는 점만으로도 황송해서 어쩔 줄 모를 것이다. 하치헤이는 정중하게 편지를 받아 펼친 다음 가족들에게 들리도록 소리내어 읽었다.

"사카모토 료마 군은 검술에 재능이 있습니다. 조만간 에도로 다시 돌아와 수련을 계속하길 바라는 바입니다. 지바 사다키치."

"천하의 지바 도장이 너를 인정해 주었구나."

오토메는 감격한 모양이었다. 이요도 열심히 한 덕분이라며 료마의 노력을 칭찬했다.

"아버지, 저는 검도를 더욱 익히고 싶습니다. 부탁입니다. 에도에서 좀 더 수련할 수 있도록 허락해 주십시오."

료마가 머리를 숙여 간청하자 오토메를 비롯한 가족들의 눈은 복잡한 심정을 드러내며 하치헤이에게 집중되었다. 하치헤이는 미소를 지었다.

"곤페이, 당장 번에다 청원을 넣어 주거라."

"……예."

곤페이는 뭔가 하고 싶은 말이 있는 듯했다.

료마가 시원한 표정으로 외출하자마자 하치헤이의 방으로 온 가족이 모여들었다. 하치헤이는 얼마나 흐뭇했으면 사다키치의 편지를 아직도 손에 들고 있었다.

"우리 울보 료마가…… 세상에……."

곤페이, 이요, 지노, 오토메는 입을 모아 료마의 에도행을 연기시키라고 권했다.

"료마는 지금 의욕으로 가득 차 있어. 그런 녀석이 가겠다는데……."

갑자기 하치헤이가 신음과 함께 얼굴을 찌푸리면서 왼쪽 가슴을 움켜잡았다. 곤페이를 비롯한 가족들이 다급하게 몸을 부축하려고 하자 하치헤이는 간신히 안정을 되찾더니 가족들에게 당부했다.

"괜찮다. 걱정하지 않아도 돼. 료마에게는 알리지 마라. 이 일에 대해서는 절대로 말하면 안 돼."

료마가 검은 배를 보았다는 이야기를 하자 슈지로, 이조, 가메야타, 세이헤이, 에키치, 모타로까지 모두들 웅성거리면서 다케치 도장이 시끌시끌해졌다.

"검은 배는 연기를 내뿜으면서 바다 위를 달려. 증기기관이라는 서양 기술이래."

료마는 가까운 거리에서 느꼈던 흥분을 그대로 전하려고 했다.

한페이타는 그런 료마를 날카롭게 쏘아보았다.

"그런 건 아무래도 상관없다. 막부는 어째서 개국을 한 거냐? 왜 쇄국을 관철시키지 않았느냔 말이다."

"맞아. 미국의 꼭두각시 노릇이나 하고!"

슈지로가 동조했다. 료마로서는 뜻밖의 반응이었다. 이조는 료마가 모처럼의 좋은 기회를 그냥 놓쳐 버린 것처럼 발을 굴렀다.

"오랑캐 놈들을 하나도 남김없이 칼로 다 베어 버리지 그랬어? 료마, 넌 도대체 뭐하고 있었던 거야?"

이조를 비롯한 친구들의 얼굴을 둘러보던 료마의 눈길이 도장 벽에 가서 꽂혔다. '양이'라는 글자가 붙어 있었다.

"양이……."

중얼거리는 료마에게 슈지로가 자랑스러운 얼굴로 말했다.

"다케치 선생님은 말이다, 이제 도사에서 제일가는 양이의 기수야."

언제부터 한페이타가 양이의 기수가 되었고, 선생님이라고 불리게 된 것인가? 료마는 질문을 던지는 듯한 눈으로 한페이타를 보았다.

"료마, 넌 양이의 뜻이 뭔지 알아?"

"일본으로 오는 외국 배들은 무조건 내쫓아야 한다는······."

"그래. 지금 미국, 영국, 러시아, 프랑스 같은 서양 제국이 일본을 침략해서 자기 것으로 삼으려 하고 있지. 그런 놈들은 어떻게 해서든 물리쳐야 한다!"

"잠깐만요, 다케치 씨."

지금까지처럼 한페이타를 부르자 에키치에게 따끔한 지적을 받았다.

"다케치 선생님이라고 불러!"

흉금을 털어놓고 지내던 친구들의 변한 모습이 료마는 낯설고 이상하게 느껴졌다.

"다케치 도장은 이제 검술이나 학문을 배우기 위해서 모이는 곳이 아니다. 오랑캐로부터 일본을 지키고 양이를 실행할 것을 맹세하면서 모두들 내 밑으로 모여들고 있어."

한페이타는 자기 사상에 대해 털끝만큼도 의심하지 않는 것 같았다.

료마는 다케치 도장을 나온 뒤에도 놀란 마음이 가시지 않아 이조를 불러내 찻집 평상에 걸터앉았다.

"다케치 씨가 양이의 기수라니······. 도사까지 그렇게 변했을 줄이야······."

"무슨 허튼소리를 하는 거야? 요즘 같은 때에 양이파가 아닌 일본인이 어디 있다고. 사무라이가 오랑캐 따위에 질 리가 있어?"

 검은 배의 위력을 모르는 이조는 속 편하게 경단을 먹었다.

 "검은 배는 괴물처럼 엄청나게 크단 말이야. 그런 괴물을 어떻게 무찌른다는 소리야?"

 "그, 그걸 나한테 물어보면 어떡해? 어려운 건 다케치 선생님이 다 생각하는데."

 이조는 갑자기 안절부절못하더니 밭일을 도우러 가야 한다며 돌아가 버렸다. 료마가 당혹스러워하며 이조를 보내는데, 마침 길 가던 사람들 사이로 가오의 얼굴이 보였다.

 "잘 지냈어?"

 "네……. 에도는 어땠어요?"

 료마와 가오는 서로 어색한 대화를 주고받았다. 가오는 아직도 처녀들처럼 머리를 올리고 있었다. 당시 여자는 시집을 가면 머리 모양을 바꿨다.

 "가라키 님과의 혼담은 거절했어요."

 "뭐?"

 "학문을 배우고 싶었거든요."

 "누구한테 배우는데?"

 "이와사키 야타로 씨요. 하지만 이제 그만두었어요. 이런저런 일들이 좀 있어서……."

 "이런저런 일?"

 "료마 씨와는 상관없는 일이에요."

료마는 후욱 하고 한숨을 내쉬었다. 고향으로 돌아오자마자 뜻하지 않았던 일들이 잇달아 일어나는 것 같았다.
"······그래, 혼담을 거절했다고."
료마의 가슴에 당혹스러움과 동시에 안도하는 마음이 번져 나갔다.
가오의 가슴속에서도 은근한 기대가 싹트기 시작했다.

야타로의 제자, 다메고로와 쓰루키치는 처음에는 도대체 손을 쓸 수 없을 정도였는데 『일본외사』를 예전보다 훨씬 잘 읽을 수 있는 수준까지 실력이 늘었다. 코를 질질 흘리며 다니던 제자들이 열심히 배우려고 하는데도 야타로는 마음이 딴 데 가 있는 사람처럼 멍하니 그날 일을 곱씹고 있었다.
(가오 씨! 나와 함께······ 에도로 가지 않겠소? 내 아내가 되어 주시오!)
야타로는 필사적으로 청혼했다.
(가오 씨가 내 의견서를 쌀 도매상에게 전해 준 덕분에 에도로 갈 수 있게 되었소. 가오 씨가 그렇게까지 나를 생각해 주고 있었다니! 그 마음에 나는 어엿한 사내로서 마땅히 보답할 생각이오!)
(죄송합니다.)
가오는 바닥을 두 손으로 짚고 고개를 깊이 숙이며 사과했다.
(선생님께서 그런 착각을 하시다니······. 제게는 그런 마음이 전혀 없습

니다. 저는…… 저에게는…….)

(……아직도 료마를?)

(안녕히 계세요.)

그때 가오가 나가면서 닫아 버린 문을 미련 가득한 눈으로 멍하니 바라보고 있는데, 문이 다시 드르륵 하고 열렸다. 누군가가 후광과 함께 들어섰다. 야타로는 눈부신 나머지 눈을 반쯤 감았다.

"아아, 미안해. 강의 중이었나?"

료마의 목소리가 들렸다.

료마는 격의 없이 다메고로나 쓰루키치와 이런저런 말을 주고받더니 집으로 돌아가는 아이들의 뒷모습을 눈으로 배웅했다.

"뭐하러 왔어?"

"네게도 에도 이야기를 해 줘야지."

다도쓰 항구에서 한 약속이었다. 바다와 벼랑 위에서 서로를 향해 외친 말들이라 상대방에게는 들리지 않았지만…….

"안 그래도 능글능글한 도련님이 에도에 가서 기름칠을 더 하고 왔겠군. 그래, 요시와라(에도의 유명한 유곽-옮긴이)는 어땠어? 예쁜 여자들이 수도 없이 모여 있던가?"

"난 검술 수련을 하러 갔다 온 거야. 여자하고 놀 새가 어디 있었겠어?"

"그야 도사에 정혼자가 있으니까."

야타로는 증오에 찬 눈길로 료마를 노려보았다.

"정혼자? 그게 무슨 소리야?"

"어차피 너는 도사 땅에서 얌전히 썩어 갈 남자니까. 하지만 난 달라. 하급무사의 우두머리가 될 거야. 아니, 이제는 그런 꿈도 너무 작지. 난 일본을 움직이는 남자가 될 거다. 그깟 도사 여자쯤은 너에게 줘도 아깝지 않아."

자신만만한 발언과는 반대로 야타로의 가슴속에서 뜨거운 무언가가 치밀어 올랐다. 료마는 도대체 야타로가 어째서 버럭버럭 화를 내는지 이해할 수 없었다. 외출하려는 야타로를 뒤따라가자 야타로가 뒤돌아서 확 째려보았다.

"따라오지 마! 난 지금 가와다 쇼료 선생님께 가는 참이야."

"가와다? 그게 누군데?"

가와다 쇼료는 가노류狩野流의 화가이자 난학자(蘭學者, 일본이 쇄국 기간에 유일하게 교류했던 네덜란드 언어를 통해 서양에 대해 연구했던 학자들-옮긴이)였으며 존 만지로(본명은 나카하마 만지로. 바다에 나갔다가 표류해 미국에서 자랐으며 미국과 일본이 화친조약을 맺을 때 활약한 일본인-옮긴이)에 대한 이야기를 기록해 『표손기략漂巽紀略』이라는 책을 저술했다. 또한 사쓰마(지금의 가고시마) 번까지 가서 그곳에서 만든 반사로反射爐를 보고 오는 등 서양에 대해서도 정통했다.

"나도 데려가 줘. 도사에 그런 인물이 있다면 나도 이야기를 들어 보고 싶어."

"누가 만나게 해 준대? 나 혼자 갈 거다."

야타로는 료마를 뿌리치려고 발걸음을 재촉했고, 료마는 호기심에 가득 차서 그 뒤를 부지런히 쫓아갔다.

  그날은 마침 가와다 쇼료의 강의가 있는 날이어서 모여든 사무라이들로 금세 방 안이 가득 찼다. 그러자 젊은 남자가 나와서 요령 있게 사람들을 여기저기에 앉혔다. 료마도 안면이 있는 남자였다.
 "조지로 아냐?"
 "사카모토 님!"
  성안 마을에 있는 만두 가게 아들로 훗날 료마와 같이 활동하게 되는 곤도 조지로였다.
 "네가 어째서 여기 있는 거야?"
 "쇼료 선생님 제자가 되었거든요. 선생님이 강의하실 때마다 이렇게 나와서 도와드립니다."
  매번 사람들로 북새통을 이루는 모양이었다. 거기에 손님 한 사람이 더 들어왔다. 한페이타였다. 한페이타는 여유롭게 마지막 줄에 자리를 잡았다.
  방으로 들어온 쇼료는 강의 첫머리부터 갑자기 코로 숨을 쉬면서 말을 시작했다.
 "뉴요커란 미국에 있는 도시 이름이오."
  쇼료 옆에 대기하고 있던 조지로가 준비해 둔 두루마리를 펼쳤다. 붓글씨로 쓴 'NEW YORK'이라는 글자 옆에 '뉴요커'라고 읽는 법이 쓰여 있었다.

"미국은 다른 어떤 나라와도 비교할 수 없을 정도로 풍요로우며 동서남북의 여러 나라들과 교역, 말하자면 물건을 사고팔고 있소. 그리고 나라의 기둥인 프레지던트는 도쿠가와 쇼군처럼 대대로 이어받는 직위가 아니오. 프레지던트는 학식과 인격이 모두 뛰어난 자가 다른 사람들의 천거를 받아서 되는 것이오. 상인이나 농민 출신이어도 프레지던트가 될 수 있소."

방 안을 가득 메운 사무라이들의 입에서 놀라움과 불만 섞인 탄성이 흘러나왔다.

"그렇소. 일본으로서는 상상도 할 수 없는 일이오. 그런 나라이기에 검은 배를 몇 척씩이나 동원해서 일본까지 올 수 있었던 거요."

제일 뒷줄에서 한페이타가 질문을 던졌다.

"선생님은 미국이 일본보다 뛰어나다고 주장하고 싶으신 겁니까?"

"주장하고 싶으냐고? 주장이 아니라 엄연한 사실이오."

그 소리에 거의 절반에 가까운 사무라이들이 "무슨 헛소리야" 하고 화를 내며 나가 버렸다.

쇼료는 전혀 동요하지 않고 강의를 계속하며 벽에 걸려 있던 두루마리의 끈을 풀었다. 두루마리에 그려져 있는 것은 료마가 지금껏 한 번도 본 적이 없는 그림, 세계지도였다. 쇼료는 지도 속의 한 점을 가리켰다.

"이것이 일본이오. 세계에서 보면 일본은 아주 작은 섬나라에 불과하지."

료마는 펄쩍 뛰어오를 정도로 놀랐다. 다른 사무라이들로부터 "당신 개국파 아냐?", "일본이 갈 길은 양이밖에 없다!" 등 비난이 잇달아 날아왔다.

쇼료는 이런 반응에 이미 익숙한 모양이었다.

"그래, 양이란 말이 이제야 나왔군. 난 어느 쪽이건 상관없소. 양이든 개국이든."

이 말이 사무라이들의 분노에 불을 붙였고, 자리를 박차고 나가는 사람들이 줄을 이었다. 모두 나가 버리면 강의는 끝이 나겠지만 아직 세 사람이나 남아 있었다. 료마는 당혹스러워하는 중이었고, 야타로는 하품을 하고 있었고, 한페이타는 쇼료를 가만히 노려보고 있었다.

쇼료가 세 사람을 차례차례 바라보았다.

"어이구, 세 사람이나 남았군. 이것 참 드문 일일세."

"양이든 개국이든 상관없다는 건 도대체 무슨 뜻입니까?"

한페이타가 따졌다. 쇼료가 어떻게 대답할지 료마는 기대하면서 기다렸다.

"마음가짐의 문제라는 뜻이오."

쇼료는 코털을 뽑더니 코끝이 근질근질한지 재채기를 했다. 사람을 업신여기는 듯한 태도에 한페이타의 표정이 험악해졌다.

"선생님은 어선이 난파하는 바람에 미국으로 건너갔다는 나카하마 마을의 만지로라는 자로부터 미국 이야기를 들으셨다고 하던데요?"

"음, 참으로 재미있었지."

"도사에서 제일로 박식하다는 분이 미국에 대해 배우셨다는 뜻이군요. 그렇다면 당연히 놈들을 어떻게 무찔러야 할지 군략을 세웠으리라 기대하고 왔습니다만……. 아무래도 내가 잘못 생각한 모양입니다. 그러고도 당신이 일본의 백성이오?"

한페이타는 오른쪽에 놓아 두었던 칼을 왼쪽으로 옮기더니 손을 칼자루에 올려놓았다. 언제든지 뽑을 태세였다.

"다케치 씨!"

료마가 말렸다. 심상치 않은 분위기 탓에 조지로가 긴장하고 있었다.

"아, 정말. 짜증나 죽겠네."

야타로가 언짢은 목소리로 끼어들었다.

"유럽에서 증기기관이 발명되고, 증기선이 바다를 휘젓고 다니기 시작한 그때부터 세상은 완전히 바뀌어 버렸다고. 그런데 일본만 옛날과 똑같이 남아 있을 수 있겠어?"

단순 명쾌하게 해석해 주었다. 야타로는 도사에만 있었으면서 어떻게 세계정세를 꿰뚫고 있는 걸까? 료마는 야타로를 다시 보았고, 한페이타는 "네가 뭘 안다고 잘난 척이냐!"며 쏘아붙였다.

그런데 야타로의 설명에는 마지막 한마디가 남아 있었다.

"라고, 이 선생님은 말씀하고 싶었단 말이지."

쇼료가 한 강의의 핵심을 기가 막히게 꿰뚫은 설명이었지만 야타로의 주장은 아니라는 뜻이었다. 한페이타는 기세가 꺾여 버렸고, 쇼료는 웃기 시작했다.

"자네는 머리가 상당히 좋은 것 같군."

"하지만 난 일본이 어떻게 되건 상관없어. 당신한테 묻고 싶은 건 어떻게 하면 내가 대단한 사람이 될 수 있느냐 하는 것이지."

야타로가 생각하는 '대단한 사람'은 부자를 뜻했다.

"돈이 있어야 큰일을 이룰 수가 있는 것 아닌가?"

가난하지만 야타로는 사무라이였다.

"사무라이가 돈타령이나 하고 있다니!"

야타로를 꾸짖으려 한 한페이타가 오히려 통렬한 반격을 당했다.

"돈 없는 비참함을 모르는 사람은 입 다무시지!"

쇼료는 웃으면서 야타로에게 조언을 해 주었다.

"그렇군. 나름대로 앞뒤가 맞는 말이야. 하지만 자네는 한 가지 커다란 착각을 하고 있어. 부자가 되고 싶다면 그 방법을 나한테 물어보지 말고 부자에게 물어봐야지."

료마와 야타로가 새삼 방 안을 둘러보자 장지문에 구멍이 여러 개 나 있었다.

쇼료가 야타로를 가리켰다.

"자네도 실격이야."

"뭐가 실격이야!"

야타로가 검을 손에 들었다.

"그만해, 야타로."

료마가 안절부절못하며 말렸지만 막상 장본인인 쇼료는 검 따위는 눈에 보이지 않는 사람처럼 자리에서 일어섰다.

"오늘은 여기까지. 뒷간 가야지, 뒷간."

쇼료가 재빨리 나가 버리자 조지로도 그 뒤를 따라 떠나 버렸다.

료마, 한페이타, 야타로까지 세 사람만 덩그러니 남겨졌기에 다 같이 쇼료의 집에서 나왔다.

"젠장, 잘난 척하는 태도라니!"

야타로는 아직도 화가 풀리지 않은 모양이었다.

"도사에도 특이한 사람이 있었네."

료마는 기존 관념에 사로잡히지 않은 쇼료의 사고방식에 신선함을 느낀 모양이었다. 그러나 양이를 외치는 한페이타는 그런 쇼료가 도무지 마음에 들지 않았다.

"뭘 그렇게 감탄하고 있어? 저런 인간이 바로 학식만 있지 뜻이 없는 놈들의 대표라고 볼 수 있어."

현관을 나가면서 세 사람이 나눈 대화는 바로 옆 뒷간에 있는 쇼료의 귀에 고스란히 들어갔다. 설마 쇼료가 뒷간에 앉아 자기들의 이야기를 듣고 있으리라고는 상상도 못한 채 한페이타는 야타로의 말꼬리를 잡아 시비를 걸었다.

"너도 아까 예사롭게 흘려버릴 수 없는 말을 하던데. 뭐, 일본이 어떻게 되건 상관없다고?"

"잠깐만요! 싸우면 안 돼요."

료마가 재빨리 말렸지만, 야타로는 어쩐 영문인지 자신을 고래에 비유하면서 맞받아쳤다.

"고래는 말이야, 어떤 상황에서도 유유히 바다를 헤엄치지. 파도가 거칠어졌다고 어쩔 줄 모르는 건 피라미들이야."

"그건 나를 두고 하는 말이냐, 야타로?"

"잘 아네, 다케치 씨."

한페이타와 야타로는 서로를 향해 으르렁거렸다.

"그만해!"

결국 료마가 소리쳤고, 그 기세에 밀려 한페이타와 야타로는 간신히 입을 다물었다.

"야타로, 검은 배는 말이야, 바다를 뒤흔들면서 앞으로 나아가게 되어 있어. 고래도 도망칠 수밖에 없다고. 다케치 씨, 바다에서 밀려오는 큰 파도를 검으로 물리칠 수가 있을까요?"

료마는 양쪽을 번갈아 보면서 물었다.

"난 에도에서 배웠어요. 자신을 뒤흔드는 적은 사실 자기 마음속에 있다는 것을. 쇼료 선생님이 말씀하시고 싶은 것은 미국이나 영국, 러시아를 적으로 삼기 전에 무슨 일이 일어나건 일본을 지키겠다는 마음가짐을 가지라는 뜻일 거예요. 그렇기 때문에 양이건 개국이건 상관이 없다고 그렇게 말씀하신 거지요."

"네가 나한테 설교를 하다니, 참……."

한페이타가 씁쓸하게 웃었다.

야타로는 능글능글 웃고 있었다.

"상당히 재미있네. 에도에 다녀오면 그런 억지 논리를 그럴듯하게 떠들 수 있단 말이지? 이것 정말 더욱 기대되는데."

무슨 말인가 싶어 료마와 한페이타가 이상하다는 표정으로 쳐다보았다.

"실은 이 이와사키 야타로 님께 투자하고 싶다는 사람이 나타났거든. 그래서 나도 이제 에도로 갈 수 있게 되었단 말이지."

"진짜야, 야타로? 그거 정말 잘되었네."

야타로가 통행증을 위조하면서까지 그토록 가고 싶어 하던 에도였다. 료마는 진심으로 기뻐했다. 그러나 야타로의 빈정거림은 그칠 줄 몰랐다.

"다케치 선생님께선 도사의 하급무사들이나 모아서 조촐하게 지내시라고."

한페이타의 속을 확 긁어놓더니 "내가 다케치 한페이타를 이겼다!"라고 떠벌이면서 돌아가 버렸다.

본의 아니게 에도로 가지 못하는 한페이타는 순식간에 기분이 확 상해 버렸다.

"가든 말든 마음대로 하라지."

야타로와는 다른 길로 걸어가기 시작했다.

남겨진 료마는 우왕좌왕했다.

뒷간에 있던 쇼료는 세 사람의 이야기를 흥미롭게 듣고서 료마에게 호기심을 느꼈다. 그의 됨됨이에 대해 조지로에게 물어보자 조지로는 만두를 사러 다니던 시절의 료마를 잘 기억하고 있었다.

"그 시절에는 한마디로 울보에 오줌싸개였지요. 저러다 제대로 클 수나 있을지, 남의 일이지만 걱정을 많이 했습니다. 하지만 검술 실력이 늘면서 묘한 인품을 가지게 되었지요."

"묘하다니?"

"똑똑한 것 같이 보이면서도 알고 보면 아무 생각 없고 그러면서도 가끔씩 허를 찌르는 말을 하지요. 친구들하고 떼를 지어 다니는 건 아니지만 그렇다고 외톨이도 아니고요."

"자넨 어떻게 그렇게 상세하게 사람을 파악하고 있는가?"

쇼료가 황당해하며 물어보자 조지로는 거들먹거리면서 대답했다.

"그야 장사꾼의 자식이니까요."

료마의 가족들은 가와다 쇼료가 교토 니조 성의 장지문 그림을 그릴 정도로 고명한 화가라는 사실을 알고 있었다.

"니조 성의! 세상에는 참으로 다양한 재능을 가진 사람이 많군."

료마의 눈에 비친 쇼료는 화가라기보다 문명에 개방적이고 개성적인 논객이라는 느낌이었다.

마침 식사 시간에 쇼료가 화제에 올랐는데 하치헤이는 반찬에만 조금씩 젓가락을 가져갈 뿐 거의 먹지 않고 녹차만 홀짝이고 있었다.

"어디 편찮으세요?"

료마가 아버지께 묻자 오토메와 곤페이가 옆에서 평소보다 반찬이 좀 짜서 그렇다며 대신 변명을 했다.

"그렇게 맛이 진한가?"

료마의 입에는 평소와 거의 구별이 가지 않았다. 고개를 갸웃거리는데 "실례합니다" 하고 누가 부르는 소리가 들렸다. 귀에 익은 목소리였다. 그도 그럴 법한 게 쇼료가 아무런 연락도 없이 불쑥 찾아온 것이었다.

가족들은 쇼료를 큰 인물이라고 믿고 있었다. 그런데 막상 당사자는 손님 접대용으로 내온 녹차를 벌컥벌컥 들이키더니 갑자기 "한 잔 더"라고 부탁해 가족들을 당혹스럽게 만들었다.

"저어, 선생님께서는 무슨 일로 오셨는지……?"

하치헤이가 조심스럽게 물었다.

"난 언제나 재미있는 일을 찾고 있소. 아무리 사소한 일이라도 '응? 으응?' 하는 느낌이 오면 곧바로 쫓아가게 된다오. 와하하하."

쇼료가 웃었지만 료마와 가족들은 하나도 우습지 않았다. 멍하니 보고 있으려니까 쇼료가 갑자기 본론으로 들어갔다.

"자네는 검은 배를 바다에서 밀어닥치는 파도에 비유하더군. 그건 어떤 파도인가? 나한테 가르쳐 주게."

"글쎄요, 어떤 파도라고 해야 하나……?"

어떻게 표현해야 할지 료마가 설명하지 못하자 곤페이와 오토메까지도 '검은 배'와 '파도'에 흥미를 느꼈는지 빨리 대답해 보라며 료마를 재촉했다.

"으…… 으윽!"

하치헤이가 느닷없이 가슴을 움켜잡더니 고통스러운 표정으로 바닥에 쓰러졌다. 이름을 불러도 신음만 흘릴 뿐이었다.

평소에 돌봐 주던 의사를 부르려고 했는데 하필이면 낚시하러 가고 없었다.

"내 아는 의사가 미나미마치에 있네."

쇼료가 말했다.

"불러오겠습니다!"

오토메가 일어서려는데 그보다 먼저 쇼료가 나섰다.

"아니, 내가 다녀오는 편이 빨라."

그 말을 끝맺자마자 쇼료는 밖으로 뛰쳐나갔다.

하치헤이는 반년 전부터 심장병을 앓아 왔고, 완쾌하기 힘들다는 진단이 내려진 상태였다. 하치헤이의 상태에 대해 가족 누구도 알려 주지 않았다는 점 때문에 료마는 마음에 큰 상처를 입었다. 하치헤이는 료마에게 더할 나위 없이 소중한 아버지였다.

"누나, 어째서 알려 주지 않은 거야!"

료마가 오토메를 다그치자 옆에 앉아 있던 지노가 대신 변명했다.

"아버님께서 도련님한테는 절대로 말하지 말라고 하셨어요."

이요도 옆에서 거들었다.

"네 검술 수련에 방해가 되면 안 된다고 하시면서……."

그래도 료마가 납득하지 못하는 것처럼 보이자 오토메는 참고 있던 슬픔을 터뜨렸다.

"당연하잖아! 넌 아직도 아버지의 마음을 모르겠니?"

방에 누워 있는 하치헤이 옆에는 쇼료가 계속 붙어 있었다. 료마는 살그머니 방문을 열고 안으로 들어가 잠들어 있는 하치헤이의 얼굴을 바라보았다.

"난…… 에도에서 아무것도 모르고 멋대로 살았는데……!"

쇼료가 할 말이 있는 표정으로 료마를 보았다.

하치헤이는 깊이 잠들어 있었다. 그런 아버지를 바라보는 료마의 두 눈에서 눈물이 흘렀다.

이튿날 새벽, 에도로 떠나는 야타로를 아버지와 어머니, 어린 남동생 야노스케를 업은 여동생 사키가 배웅했다.

"야타로야, 에도까지는 길이 멀다. 꼭 몸조심해야 한다."

어머니 미와는 가난 탓에 고학을 해야만 했던 야타로에게 좋은 기회가 찾아온 것을 기뻐하는 한편으로 긴 여정과 낯선 고장에서 생활해야 하는 아들에 대한 걱정이 끝이 없었다.

스승이 길을 떠나는 날인 만큼 제자인 다메고로와 쓰루키치가 야타로를 배웅하러 나왔다.

"다메고로, 쓰루키치. 내가 없는 동안에도 책 읽는 것을 소홀히 해서는 안 된다."

야타로가 스승답게 당부하자 다메고로와 쓰루키치는 눈물이 그렁그렁해서는 고개를 끄덕였다.

"네 사숙에 여자 제자도 있지 않았냐? 그 제자는 배웅하러 안 온다냐?"

아버지가 쓸데없는 것을 물었다. 야타로는 그 질문을 무시하고 기운을 차리려는 듯 밝은 목소리로 말했다.

"그런 거야 아무려면 어때요. 그럼 가 볼게요."

길을 나서는 야타로에게 미와와 사키가 "몸조심해라", "오빠, 잘 다녀와" 하고 인사했다.

"야타로……."

이름을 부르는 아버지의 목소리에 울음이 섞여 있었다. 도박과 싸움으로 집안을 어렵게 만들었던 아버지의 목소리조차 야타로를 감상적으로 만들었다. 야타로는 미련을 잔뜩 남겨 둔 채 집을 떠났다.

집을 나와 들어선 논길에 또 한 명 배웅하러 온 사람이 기다리고 있었다.

"료마."

"오늘은 이와사키 야타로가 새 출발을 하는 날이잖아."

"누가 너더러 배웅해 달라고 그랬어?"

"에도에 가더라도 부모 형제를 잊어서는 안 돼. 건강하게 잘 있는지 항상 신경을 쓰도록 해."

"우리 아버지는 죽이려 해도 안 죽을 양반이야."

그대로 지나치려다가 야타로가 돌아보았다.

"난 에도에 가서 반드시 유명해질 거야. 이제 너와는 평생 얼굴을 못 볼지도 모르겠네."

어째서 솔직해지지 못하는 것일까? 료마는 그런 야타로를 복잡한 심정으로 배웅했다.

료마가 집으로 돌아가자 방금 일어난 쇼료가 흐트러진 잠옷 바람으로 앉아 된장국을 먹고 있었다.

"선생님께서 의사를 불러 주신 덕분에 아버지가 목숨을 부지할 수 있었습니다."

료마가 정중하게 감사 인사를 했다. 곤페이를 비롯한 온 가족이 쇼료에게 진심으로 고마워했다.

쇼료는 아침을 먹었다.

"아아, 맛있다. 밥상을 물리고 나서 목욕이나 좀 했으면 좋겠네."

쇼료의 밥그릇에 밥을 뜨고 있던 오토메가 "네?" 하고 놀라면서 일손을 멈췄다.

"이런 때에 옆에 있게 된 것도 인연이라면 큰 인연이겠지. 난 이 집에 좀 더 머물 생각이야."

녹차를 따르던 지노가 "네?" 하면서 얼굴을 들었다.

"이 집은 편안하니 지내기가 좋네."

"물론, 얼마든지 계셔도 괜찮습니다!"

곤페이가 제일 먼저 환영했다. 쇼료는 하치헤이의 목숨을 살려 준 은인이었다. 오토메와 지노도 동의하면서 기분 좋게 받아들였다. 쇼료는 기분이 상당히 좋아 보였다.

"좋아. 그런데 료마, 검은 배는 어떤 파도였나?"

"네……?"

료마는 깜짝 놀랐다. 느닷없이 전날의 화제로 돌아가다니. 더구나 곤페이, 오토메, 지노까지 파도에 대한 이야기를 들으려고 잔뜩 기대를 하면서 기다리고 있었다.

"……잘 모르겠습니다."

다들 일제히 김빠진 얼굴이 되었다. 쇼료는 특히나 불만스러운 표정이었다.

"파도에 비유한 건 바로 자네야."

"비유한 게 아니라 정말로 큰 파도였습니다."

료마는 손짓 발짓을 섞어 가며 검은 배와 마주쳤던 순간을 재현해 보려고 했다.

"화악 하고 단숨에 검은 배가 쫓아오나 싶더니 철썩 큰 파도가 몰려와서 우리를 집어삼키는 바람에 정말이지 죽는 줄 알았다니까요."

"그렇게 가까이에서 검은 배를 본 거야?"

오토메가 흥분한 모습으로 물었다.

"바로 코앞이었다니까."

쇼료는 아예 밥상을 옆으로 밀어내고는 더욱 가까이 다가왔다.

"어땠나, 검은 배는?"

곤페이, 오토메, 지노도 몸을 앞으로 내밀면서 대답을 기다리고 있었다. 료마는 적절한 말을 찾아보려 했지만 도저히 제대로 설명할 수가 없었다.

"이걸 보는 편이 빠를지도 모르겠네요."

료마는 품속에서 종이 두 장을 꺼내 한 장을 쇼료 앞에 펼쳐 놓았다. 그림 같은 것이 그려져 있었다.

"이건……."

"검은 배입니다."

조잡한 그림이었지만 창피함을 무릅쓰고 보여 준 터라, 오토메가 적나라하게 "이게 그림이야?" 하고 묻자 마음이 상했다.

쇼료는 그림 같지도 않은 그림을 뚫어지게 바라보았다. 그림에는 '대포', '쇠닻 여섯 개', '물레방아' 등의 설명이 덧붙여져 있었다.

"……또 한 장은?"

쇼료가 재촉하자 료마는 나머지 한 장을 등 뒤로 감췄다.

"아, 이건 아무것도……."

"보여 드려."

곤페이의 말에 료마는 할 수 없이 종이를 내밀었다. 보아하니 무슨 설계도를 흉내 낸 것 같은 그림이었다.

"검은 배가 어떤 식으로 움직이는지 궁금해서요."

치졸한 설계도에 눈길을 떨어뜨리고 있던 쇼료가 문득 료마를 올려다보았다.

"어째서 그런 생각을 하게 되었지?"

"아니…… 그냥 만들 수 있으면 좋겠다 싶어서."

이번에는 무슨 소리를 들을까 싶어 료마가 전전긍긍하고 있는데 아니나 다를까 지노와 오토메의 새된 목소리가 잇달아 빗발쳤다.

"만들어?"

"검은 배를!"

곤페이가 아아, 하면서 자기 무릎을 쳤다.

"그렇구나! 일본도 검은 배를 만들어서 미국을 무찌르겠다는 말이로구나."

"아니에요. 난 싸우는 건 싫어요."

료마는 곧바로 부인했지만 에도에서 보낸 편지에 '오랑캐의 목을 자르겠다'며 기세등등하게 쓴 일이 있었다. 그 사실을 곤페이와 지노가 지적하자 료마는 흠칫 놀라면서 우물쭈물하니 대꾸를 하지 못했다.

"료마는 에도에서 여러 가지를 보고 왔잖아. 생각이 정리되지 않은 건 당연하지. 그렇지 않아요, 지노 언니?"

오토메가 옆에서 감싸 주었다.

"그야 그렇죠, 아가씨. 도련님을 너무 내몰지 말아요, 여보."

지노도 순식간에 입장을 바꿔서 남편인 곤페이 탓을 했다. 곤페이가 남자답지 못하게 "당신이 먼저 그랬잖아!" 하고 반격하는 바람에 부부 싸움이 시작되었다.

료마는 이야기가 옆으로 빗나가 다행이다 싶어 가슴을 쓸어내렸는데 쇼료는 그런 료마를 곁눈질로 계속 뚫어지게 쳐다보고 있었다.

해가 저물 무렵에 소나기가 내렸다. 료마는 하치헤이의 방에 있는 덧문을 닫았다.

"료마, 곤페이에게 들었다. 검은 배를 만들어 보고 싶다고 했다면서?"

"네에……."

"만들어서 어쩔 셈이냐? 누구를 태워서 어디로 가려고?"

"……거기까지 생각하고 꺼낸 말은 아니에요."

하치헤이가 미소를 지었다.

"료마, 내 걱정은 마라. 너는 검을 휘두르고 책을 읽어라. 사무라이가 자신을 갈고 닦아 향상시키려는 마음을 잃어버리면 살아가는 의미가 없어진다. 이 세상에 태어난 이상 자기 목숨을 끝까지 다 써야 한다. 끝까지 다 쓰고 나서…… 삶을 마감하는 것이다. 사람에게는 제각기 정해진 수명이 있다. 그것을 받아들여야 한다."

료마의 마음에 뜨거운 감정이 솟아올랐다.

"아버지! 전 아무것도 이루지 못했습니다. 아버지께 아직 아무것도 보여 드리지 못했어요. 그러니까 아버지는 더 오래오래 사셔야 해요."

"너는 예전보다 몇 배나 더 큰 그릇이 되어 돌아왔다. 그것만으로도 충분하다. 곱게 키운 꽃이 싹을 틔우고 잎사귀가 자라나는 것을 보는 것이 기쁨 아니겠느냐? 부모에게는 자식의 성장이 무엇보다도 큰 행복인 것이야."

하치헤이는 든든하게 자란 료마의 모습에 기뻐하며 더욱 높이 뛰어오르라고 부드럽게 격려했다. 료마가 아버지의 가르침을 가슴에 새기고 있을 때 복도에서는 쇼료가 부자간의 대화를 듣고 있었다.

그날 밤 료마는 오토메의 방에서 이런저런 이야기를 나누고 있었다.

"뭔가가 있어……. 에도로 떠나기 전의 나에게 없던 무언가가 여기에 말이야."

료마는 자기 가슴을 두드렸다. 가슴속에 있는 그 무언가를 표현할 방법이 없어 답답했다.

"료마, 아버지가 뭐라 하시던?"

"검을 휘두르고…… 책을 읽으라고."

"너 자신을 계속 갈고 닦으면 답은 자연스럽게 나오게 되어 있어."

오토메는 담담하게 말하더니 바느질 손을 부지런히 놀렸다.

료마에게 지바 도장으로 보내는 소개장을 써 준 사람은 히네노 도장의 히네노 벤지였다. 료마는 히네노 도장으로 가서 문하생들을 상대로 멋진 칼 솜씨를 선보였다. 검술에 집중해 한바탕 땀을 흘리고 나니 마음속 잡념이 말끔히 사라지면서 창문을 활짝 열어젖힌 것처럼 시원한 기분이 들었다.

이어서 료마는 『표손기략』을 읽었다. 쇼료는 존 만지로가 도사로 돌아왔을 때 그를 취조한 것을 계기로 『표손기략』을 썼다. 만지로는 미국에서 생활한 10년 남짓 사이에 증기선과 같은 서양 과학이나 문화 등을 배웠다.

쇼료는 만지로의 경험을 통해 미국에 대한 지식을 얻었고, 료마는 『표손기략』을 읽고 쇼료에게서 여러 이야기를 듣는 것으로 서양에 대한 관심을 더욱 넓혀갔다.

아버지의 말씀대로 '검을 휘두르고 책을 읽는' 수련을 조금씩 실천한 것이다.

"료마의 얼굴이 요즘 아주 밝고 활기차 보여요."

이요가 하치헤이의 옷가지와 이부자리를 챙겨 주면서 기분 좋게 말했다.
"음……."
하치헤이도 같은 느낌을 받고 있었다.
여자들이 식사 준비를 하던 주방에서는 쇼료가 문어 그림을 완성시킨 참이었다.
"와, 잘 그렸다!"
하루이의 칭찬을 들으니 쇼료는 기분이 썩 괜찮았다.
"선생님은 왜 매일같이 우리 집에 오세요?"
하루이가 천진난만한 질문을 했다. 요즘 들어 쇼료는 매일같이 사카모토가에 와서는 밥을 얻어먹었다. 딱히 대답할 말을 찾지 못하는 쇼료에게 지노가 저녁 식사에 쓸 깨를 갈아 달라고 부탁했다.
"깨를 갈라고…… 좋지!"
바지런히 깨를 갈기 시작한 쇼료의 모습을 복도에서 보고 료마는 터져 나오려는 웃음을 참았다.
"여보!"
이요의 비명이 온 집안에 울렸다. 료마가 하치헤이의 방 안으로 뛰어 들어가자 쓰러진 하치헤이를 곤페이와 이요가 부축하고 있었다. 하치헤이는 왼쪽 가슴을 움켜잡고 고통스러운 듯 얼굴을 일그러뜨리며 신음하고 있었다.
그날 밤 자리에 누운 하치헤이 옆에 쇼료가 화가로서 앉았다. 엄숙하리만치 진지한 얼굴로 붓을 들고 물감을 묻힌 붓끝을 종이에 대더니 쓰윽 움직였다. 하치헤이와 쇼료 외에는 등불과 밖에서 들려오는 풀벌레 소리뿐이었다.

천장을 바라보던 하치헤이가 문득 말을 걸었다.

"……선생님, 료마는 제가 나이 들어 본 늦둥이입니다. ……료마가 태어났을 때부터 각오했지요. 오래 보기는 힘들 것이라고 말입니다. 분명히 그렇게 각오를 했는데…… 어째 이런지 모르겠습니다. 그 아이가 걱정되어서 어쩔 줄 모르겠습니다."

쇼료가 그림 그리던 손을 멈추고는 미소를 지었다.

"그야 그렇지."

"료마는…… 꽃을 피울 수 있을까요?"

"……이 집안은 참으로 분위기가 좋아. 모두들 자네를 존경하고 좋아하고 걱정하지. 따뜻한 인정이 가득 차 있어. 그런 집안이니까 저런 막내도 다정한 남자로 자라날 수 있었겠지. 저 녀석은 생각보다 심지가 굵다네. 그러니 틀림없이 커다란 꽃을 피울 수 있을 거야."

"……그렇습니까. 그 꽃을 보고 싶었는데……."

하치헤이는 작은 한숨을 쉬었다.

같은 시간 료마는 자기 방에 무릎을 꿇고 앉아 무언가 골똘히 생각하고 있었다.

파란 하늘에 하얀 구름이 천천히 흘러가고 있었다. 한가로운 풍경을 하치헤이는 큰 짐수레 위에 깔린 이부자리에 누워 행복한 얼굴로 올려다보았다. 하치헤이가 탄 짐수레는 료마가 끌고 곤페이, 이요, 지노, 하루이, 오토메가 뒤에서 밀어 가쓰라하마 해변으로 난 길을 덜컹거리며 가고 있었다.

하치헤이는 기분이 좋아 보였다.

"식구들이 모두 함께 외출하는 게 얼마만인지 모르겠구나."

"하기야 오늘도 료마가 말을 꺼내지 않았으면 나오지 못했겠지요."

예전에 사카모토 집안의 도깨비라고 불리던 오토메가 숨을 헐떡거리며 아버지의 말에 대꾸했다.

료마가 짐수레를 세우더니 "아버지" 하고 불렀다. 눈앞에 겨울 바다가 넓게 펼쳐져 있었다. 곤페이를 비롯한 온 가족이 탄성을 질렀다.

"가쓰라하마예요, 여보."

이요는 료마와 오토메의 힘을 빌려 하치헤이의 몸을 일으켜 세웠다.

"……이렇게 웅대할 수가!"

광대한 바다에서 하얀 파도 끝이 반짝이고 있었다.

"도사의 바다가…… 이렇게나 아름다웠단 말인가……."

하치헤이가 감동해서 바다를 바라보자 료마 또한 수평선 저 멀리까지 둘러보았다.

"아버지, 대답을 찾았습니다. 만약 검은 배를 만들면 어떻게 할지요."

"그래……. 한번 들어 보자."

"검은 배를 바다에 띄우고 우리 집 사람들을 모두 태울 거예요. 그리고 세계를 돌아다닐 겁니다. 우선은 서쪽으로 가서 청국을 봐야죠. 아편전쟁에서 영국에게 졌다고는 해도 오래된 대국이에요. 틀림없이 듣도 보도 못한 풍경이 아주 많을 겁니다."

료마의 검은 배는 거기에서 더 서쪽으로 진로를 잡아 석가모니가 태어난 인도, 사막의 나라 이집트, 코끼리와 기린이 산다는 아프리카로 항해한다.

하치헤이는 눈을 감은 채 검은 배를 타고 떠나는 여행을 상상했다.

"배는 거기서 유럽으로 향합니다. 무서울 정도로 문명이 발달한 유럽 말이죠."

뱃길은 다시 대서양을 건너 존 만지로가 갔던 미국으로 나아간다.

"뉴요커라는 도시는 어디에 있을까요? 프레지던트라는 사람도 만나 보고 싶고요."

료마는 장대한 꿈을 그리고 있었다.

료마의 검은 배를 타고 여행을 계속하는 사이에 하치헤이의 감은 두 눈에서는 눈물이 배어 나왔다.

오토메, 이요, 지노, 하루이, 곤페이도 료마가 그려 내는 여행을 정말로 떠나 보고 싶어졌다.

하치헤이는 꿈에서 깨는 것을 아쉬워하듯이 눈을 떴다.

"너는 그런 생각을 하고 있었구나. 참으로 즐거운 여행일 것 같다. 그래…… 다 같이 가면 되겠어."

가족들 모두가 울상을 하고서 웃고 있었다. 하치헤이도 눈물과 미소를 동시에 보였다.

"내 평생 이렇게 기쁜 날은 처음이다."

"아버지……."

료마는 울고 싶은 심정을 꾹꾹 눌러 참으며 웃는 얼굴로 하치헤이를 보았다.

얼마 후인 1855년 말, 하치헤이는 조용히 숨을 거두었다.

쇼료는 사카모토가를 떠나기로 했다.

"흐음. 제법 잘 그려졌군."

쇼료가 사라진 방에는 그림이 한 장 남겨져 있었다. 하늘로 날아오르는 용을 그린 그림이었다.

제8장
야타로의 눈물

1856년.

하치헤이가 세상을 떠나자 곤페이가 명실상부 사카모토가의 가장 역할을 짊어지게 되었다. 료마는 곤페이와 함께 집안을 이어 가겠다는 인사를 하러 다녔다.

집으로 돌아가는 길에 촌장 집 근처에서 초로의 남자가 덩치 큰 남자들에게 얻어맞고 있는 모습을 보았다. 온몸이 상처투성이였고, 옷은 걸레 조각처럼 너덜거렸다.

그 옆에 서 있는 사람은 촌장 시마다 벤에몬이었다. 하인을 데리고 초로의 남자가 얻어맞는 모습을 지켜보고 있었다.

"다시는 일어서지도 못하게 아주 다리몽둥이를 부러뜨려 버려라!"

무서운 얼굴로 화를 내며 벤에몬은 덩치가 큰 히코에몬에게 명령했다.

료마는 그냥 모르는 척하고 지나칠 수가 없어서 싸우는 현장으로 달려갔다.

"여럿이서 한 사람을 때리다니 너무한 것 아니오?"

"별일 아닙니다. 사무라이님께서 신경을 쓰실 만한 일은 아닙니다."

벤에몬은 여유 만만한 태도였다.

뒤따라 달려온 곤페이는 여기저기 얻어터져서 정신이 혼미해진 노인의 얼굴을 유심히 살펴보았다.

"혹시 이와사키 야지로 씨 아니요?"

료마도 야지로의 얼굴은 알고 있었다.

"야타로의 아버님!"

야지로가 "제기랄······" 하고 비틀거리며 일어섰다.

"내가······ 가만히 있을 줄 알아!"

야지로는 마지막 힘을 다 쥐어짜서 벤에몬에게 달려들었다. 하지만 히코에몬이 그 몸을 손쉽게 붙잡아서 반대쪽으로 획 하고 집어던져 버렸다.

"그, 그만해!"

료마가 끼어들었다.

─내가 에도로 떠난 지도 1년이 지났을 무렵이었네. 나는 그동안 오로지 공부만 파고들었지.

야타로는 도사 번저에서 히로노조와 같은 방을 쓰고 있었다. 히로노조가 목욕을 하고 방으로 돌아와 보니 야타로는 앉은뱅이책상에 책을 펼쳐 놓고 글씨를 쓰고 있었다. 공부에만 열중한 나머지 야타로는 벌써 며칠째 목욕도 하지 않았다.

"여전히 열심히 하는군. 감탄스러울 정도야. 그런데 목욕을 안 해서 냄새가 나. 네 옆에 누워 자려면 냄새가 너무 고약해서 밤마다 잠이 안 올 지경이라고."

히로노조는 투덜대면서 가지고 온 편지를 야타로에게 건네주었다. 고향 집에서 보낸 편지였다.

"빨리 내놔!"

야타로는 히로노조의 손에서 편지를 낚아챘다. 히로노조 쪽이 나이가 많았지만 야타로에게 손윗사람에 대한 경의나 양보 따위는 아예 없었다.

"어쩌다가 저런 놈과 같은 방을 쓰게 되었는지……. 료마가 도사로 돌아간 후 혼자서 재미있게 잘 살고 있었는데."

히로노조가 투덜거리고 있는데 편지를 읽던 야타로의 안색이 순식간에 변했다.

"뭐라고…… 아버지가? 아무튼 이 원수 같은 노인네……."

히로노조가 옆에서 편지를 들여다보았다. 싸우다가 크게 다친 모양이었다.

"도사로 돌아와 달라고 쓰여 있군."

"내 알 바 아냐. 이제야 에도에서 공부할 수 있게 되었는데…….

앞으로 나는 온 천하가 인정하는 사람이 될 텐데 도사로 돌아오라니!"

야타로는 책상에 착 달라붙어서 다시 공부를 시작했다.

그러나 야타로는 그날 중으로 숙소를 뛰쳐나와 도사를 향해 길을 떠났다.

"제기랄! 도대체 언제까지 아들의 앞길을 방해해야 직성이 풀리는 거야?"

야타로는 밤낮을 가리지 않고 도사를 향해 뛰고 또 뛰었다.

―당시, 에도에서 도사까지는 남자 걸음으로 30일 정도가 걸렸지. 그렇지만 나는 밤낮을 가리지 않고 뛰고 또 뛰어서 고작 16일 만에 도사에 당도했다네.

야지로는 온몸을 흰 천으로 돌돌 감은 채 이부자리에 누워 있었다. 흰 천에는 군데군데 피가 배어 있었고, 겉으로 드러난 부분도 멍투성이였다. 미와와 사키가 처참한 모습의 야지로를 간병하고 있었다.

갑자기 대문이 거칠게 열리더니 야타로가 뛰어들었다. 머리는 봉두난발이었고, 씻지 못해 시커멓게 된 얼굴에서 움푹 들어간 눈만 유난히 번뜩이고 있었다.

옆에서 야지로를 돌보던 료마는 방으로 올라온 야타로의 발에 눈길이 꽂혔다. 짚신 따위는 일찌감치 잃어버려 맨발이었고,

물집이 터져 진흙과 피로 범벅이었다.

야타로는 이부자리 옆으로 다가와 우뚝 선 채 야지로를 내려다보았다.

"……아직 살아 있어?"

"……야타로."

야지로는 간당간당 숨이 넘어갈 듯한 목소리로 아들의 이름을 불렀다. 그 소리를 듣자마자 야타로는 야지로 옆에 엎드렸다.

"살아 있는 거지, 아버지! ……어째서 이런 일이."

소동의 발단은 촌장인 시마다가 논물을 독차지한 데에서 비롯되었다. 야지로는 혼자 담판을 지으러 갔다가 도리어 흠씬 두들겨 맞았던 것이다. 옆을 지나가던 료마가 의사에게 데리고 가지 않았더라면 야지로는 어떻게 되었을지 모르는 일이었다.

"이런 죽일 놈들!"

야타로가 포효했다.

"신세졌다, 료마. 하지만 이제 됐어. 이건 우리 집 문제야."

료마가 말릴 새도 없이 야타로는 집을 뛰쳐나갔다. 목적지는 촌장의 저택이었다.

"아이고, 이거 야타로 씨 아닌가요? 언제 에도에서 돌아오셨나?"

벤에몬이 저택으로 쳐들어간 야타로를 정중한 말로 맞이했지만, 주변을 에워싼 히코에몬 등 하인들은 당장이라도 달려들 태세였다.

야타로는 현관 앞에 서서 거친 숨을 내쉬면서, 여럿을 상대로 기죽지 않고 벤에몬을 쏘아보았다.

"아버지가 죽어 간다니 돌아와야지 어쩌겠나. 안 그래, 시마다?"

야타로는 칼을 뽑으려고 몸부림쳤다. 뻑뻑해서 칼이 뽑히지 않았던 것이다. 다리에 힘을 주고 있는 힘을 다해서 뽑자 서걱하는 소리와 함께 잔뜩 녹이 슨 칼이 나왔다.

"농민처럼 일하고 있다 해도 우리는 사무라이 가문이다. 사무라이를 저 지경으로 만들어 놓고도 무사할 줄 알았느냐!"

녹슨 칼을 들고 큰소리치는 야타로를 시마다가 한껏 비웃었다.

"사무라이라고는 하셔도 이와사키가는 하급무사지요. 아니, 하급무사보다도 더 낮은 지하낭인 아닙니까? 저는 번으로부터 마을을 관리하라는 소임을 받은 촌장입니다. 이번 일에 대해서는 담당 관리님께서 벌써 판정을 내려 주셨습니다. 잘못은 모두 이와사키 야지로 님께 있다고 말입니다."

"뭐라?"

"아참, 또 한 가지. 사카모토 님이라고 하던가 그쪽 친구 분께서 어떻게 된 일인지 설명하라느니, 야지로 님한테 사죄하라느니, 얼마나 귀찮게 하시던지……. 제발 그분도 어떻게 처리 좀 해 주시지요."

집을 비운 야타로를 대신해서 료마가 담판을 지으러 왔던 모양이었다.

야타로는 도저히 가만히 있을 수가 없어 이번에는 관할 부서로 직접 찾아갔다.

"저희 아버지를 거의 죽을 지경으로 만들어 놓은 자에게 아무 벌도 내리지 않았다니 어떻게 된 일입니까? 촌장은 스모 선수까지 데리고 와서 아버지를 때렸다고 합니다. 처음부터 저희 아버지를 해칠 생각이었단 말입니다."

야타로의 항의를 상대한 자는 부서의 말단 관리인 야나가와 가쓰고로였다.

"이제 그만해라! 부교소에서 내린 판정에 이의를 달다니 있을 수 없는 일이다. 그리고 여기에 대해서는 사카모토 료마라는 자에게도 엄하게 못을 박아 놓았다."

"……네?"

료마도 여기까지 따지러 왔던 것이다.

료마가 부교소까지 간 일이 형 곤페이의 귀에 들어갔다.

"골치 아픈 일에는 관여하지 마라. 괜히 우리 집까지 피해를 입으면 어쩌려고 그래?"

곤페이는 사카모토가를 지키는 가장의 입장에서 쓴소리를 했는데, 이 말이 다른 가족들의 반발을 샀다.

"아니, 사카모토 집안의 가장이라는 사람이 어떻게 그런 말을 하지?"

제8장 야타로의 눈물

이요가 일부러 놀란 척하며 말했다.

"그릇이 작다니까."

오토메도 몰라봤다는 듯이 오빠를 공격했다.

지노와 하루이에게까지 비난을 듣자 곤페이는 힘없이 항복했다.

"……미안하다, 료마."

"형님이 사과하실 일이 아닌데요, 뭘……."

료마는 그런 형님이 약간 딱하게 느껴졌다.

료마가 촌장이나 부교소에 가서 따진 까닭은 료마 스스로가 도무지 납득할 수 없었기 때문이다. 혼자서 그런 생각을 골똘히 하며 걷고 있는데 야타로가 떡하니 길을 막았다.

"너하고는 상관없는 일이야! 난 네가 그렇게 잘난 척하면서 남의 일에 참견하는 것 때문에 더 짜증이 난다고. 다시는 쓸데없는 짓 하지 마!"

야타로는 휙 하니 돌아서서 가 버렸다.

"그야 참견이긴 하지만……."

중얼거리면서 야타로의 뒷모습을 바라보던 료마는 다케치 도장으로 한페이타를 찾아갔다.

"아무리 생각해도 부교소에서 내린 판정은 잘못됐어요. 처음부터 촌장 편을 드는 것 같잖아요. 다케치 씨도 그렇게 생각하지 않아요?"

도복 차림으로 호구를 정리하던 한페이타의 손길은 멈출 기미가 보이지 않았다.

"야타로 일에 끼어들어서 뭘 어쩌자고 그래, 료마? 지금 외국이 일본을 노리고 있어. 일본이 하나가 되어서 미국을 쫓아내야 한다고. 그렇게 자잘한 일에 관여할 틈이 없다."

부조리한 일을 바로잡으려는 것이 '자잘한 일'이란 말인가? 분연해하는 료마에게 한페이타가 말했다.

"번에서 에도로 가도 좋다는 허락을 받았다."

한페이타는 얼굴을 들고 벽에 죽 늘어선 문하생들의 이름표를 보았다. 오카다 이조, 모치즈키 가메야타 등 료마가 어렸을 때부터 잘 알고 지내던 죽마고우들의 이름도 섞여 있었다.

"내 밑에는 이미 120명이 넘는 문하생들이 있다. 도사에서 제일가는 도장주가 에도에 가서 검술 수련을 하고 싶다고 했더니, 번에서도 다녀오라고 하더군. 뿐만 아니라 돈까지 내준다고 한다. 슈지로와 이조의 몫까지."

"와……, 다케치 씨는 엄청난 선생님이 되어 버렸네요."

"하지만 검술 수련은 겉으로 내세운 핑계일 뿐이야. 난 에도에서 다른 번의 양이지사들과 만날 거다."

"양이지사……."

한페이타의 입에서 '양이'라는 말이 벌써 여러 번 흘러나왔다.

"넌 검은 배가 너무 크다느니 외국의 문명이 앞서 있다느니 하지만 일본인은 그런 이유로 물러서지 않는다. 이제 양이의 기운을 막을 자는 아무도 없어."

"할머니는 누가 돌보고요?"

료마가 묻자 한페이타는 순간적으로 입을 다물었다. 료마는 한페이타가 여태까지 어머니를 대신해서 자기를 키워 주신 할머니를 두고 에도로 갈 수는 없다고 말했던 것을 알고 있었다. 그런 할머니를 아내에게 떠맡긴 채 굳이 에도로 가겠다고 하는 것이었다.

"양이가 일본을 위하고 도사를 위한 길이라는 것은 두 사람도 이해하고 있어."

눈앞에 있는 한페이타는 료마가 어릴 때부터 믿고 따르던 한페이타와 어딘지 달라 보였다.

가오는 먼 길 떠나는 슈지로의 채비를 옆에서 거들었다. 아래 허리띠, 솜을 넣은 겉옷 등을 챙겼는데 버선이 모자라는 모양이었다.

"그럼 제가 나가서 오라버니 버선을 사 올게요."

보자기를 안고 길가로 나와 보니 료마가 대여섯 살짜리 여자아이와 놀고 있었다.

"여기서 뭐 해요……?"

"그냥 지나가던 길이야."

료마는 그렇게 말했지만 실은 가오의 얼굴을 볼 수 있을까 싶어 기다리고 있던 눈치였다. 료마는 가오에게 어디로 가는지 묻더니 같은 방향에 볼일이 있다면서 함께 걷기 시작했다.

길가 쪽에서 들려오는 목소리가 왠지 마음에 걸려서 슈지로는 창문으로 바깥을 내다보았다. 가오가 들뜬 표정으로 걸어가고 있었다. 그런 가오 옆에서 걸어가는 남자를 본 슈지로의 눈이 험악해졌다.

"료마……?"

료마는 슈지로가 에도로 간다는 이야기를 한페이타에게 들어서 알고 있었다.

"오라버니는 다케치 씨를 전적으로 존경하고 믿으니까요. 하지만…… 양이라는 것을 정말로 할 수 있을까요? 막부의 윗분들은 이미 개국을 결정했잖아요."

가오가 야타로의 사숙에서 배운 지식을 늘어놓았다.

"전에 야타로 씨가 그런 말을 한 적이 있어요. 다케치 씨는 세상 물정을 너무 모른다고. 힘만 가지고는 양이를 할 수 없대요. 료마 씨도 그렇게 생각해서 다케치 씨의 동료가 되지 않은 거예요?"

"아니, 난 그냥 친한 형처럼 지내던 다케치 씨를 선생님이라고 부르는 게 도무지 어색해서 그랬어."

가오가 픽 하고 웃었다. 료마다운 이유였다. 일본의 앞날에 대해 이야기하든 혹은 자잘한 일상 이야기를 하든 료마와 함께하는 시간이 가오에게 기쁨을 주었다.

"역시 사카모토 님이었네."

제8장 야타로의 눈물

조지로가 다가왔다. 우연이라고는 해도 가오에게는 불쾌한 훼방꾼이었다. 더구나 조지로는 료마와 가오 사이를 자기 멋대로 오해했다.

"걱정 마세요. 전 상인이라 입이 무겁습니다. 사카모토 님이 도사에서 자유롭게 지낼 수 있는 시간도 얼마 안 남았으니까요."

조지로는 자기 말과는 달리 입이 가벼워서 쓸데없는 말을 입에 올리고 말았다. 아니나 다를까 가오가 이상하다는 표정을 지었다. 하는 수 없이 료마가 털어놓았다.

"그게…… 실은 다시 에도의 지바 도장으로 돌아가게 되었거든."

가오는 너무 놀라 눈이 휘둥그레졌다.

조지로가 또 떠들었다.

"에도에서 제일가는 지바 사다키치 선생님의 애제자가 되셨다니 정말 대단합니다. 저도 공연히 자랑스러워지네요."

"그러게요, 정말. 저는 이만 가 볼게요."

가오는 억지 미소를 띠고는 료마를 뒤로 한 채 시장으로 가 버렸다. 아쉬움이 가득한 눈길로 바라보는 료마에게 조지로가 말투를 고쳐서 다시 이야기를 꺼냈다.

"그런데 사카모토 님. 이와사키 님의 집안일에 관여하고 계시다면서요? 부교소에서 시마다 촌장 편을 드는 건 당연한 일입니다. 촌장님은 평소 관리들에게 쌀이나 돈을 바치니까요."

어디서 정보를 얻어 오는 것인지 조지로는 계속 떠들었다.

"사실 부교소 쪽에서 보면 처음부터 일을 크게 만들고 싶지 않은 게 당연하지요. 번주께서 알게 되면 그깟 싸움 하나 수습 못한다고 야단맞을 게 뻔하니까요."

"그러니까 야타로의 아버님이 억울하든 말든 못 본 척하고 그냥 없던 일로 묻어 두라는 뜻이냐?"

"말하자면 그런 셈이죠……."

조지로는 하려던 말을 끝맺지 못하고 입을 다물었다. 료마의 안색이 바뀌었기 때문이다.

"그건 좀 심한 처사인데."

속에서 분노가 부글부글 끓어오르고 있었다.

저녁 때 버선을 사 온 가오는 슈지로한테서 꾸중을 들었다.

"시집도 안 간 처녀가 대낮 한길을 외간 남자와 둘이서 쏘다니다니!"

"……그건 료마 씨였어요."

"그럼 더욱 안 되지. 우리랑 료마는 의견이 다르다. 더 이상 어릴 적 동무가 아니란 말이야."

가오가 짐작하는 것 이상으로 슈지로와 료마 사이의 골은 깊었다.

―얼마 후 다케치 한페이타는 히라이 슈지로, 오카다 이조와 함께 에도로 떠났지. 한페이타가 택한 길은 료마나 내가 걸었던 길과 같았지만, 그 길 뒤에 기다리고 있던 운명은 전혀 다른 것

이었지…….

 며칠 후 료마는 오가는 사람들 사이로 가오를 보았다. 가오도 료마를 알아보고는 휙 하니 돌아서서 종종걸음으로 도망쳤다.
 료마는 가오의 뒤를 쫓아가서 팔을 잡아 세웠다.
 "일부러 숨긴 건 아니야. 에도로 가게 되었다는 걸 언젠가는 말해야 한다고 생각하고 있었어."
 "제가 야타로 씨의 제자가 된 이유는…… 사실은 공부를 하고 싶어서가 아니에요. 료마 씨한테 뒤처지기 싫어서였어요. 하지만…… 료마 씨는 이미 멀어진 사람이었네요."
 가오는 료마와 눈길을 마주치려 하지 않았다. 료마는 가오의 어깨를 잡고 시선을 맞췄다.
 "그렇지 않아! 그렇지가 않다고, 가오."
 "전 이제 정말 모르겠어요. 료마 씨는 기억하고 있나요? 전에 제가 료마 씨를 좋아한다고 했던 고백을."
 "……그래."
 "료마 씨도 저를 좋아한다고 했지요. 하지만 그런 말을 해 놓고도 료마 씨는 아무 일 없었던 사람처럼 행동하잖아요. 전 도대체 어떻게 해야 할지 정말 모르겠어요."
 가오의 눈에 눈물이 맺혔다.
 "난 지금도 변하지 않았어. 아직도 널 좋아해. 하지만…… 난 아직 아무것도 이루지 못했어. 슈지로에게 동생을 달라고 당당하게 나설 만한 남자가 되지 못했다고. 조금만 더 기다려 줘, 가오. 때가 되면 반드시 너를 데리러 갈게."

"정말이에요?"

"난 거짓말 안 해."

가오는 료마의 속마음을 헤아려 보려는 듯이 가만히 쳐다보더니 작게 미소를 지으며 고개를 끄덕였다.

야타로는 몇 번이나 부교소를 찾아갔지만 그때마다 문간에서 가차 없이 쫓겨났다. 문지기에게 떠밀려서 땅바닥에 나동그라진 야타로의 눈앞에 붓글씨로 쓰인 '아키 부교소' 현판이 걸려 있었다. 현판은 마치 권위의 상징처럼 야타로의 앞을 가로막고 있었다.

야지로는 조금씩 회복되고 있었다. 야타로가 집으로 돌아가자, 안에서 료마가 더운 물이 담긴 대야와 수건을 들고 나왔다.

"자, 이번에는 등을 닦아야지요."

"이거 미안해서 어쩌나, 사카모토 씨."

평소에는 그토록 입이 험하던 야지로가 몸을 닦아 주는 료마 앞에서는 순진하리만치 좋아하는 기색을 내비쳤다. 야타로는 료마와 야지로 둘 다 꼴 보기가 싫었다.

야타로가 뒤꼍에서 장작을 패고 있으려니까 료마가 다가와 옆에 섰다. 매일같이 부교소를 찾는 야타로에게 촌장과 아키 부교소가 유착하고 있다는 사실을 알려야 했기 때문이다.

"아버님 혼자서 죄를 뒤집어쓴 건 촌장과 부교소의 관리가 뒤에서 뇌물을 주고받는 관계이기 때문이라더군. 네가 아무리 호소해 본들 소용이 없을 거야."

야타로는 장작 패던 손을 멈추고 료마를 돌아보았다.

"그럼 이대로 참고 넘어가라는 말이냐? 넌 도대체 무슨 속셈으로 우리 일에 참견하는 거야? 그저 심심해서? 아니면 우리를 보면서 내심 재미있어하는 거냐?"

야지로는 술버릇이 나빠서 취하기만 하면 싸움을 했다. 노름으로 돈을 탕진하는 날이 허다해 가족들을 고생시키기도 했다.

"아무리 그래도 말이야, 나에게는 이 세상에 단 하나밖에 없는 아버지야. 아버지가 저렇게 죽을 지경으로 맞고, 그 죄를 억울하게 혼자 뒤집어썼는데 내가 어떻게 그냥 가만히 있어? 부교소에 호소해도 들은 척도 않는다면 난 저 촌장을 죽여 버릴 거다! 그래도 말리겠다면 너도 베어 버릴 거야."

야타로는 솟아오르는 눈물을 필사적으로 참으며, 무슨 일이 있어도 그냥 넘어가지 않겠다는 결심을 보이기 위해 녹슨 칼을 힘껏 뽑아 들었다.

아버지를 잃은 지 얼마 되지 않은 료마는 아버지를 생각하는 야타로의 마음을 자기 일처럼 느꼈다. 료마 또한 너무 화가 나서 한밤중에 자다가도 벌떡 일어날 정도였다.

"하지만 야타로, 네가 촌장을 죽이면 이번에는 너희 아버지가 죽임을 당할 거야. 그 보복으로 촌장의 아들을 죽이면 너희 어머니가 칼을 맞을 것이고. 싸움이란 원래 그런 거야."

"그럼 어쩌란 말이야? 이 원통하고 분한 마음을 도대체 어떻게 하라고!"

"아키의 부교는 촌장한테서 돈을 받았다는 사실을 번주한테 들키지 않으려고 해. 그렇다면 우리가 그 사실을 폭로해 버리자."

료마는 나름대로 뭔가 방법이 없을지 궁리하고 있었다. 마침 그러던 참에 요시다 도요라는 인물에 대한 이야기를 들었다. 번주 도요시게가 직접 참정직에 앉힌 인물로, 도요시게의 친척이자 막부의 직속 신하인 마쓰시타 기베를 술버릇이 고약하다며 꾸짖었다고 한다. 그 때문에 도요는 지금 자택에서 근신 중이었다.

"그만하면 상당히 기골이 있는 분 같지 않아? 요시다 님께 뵙기를 청해서 이번 일을 호소하는 거야."

"그렇게 대단한 사람이 우리를 만나 줄 리가 있겠어? 우리는 하급무사란 말이야! 에도에 갔다 오더니 그 사실도 까맣게 잊어버린 거냐? 짐승만도 못한 하급무사의 말에 상급무사가 귀를 기울일 리가 없잖아."

야타로가 비통하게 외쳤다. 료마는 자신의 무력함이 안타까울 뿐이었다.

료마와 야타로의 대화는 얇은 벽을 통해 방 안에 있던 야지로, 미와, 사키의 귀에 고스란히 다 전해졌다. 그날 밤 야지로는 병상에서 아들을 불렀다.

"야타로, 나도 억울하고 분해서 견딜 수가 없다. 그러니 네 속이 풀린다면 촌장 집에 쳐들어가도 괜찮다."

미와도 같은 마음이었다.

"촌장의 횡포 때문에 마을 사람들이 다들 힘들어하고 있었단다. 네 아버지는 모두를 위해 싸우러 가셨던 거야."

"아버지는 술에 취해서 횡포를 부린 게 아니라고."

사키가 울음을 터뜨렸다.

번에서 료마의 청을 받아들여 다시 에도로 가서 검술 수련을 해도 좋다는 허가가 내려졌다. 곤페이와 오토메는 료마가 기뻐할 거라 생각했지만 뜻밖에도 료마는 반갑지 않은 표정이었다.

"출발을 바로 해야만 할까요?"

료마가 망설이는 이유는 야타로 일가를 이대로 방치하고 에도로 떠날 수 없었기 때문이었다.

"아직도 이와사키 집안 일에 관여하고 있는 거냐? 그건 어디까지나 남의 일이다."

곤페이는 못마땅한 표정을 지었지만 그래도 료마는 그 말을 순순히 들을 수가 없었다.

"남의 일이라고는 해도…… 야타로는 친구잖아요."

친구를 위한 일이라는 소리에 오토메의 의협심이 고개를 들었다.

"괜찮아, 료마. 출발이 조금 늦어지는 것 정도는 상관이 없을 거야. 오라버니는 항상 하루이에게도 그렇게 당부하시거든. 자기 혼자 만족하면 된다는 사고방식은 옳지 못하다고. 네가 하고 싶은 대로 하렴, 료마. 문제가 생기면 우리가 도와줄 테니까. 그렇죠, 오라버니?"

오토메가 마구 떠들어 대자 곤페이는 헛기침을 하면서 하는 수 없이 고개를 끄덕였다.

"정말 고맙습니다. 형님, 누나."

료마의 얼굴이 기쁨으로 활짝 폈다.

"료마! 료마 안에 있냐?"

현관에서 야타로가 큰 소리로 불렀다.

"요시다 도요의 저택이 어디야?"

이날부터 사흘 동안 료마와 야타로는 도요의 저택 앞에서 버티며 알현이 허락되기를 기다렸다. 사흘째 되는 날 밤, 료마는 깜깜한 길에서 무언가를 느꼈다. 야타로에게는 보이지 않았지만 료마는 사람의 기척을 느꼈다. 이윽고 기척은 그림자가 되어 살금살금 료마가 있는 쪽으로 다가왔다.

"조지로!"

"사카모토 님이 저택 앞에서 사흘 동안 앉아 있다는 말을 들었습니다."

조지로는 싱긋 웃더니 들고 온 보자기를 풀더니 만두가 가득

든 상자를 열었다.

"이야! 고맙다, 조지로. 사양 않고 먹을게."

료마가 만두를 들었다. 인사도 하지 않고 먼저 허겁지겁 먹던 야타로는 만두가 목에 걸려 컥컥거렸다. 야타로는 목에 걸린 만두를 조지로가 함께 가지고 온 물로 넘기면서 물었다.

"넌 어째서 우리를 도와 주는 거냐?"

"이와사키 야타로 님은 대단한 분이라고, 사카모토 님이 그러셨거든요."

"대단하다고? 료마, 그게 무슨 소리지?"

야타로가 미심쩍은 표정으로 따지고 들었지만 료마는 만두를 맛있게 먹으면서 적당히 얼버무려 넘겼다.

이튿날 아침 료마와 야타로는 겨우 저택 안으로 들어오라는 허락을 받았다. 두 사람이 마당으로 들어가 보니 도요는 툇마루 안쪽 방에서 가신의 도움을 받아 옷을 갈아입고 있던 참이었다.

"아키 군 이노구치 마을 이와사키 야지로의 아들인 야타로입니다."

"혼마치 사카모토 곤페이의 동생인 료마입니다."

료마와 야타로는 마당에 납작 엎드려서 각자 이름을 고했다. 도요는 료마와 야타로에게 눈길도 주지 않았고, 다만 옷과 띠가 서로 스치는 소리만 들려올 뿐이었다.

료마와 야타로 옆에 있던 가신이 두 사람에게 말했다.

"요시다 님께서 너희의 호소를 들어 주신다고 하셨다. 하지만 하급무사 주제에 요시다 님 앞에 나섰으니 당연히 그만한 각오는 하고 왔으렷다?"

료마와 야타로는 엎드린 채로 깜짝 놀랐다.

"요시다 님께서 너희의 호소가 들을 가치도 없는 것이라고 판단하시면 이 자리에서 칼에 맞아 죽을 각오를 해라."

가신의 말이 끝나자 슥 하는 소리를 내면서 도요가 띠를 질끈 동여맸다.

야타로는 마음속 동요를 필사적으로 억눌렀다. 료마는 마음을 정하고는 "야타로" 하고 작은 소리로 재촉했다. 야타로가 숨을 크게 들이쉬었다.

"얼마 전 저희 마을에서 싸움이 일어났습니다. 촌장인 시마다 벤에몬이 자기 논밭으로만 강물을 끌어들여 독차지했기 때문입니다."

야타로는 항의를 하러 갔던 야지로가 벤에몬 무리에게 맞아서 사경을 헤매는 지경인데도 시마다에게 잘못이 없다는 판결을 내린 아키 부교소의 부당한 판정에 대해 호소했다.

야타로가 경위를 설명하고 나자 이번에는 료마가 의연한 목소리로 말했다.

"그 배경에는 부정이 있었습니다. 아키 부교소는 일찍부터 때마다 벤에몬으로부터 금품을 받아 왔고, 그 때문에 그러한 판정을 내렸던 것입니다!"

료마가 열정적으로 호소하자 야타로의 목소리도 열기를 띠었다.

"이런 부정한 일이 용서될 수 있겠습니까?"

"아무쪼록, 아무쪼록 요시다 님의 힘으로 공정한 판정을 내려 주십시오!"

"부탁드립니다!"

료마와 야타로는 고개를 숙인 채 도요의 말을 기다렸다.

도요는 웃옷을 걸치고 옷깃을 정리한 다음 웃옷의 띠를 묶어 몸단장을 마쳤다.

"사카모토 료마라고 했지?"

료마는 자기도 모르게 얼굴을 들었다.

"네? 아, 예!"

"넌 어째서 여기 있는 거냐?"

"저는 큰 부상을 입은 야지로 씨의 모습을 보았고, 또한 부당한 판정에 잠자코 있을 수 없었습니다."

"그랬군. 하지만 그 정도 하찮은 이야기는 어디서나 들을 수 있다. 내가 일부러 들어 줄 정도는 아니지."

도요는 방에서 툇마루로 나오더니 마당에 있는 료마와 야타로를 싸늘한 눈으로 내려다보았다.

"그럼…… 억울해도 당하고만 있으라는 말씀이십니까?"

야타로가 물었다.

"달리 뭘 어쩌겠느냐, 너희들 따위가?"

도요는 툇마루를 따라 나가 버리려 했고, 가신은 칼에 손을 대었다.

"잠깐 기다려 주십시오."

료마의 목소리에 도요가 발걸음을 멈췄다.

"황공하오나 주군의 친척이신 마쓰시카 기베 님은 평소에도 약주를 드시면 분별이 없어지고 그것을 말릴 수 있는 사람이 아무도 없었다고 들었습니다. 하지만 요시다 님만은 그것을 용납하지 않으시고 주군의 눈앞에서 마쓰시타 님을 야단치셨다고 했습니다."

"직위에서 물러날 각오로 무례를 용납지 않으셨던 요시다 님이라면 틀림없이 저희의 억울함을 알아주시리라 믿었습니다."

야타로가 마지막 희망을 걸었다.

"닥쳐라! 난 때려도 된다. 그 이유는 내가 천재이기 때문이다!"

"네……?"

야타로가 얼빠진 목소리로 반문했다.

"지금은 비록 근신을 하명받았지만 조만간 나는 다시 참정직으로 복귀한다. 내가 얼마나 유능한지 번주께서 누구보다 잘 알고 계시기 때문이다. 그런 사람은 무슨 짓을 해도 된다. 하지만 너희들은 다르다."

도요는 료마와 야타로를 번갈아 보았다.

"이와사키 야타로, 너는 무엇을 가지고 있느냐?"

갑자기 질문을 받은 야타로는 대답하지 못했다.

"사카모토 료마, 너는 무엇을 할 수 있느냐?"

료마도 대답할 거리가 없었다.

"아무 힘도 없는 자는 잠자코 있을 수밖에 없다. 그게 세상 이치야. 우리 요시다 가문이 선대 번주이신 야마우치 가즈토요 공에게 인정을 받은 것이 251년 전 바로 오늘이다. 그런 명예로운 날에 내 마당을 피로 더럽힐 수는 없는 일. 네놈들은 운이 아주 좋은 줄 알아라."

도요의 모습은 저택 안쪽으로 사라졌고, 그 뒤를 가신들이 따랐다. 도요와 가신들이 시야에서 사라지자 료마와 야타로는 아연실색한 표정으로 한동안 그 자리에서 움직이지 못했다.

절의 돌계단에 힘없이 주저앉은 료마와 야타로는 요시다의 저택에서 어떻게 나왔는지도 기억하지 못할 정도로 넋을 놓고 있었다.

"내가 속았지. 너한테 속았어. 요시다 도요에게 호소하면 무슨 수가 날 거라고 네가 그랬잖아."

간신히 긴장이 풀렸는지 야타로가 울음을 터뜨렸다. 도요를 만난 날이 하루라도 달랐다면 둘 다 칼을 맞고 지금쯤 목이 제자리에 붙어 있지 않았을 것이다.

"미안하다."

"넌 도대체 뭐야? 똑똑한 척은 다 하면서 나한테 설교나 하고. 에도에 1년 이상이나 있으면서 도대체 뭘 배우고 온 거야?"

"나도 내가 미숙하다는 건 알고 있어."

"그럼 잘난 척이나 하지 말라고! 우리 아버지를 보고 불쌍하게 느꼈다고?"

"그런 말 한 적 없어!"

"그 관리는 내가 용서치 않겠다고?"

"말 지어내지 마!"

"이제 우리 일에 상관하지 마. 여기서 나한테 맞지 않은 것만 해도 다행으로 여겨."

야타로가 화를 내면서 일어섰다.

"어떻게 하려고, 야타로? 포기할 거야?"

"방금 도요에게 들은 말을 벌써 잊어버린 거야? 우리 같은 하급무사는 아무것도 할 수 없단 말이야. 난 그만둘 거야! 그만둔단 말이다!"

야타로는 땅을 걷어차면서 돌아가려고 했다.

"그만둔다고? 정말로 그만둘 셈이야, 야타로?"

"시끄러워! 이제 오지 마! 이 오지랖 넓은 놈아!"

야타로는 돌을 주워서 료마를 향해 던졌다. 료마가 위태롭게 돌을 피해 도망가자 잇달아 서너 개를 더 던졌다. 그러다 한 개가 턱 하고 료마의 등에 맞았다.

제8장 야타로의 눈물 263

"아야야!"

등을 뒤로 젖히며 아파하는 료마를 노려본 다음 야타로는 가버렸다.

아키 부교소는 밤이 되면 대문을 굳게 걸어 닫았다. 그날 밤 야타로는 굳게 잠긴 대문 앞에 섰다. 문지기에게 떠밀려 땅바닥에 엉덩방아를 찧었을 때 올려다본 '아키 부교소'의 현판이 걸려 있었다.

문 앞에 우뚝 선 야타로는 불쑥 칼을 뽑았다. 달빛에 허연 칼끝이 번뜩였다. 그 칼끝을 대문에 대고 쑤셨다.

"흐음…… 에잇……."

힘을 실어서 글자를 새기기 시작한 야타로는 사람의 기척을 느끼고 깜짝 놀라며 뒤돌아보았다.

"이럴 줄 알았다."

"료마……."

"네가 그대로 물러나리라고는 도저히 믿기지 않았어. 기왕 여기까지 온 거 마지막까지 같이 있어 주지, 뭐."

료마는 적당한 곳에 자리를 잡고 앉더니 싱긋 웃었다.

"난 여기서 보고 있을게."

"아무튼 속을 알 수 없는 놈이라니까."

야타로는 대문 쪽으로 돌아서더니 다시 힘을 주어 글자를 마저 새기기 시작했다.

료마의 눈에 '관官'이라는 글자가 보였다.

"낙서네……. 하지만 들키면 감옥에 갇힐 텐데."

"상관없어. 이게 지금 내가 할 수 있는, 에잇, 최대한의…… 으으, 에잇, 제길!"

야타로의 이마에서 땀방울이 흘러내렸다.

"너, 가끔씩 자기가 머리가 좋다는 둥 세상을 잘 살아갈 수 있다는 둥 그런 말을 하는데……, 그거 착각이다. 사실 넌 세상살이에 참 서툰 남자야."

"그렇다면 한번 물어보자. 료마, 넌 뭐야? 왜 나랑 같이 있는 거냐?"

"……네가 돌아왔기 때문이야."

천재일우의 기회를 얻어 간신히 갈 수 있었던 에도였다. 그래도 야타로는 아버지를 위해 돌아왔다. 더구나 30일은 족히 걸리는 거리를 16일 만에 돌아온 것이다.

"그때 너의 발, 피와 진흙이 범벅된 네 발을 봤을 때 난 온몸이 떨렸거든. ……이유는 그뿐이야."

료마와 야타로는 잠시 서로를 마주 보았다.

"……이유 한번 참 시시하다. 괜히 물어봤네."

야타로는 글자를 새기는 작업으로 돌아갔고, 료마는 호탕하게 웃었다.

"실은 말야, 야타로. 난 다시 에도로 가게 되었어."

"……넌 참 복도 많다."

"……그럴지도 모르지."

"이번에는 시간 낭비하지 말고 어른이 되어서 와라."
"……그래야지."

료마는 쓰게 웃으며 야타로가 글자 새기는 것을 가만히 바라보았다.

이튿날 아침, 아키 부교소는 대문 앞에 모여든 구경꾼들로 시끌벅적했다. 대문에 '관이회뇌성 옥인애증결官以賄賂成 獄因愛憎決'이라고 새겨져 있었다.

"부교소는 뇌물로 이루어지고, 판결은 애증으로 결정된다. ……정말이지 딱 맞는 말이네."

조지로가 구경꾼들 속에 섞여서 중얼거렸다.

야타로는 체포되어 갇힌 감옥 안에서 당당하게 가부좌를 틀고 앉았다.

"난 진실을 썼을 뿐이야!"

일손을 잃은 이와사키가에 료마가 야타로에게 부탁받은 돈을 들고 찾아왔다.

"야타로가 자기 칼을 돈으로 바꿨습니다."

야지로는 료마가 앞에 놓은 주머니를 열고 그 안의 돈을 보더니 깜짝 놀랐다.

"그렇게 다 녹슨 고물 칼을 이렇게 많은 돈으로?"

야타로가 칼을 저당 잡힌 가게는 사카모토가의 본가인 전당포 사이타니야였다.

"돈은 출세한 다음에 돌려줘도 된다고 했으니, 걱정 마시고 생활에 보태 쓰세요."

미와가 눈물지었다.

"안 그래도 어떻게 살지 막막하던 참이었어요. 이 양반은 일할 상태가 아니지, 야타로는 그렇게 되어 버렸지……."

"아니야, 그 녀석이 잘한 거야. 난 아주 속이 다 시원하더군."

야지로답다는 생각에 료마는 웃으며 맞장구를 쳤다.

"그건 저도 동감입니다."

"아니, 당신은 그러면 안 돼, 사카모토 씨. 도와주려고 마음을 먹었으면 마지막까지 우리 아들하고 같이 있어 줘야 하는 것 아닌가? 어째서 당신은 감옥에 안 간 거요? 난 좀 실망했소."

료마는 할 말을 잃었다.

"사카모토 씨한테 그게 무슨 소리예요!"

미와가 허둥지둥 사과했다.

1856년 8월 19일. 료마는 더욱 정진할 것을 맹세하면서 다시금 에도로 길을 떠났다.

"두고 봐라, 야타로. 난 많은 걸 배우고 다시 올 거야."

료마가 에도로 향하는 길을 걷고 있을 무렵, 야타로는 아키 부교소의 감옥 안에서 재기를 다짐하고 있었다.

제8장 야타로의 눈물 267

"두고 봐라, 료마……. 난 반드시 여기서 나가 다시 일어설 거니까!"

료마와 야타로 모두 조만간 두 사람을 집어삼킬 질풍노도와도 같은 시대의 파도를 아직 모르고 있었다.

제9장
목숨의 값어치

―에도의 거리는 변함없는 떠들썩함으로 다시 돌아온 료마를 반겨 주었지. 료마는 도착하자마자 곧바로 지바 도장으로 향했다네.

"사카모토 료마, 이제야 돌아왔습니다. 앞으로 다시 지바 선생님 밑에서 수련을 하고자 합니다. 아무쪼록 잘 부탁드립니다."
료마는 바닥을 두 손으로 짚으며 고개를 깊이 숙여 사다키치와 주타로에게 인사했다. 사다키치와 주타로도 물론 환영했다.
방문이 열리며 사나가 찻잔을 올려놓은 쟁반을 들고 들어왔다.
"오랜만에 뵙습니다, 사나 아가씨."
"어서 오세요."

사나가 쌀쌀맞은 말투로 인사를 해서 료마를 당혹스럽게 만들었다. 주타로가 사나의 태도를 꾸짖자 이번에는 도리어 료마의 얼굴을 보려고도 하지 않은 채 이번에는 화가 난 듯한 말투로 덧붙였다.

"열심히 수련에 힘쓰세요."

그러더니 휭 하니 나가 버렸다. 사나는 료마가 당장이라도 돌아올 것이라고 생각하며 2년 4개월 동안 목을 길게 빼고 기다려 왔다. 그토록 학수고대하던 료마와 드디어 만날 수 있게 된 기쁨이 너무 큰 나머지 자기도 모르게 쌀쌀맞은 태도를 취하고 말았던 것이다. 무서운 미인이 살짝 내비친 섬세한 소녀의 마음이었다.

지바 도장에서 연습을 마친 료마는 도사 번저로 돌아가 땀범벅이 된 몸을 닦기 위해 수건을 들고 우물가로 갔다. 먼저 와 있던 이조는 료마가 오는 것을 보고서도 못 본 척했다.

"이조, 아직도 화가 안 풀렸어?"

"그건 네 잘못이야. 우리와 같이하지도 않고, 다케치 선생님 보고도 다케치 씨라고 함부로 부르고……."

료마가 한페이타와 의견을 달리하고 난 이후로 이조는 언제나 이런 식으로 료마를 대했다.

"그나저나 난 에도로 오고 나서 아직 한 번도 다케치 씨의 얼굴을 보지 못했는데?"

"선생님은 모모이 도장에서 지내고 계시다."

"아사리가시 도장에서?"

"선생님은 벌써 거기 숙장이 되셨어."

아사리가시의 모모이 도장이란 모모이 슌조가 연 교신 메이치류의 도장 '사학관'을 일컫는 것으로, 지바 도장의 호쿠신 잇토류와 나란히 손꼽히는 에도의 3대 유파 중 하나였다. 한페이타는 에도로 온 지 몇 달도 채 지나지 않은 사이에 벌써 도장의 우두머리가 되어 문하생들을 하나로 단결하게 만들었다고 했다.

"그 후로 모모이는 어떤 곳보다도 규율이 엄격한 도장이 되었어. 이제 다케치 선생님의 이름이 에도에서도 유명해졌단 말이야."

이조는 자랑스럽게 한페이타에 대해 말했다.

"그래……."

료마는 감탄했다. 그 말이 끝나기도 전에 한페이타의 목소리가 들렸다.

"에도엔 언제 온 거냐, 료마?"

한페이타가 아무 거리낌 없는 얼굴로 다가왔다.

한페이타의 방으로 가자 앉은뱅이책상 위에 꽃 한 송이가 꽂혀 있었다. 료마는 아무 생각 없이 그것을 보면서 편하게 앉았다. 그러나저러나 짧은 기간에 도장의 우두머리로 발탁되다니, 역시 한페이타는 대단하다는 생각이 들었다.

제9장 목숨의 값어치

"더구나 거기는 난폭한 자가 많다고 하던데, 그런 곳을 착실한 도장으로 바꿨다니 정말 대단하네요. 조만간에 다케치 씨는 얼굴도 보기 힘든 구름 위의 사람이 되어 버릴지도 모르겠어요."

료마는 별 생각 없이 꽃병에 있던 꽃을 뽑아 들고 바라보았다.

"료마, 내가 에도로 온 진정한 목적은 검술 수련이 아니다."

그렇게 말하면서 한페이타가 정좌를 하는 바람에 편하게 앉아 있던 료마도 자세를 바로 고쳐 앉으면서 꽃을 대충 꽃병에 다시 꽂아 놓았다.

"아, 네. 그러니까 다른 번의 양이파와 의견을 나누기 위해서였잖아요?"

"그렇다. 실은 오늘 밤에 모임이 있어. 너도 와 봐라."

한페이타는 꽃을 세심하게 움직여 겨우 마음에 들게 꽂았다.

의견 교환을 위한 모임은 술집 2층 방에서 열렸다. 출석한 사람은 료마와 한페이타 외에 미토 번의 스미야 도라노스케, 조슈 번의 사사키 오토야, 사쓰마 번의 가바야마 산엔이었다.

"모두들 나처럼 각 번에서 양이를 널리 알리려고 열심히 뛰어다니는 분들이지."

한페이타가 료마에게 세 사람을 소개했다.

조금 늦게 또 한 사람의 조슈 번 참석자가 도착했다.

"가쓰라 씨!"

"사카모토 군! 에도에 와 있었나?"

료마와 고고로는 서로 인연이 깊은 사이였다. 놀라는 한페이타에게 료마가 두 사람의 관계를 짤막하게 설명했다.

"페리가 왔을 때 하네다 바닷가에서 가쓰라 씨와 함께 검은 배를 보았지요."

"그때는 파도에 휩쓸려서 죽는 줄 알았지."

고고로가 웃자 분위기가 좋아졌다.

"그럼 바로 이야기를 시작합시다."

한페이타가 말을 꺼냈다.

"그러지 말고 우선 한 잔 마십시다, 다케치 씨."

료마와 다른 사람들은 먼저 술을 들고 있었지만 방금 들어온 고고로는 그럴 겨를이 없었다. 산엔이 술병을 들어서 고고로의 술잔을 채워 주었다.

"자, 그럼 이제 이야기를 시작하지요."

"에엥?"

고고로는 술잔을 입에 대기 직전에 한페이타에게 제지당한 셈이었다.

"참 재미있는 분이군……. 으음, 술맛 좋다."

고고로가 한 모금 마셨다. 그러자 기다렸다는 듯이 한페이타가 몸을 앞으로 내밀었다.

"그럼 이야기를……."

"거, 성질 참 급하네."

료마도 한페이타의 조급함에 어이가 없었다. 고고로는 포기했는지 쓴웃음을 지으며 술잔을 내려놓았다.

"알았어요, 알았어. 이야기를 시작해 봅시다."

"막부는 미국에 지나치게 저자세로 나가고 있습니다. 이대로 가다가는 일본은 외국 오랑캐들의 발밑에 짓밟히게 될 것입니다."

한페이타가 이야기를 시작하자 오토야가 "그 말이 옳소" 하고 맞장구를 쳤다.

고고로도 당장 토론에 끼어들었다.

"일본을 지키기 위해서는 우리가 서로 연계해서 활동해 각각의 번에서 양이의 폭풍을 일으켜야 합니다."

"그 뒤에 막부를 움직이는 것이지요."

산엔이 강한 어조로 말했다.

한페이타는 의기양양한 표정으로 료마를 보았다.

"그러기 위해서는 양이라는 말을 온 나라 사람들이 기억하도록 해야 합니다. 료마, 너는 물론 그 뜻을 알고 있겠지?"

"양이란 외세를 내쫓는다는 뜻이잖아요?"

료마는 진지하게 대답했는데 고고로를 비롯한 다른 사람들은 당연한 것을 뭘 새삼스럽게 묻냐는 식으로 웃었다. 도라노스케의 말에 의하면 미토 번에서는 '양이'라는 말이 어린아이들에게까지 잘 알려져 있다고 했다. 그 정도로 미토는 이미 양이 일색이란 소리였다.

료마뿐만 아니라 한페이타도 내심 놀랐다. 그러나 그런 사정은 미토 번만의 일이 아니었다.

"우리 사쓰마 번도 이제는 양이파가 힘을 쥔 상태입니다."

산엔이 단정하듯 말했다.

고고로도 지지 않았다.

"조슈 번은 번주인 모리 요시치카 님께서 제 이야기를 들어주셔서 번 전체가 양이를 주장하기로 결정했습니다."

고고로가 그 정도로 대단한 실력자였나 싶어서 료마는 깜짝 놀랐다.

"도사 번은 어떻습니까, 다케치 씨?"

고고로의 질문에 한페이타는 할 말이 없었다.

"다케치 씨가 활약하고 계시니 아주 왕성하게 움직이고 있겠지요?"

산엔이 기대에 차서 물었다. 이제 한페이타는 뒤로 물러날 수가 없었다.

"물론입니다. 도사의 번주이신 야마우치 요도(야마우치 도요시게를 일컬음. 요도는 은거 후에 사용한 호-옮긴이) 공께서는 참으로 현명하신 분이니까요."

"오오!" 하고 모두들 탄성을 질렀다.

"역시 다케치 씨는 대단하군요."

고고로가 칭찬하자 한페이타는 억지웃음을 지었다.

한페이타가 너무 무리하고 있는 것이 아닐까? 그런 인상을 받은 료마는 술집에서 나와 한페이타와 단 둘이 되자 일부러 아무 생각 없는 사람처럼 말을 꺼냈다.

"다들 훌륭한 생각들을 하고 계시네요. 막부를 움직이겠다니, 나 같으면 생각지도 못할 일이지요. 다케치 씨는 그런 사람들과 대등하게 이야기할 수 있다니 역시 대단하네요."

"그만해라. 그렇게 부끄러운 마음이 든 건 난생처음이었어. 도사에 돌아가면 난 성에도 들어가지 못하는 처지야. 그런데 주군께 양이를 설파한다니! 나로선 꿈도 못 꿀 일이지."

"도사에는 상급무사와 하급무사라는 차별이 있어요. 미토나 조슈와 사정이 똑같을 수는 없지요."

"차츰 인정하도록 해 나가는 수밖에 없어. 상급무사가 우리를 받아들이게 만들어야지."

"맞아요. 다케치 씨라면 할 수 있어요!"

"할 수 있을까?"

"그럼요!"

"그럼 너도 우리 동지가 되어라."

료마는 흠칫 놀랐다. 다케치를 격려하려다가 허를 찔렸던 것이다.

"오늘 이야기를 듣고도 아직 모르겠어, 우리에겐 양이밖에 길이 없다는 것을?"

"저한테는 좀 어려워서요."

"지금 막부는 해리스의 말에 좌지우지되고 있단 말이다!"
"해리스?"
"미국 총영사야. 시모타에 온 미국 관리지."

타운젠드 해리스는 1856년 주일총영사로 시모타에 부임했다. 해리스는 쇼군 이에사다에게 알현을 신청하는 한편 막부를 상대로 무역의 필요성을 집요하게 설득하고 있었다.

"놈들은 일본을 송두리째 집어삼킬 요량이다. 그런데도 아직 싸움이 싫단 소리가 나오느냔 말이다, 료마."

"……싸움은 안 돼요."

료마는 여전했다. 한페이타는 료마의 태도에 실망하며 크게 한숨을 내쉬었다.

―다케치 한페이타가 말한 대로 미국 총영사인 타운젠드 해리스는 막부에 무리한 요구를 들이대고 있었지. 막부는 드디어 미국과의 교역을 개시하기로 결정했다네. 교토에 계시는 고메이 천황의 뜻을 무시하고 말일세.

해리스와의 교섭에 나선 사람은 중신 중 으뜸인 홋타 마사요시였다. 강경한 태도를 고수하는 해리스에 맞서 홋타는 다른 번주들의 의견을 모으는 등 대응에 고심했고, 결론이 좀처럼 나지 않은 채 교역을 전제로 교섭을 시작할 수밖에 없었다.

그러는 한편으로 막부는 고메이 천황의 의향을 살피고, 조정의 승인을 받으려 노력했다. 그런 홋타에게 고메이 천황의 의사가 조정의 대신 구조 히사타다를 통해 전해졌다.

"짐은 외국인이 싫도다."

고메이 천황이 외국인을 거부하며 남긴 이 말은 훗날 일본을 크게 뒤흔드는 원동력이 되었다.

— 천황의 한마디가 이윽고 다케치 한페이타나 가쓰라 고고로 등과 같은 양이지사들에게 큰 힘을 실어 주게 되었지. 하지만 그 무렵 나는 그런 일이 벌어지고 있는 줄 전혀 모르고 있었다네.

야타로가 아키 부교소의 감옥에 갇힌 지 13개월이 지났다.

"난 도대체 언제 풀어 줄 거요?"

야타로는 옥졸한테 엄포를 놓곤 했지만, 위협을 하거나 달래 봐도 전혀 소용이 없었다.

"그렇게 여기가 따분한가? 하기야 날이면 날마다 불평 말고는 하는 일이 없으니 지겨울 만도 하겠군."

"뭐야?"

돌아보았더니 감옥 구석에 수염을 기른 노인이 벽에 기대 앉아 있었다.

"신참이 어딜 나서고 그래? 보나마나 새전함에 있는 푼돈이나 훔치려다 들어왔을 텐데."

"틀렸네. 난 열 냥에 산 것을 200냥에 팔려고 했을 뿐이야. 그러니 아무 잘못도 없네."

"열 냥짜리 물건을 200냥에 팔면 대체 그게 사기가 아니고 뭐야?"

"저런저런, 자네도 말귀를 못 알아듣는군."

수염 기른 노인은 무척 실망했다는 듯이 차근차근 설명하기 시작했다.

예를 들면 만두가 하나 있다고 치자. 배부른 자에게는 만두 하나가 기껏해야 한 푼 정도의 값어치밖에 없다. 노인은 한 푼을 내고 만두를 산다. 그런데 이 빵을 배고픈 자에게 가져가면 열 푼을 주고서라도 사고 싶어 한다. 그래서 노인은 한 푼에 산 만두를 열 푼을 받고 판다.

"물건의 값어치는 딱 정해져 있는 게 아니라네. 그게 바로 장사라는 것이야. 아무 생각 없이 새장을 무조건 하나에 30푼씩 받고 팔러 다니는 자가 있는데, 그런 작자들은 장사를 전혀 모르는 거야."

야타로는 갑자기 눈앞이 환하게 밝아진 느낌이 들었다. 장사와 돈벌이의 구조를 처음으로 배웠던 것이다.

개국을 향한 흐름과 수면 밑에서 퍼져 가고 있는 양이의 움직임, 양쪽 모두 활발해지기 시작한 에도에서 이날 밤 한 사건이 발생했다.

모모이 도장에 다니는 도사 번의 야마모토 다쿠마는 동년배인 다나무라 사쿠하치와 함께 술에 취해 비틀거리며 걷고 있었다.

다나무라는 한페이타가 숙장이 된 이후로 모모이 도장이 엄격해진 것을 갑갑하게 느끼고 있었다.

"이것도 안 된다, 저것도 안 된다. 아무튼 다케치 씨는 너무 잔소리가 심하다니까."

불만을 토로하던 다나무라가 갑자기 "어이!" 하고 소리를 질렀다. 보자기를 손에 들고 가던 상인 사슈야 긴조가 술 취한 두 사람을 피해 지나치려 하고 있었다.

"지금 나를 노려봤지? 감히 상인 나부랭이 주제에!"

다나무라가 칼자루에 손을 대며 위협하자 긴조는 비명을 지르며 도망쳤다.

"하하하, 저 얼굴 봤어?"

"짓궂은 장난은 그만하세요, 다나무라 씨."

악질적인 위협이었다. 아무 일 없이 지나갔다고는 해도 다쿠마는 간담이 서늘해졌다. 긴조는 얼마나 겁이 났는지 들고 있던 보자기를 떨어뜨린 채 도망쳐 버렸다. 땅바닥을 구르는 보자기 틈새로 금속제 물건이 살짝 보였다. 다나무라가 쭈그리고 앉아 물건을 꺼내 이리저리 살펴보았다.

"이거 정말 귀한 물건이네."

외국에서 건너온 시계였다.

며칠 후 한페이타는 도사 번저의 거실에서 이조, 슈지로를 비롯한 10여 명의 하급무사들에게 양이 사상을 열정적으로 논하고 있었다.

"난 결심했다. 한시라도 빨리 도사에서 양이의 기세를 끌어올리겠다. 다른 번에 뒤처져서는 안 된다. 그러기 위해서 너희들도 훌륭하고 당당한 사무라이가 되어야 한다. 언제까지나 하급무사라 하여 멸시당해서는 안 된다."

그 자리에 료마의 모습은 보이지 않았지만 다른 사람들은 모두 진지하게 귀를 기울이고 있었다.

그때 느닷없이 난폭하게 거실 문이 열리면서 도가와 신지로와 다키이 고스케, 상급무사 둘이 들어왔다. 허겁지겁 꿇어 엎드리는 한페이타 일동을 도가와는 차가운 눈길로 내려다보았다.

"아사쿠사의 골동품상에서 손님이 도난품을 가지고 왔다고 부교소에 신고했다고 한다. 그 상인은 곧바로 수상하다는 생각이 들어 돈을 준비할 때까지 잠시 기다려 달라면서 손님에게 주소와 이름을 물었지. 그 자는 바로 도사 번사인 야마모토 다쿠마라는 자다."

다쿠마라는 이름을 들자 다들 깜짝 놀랐다. 한페이타가 재빨리 시선을 돌리자 다쿠마가 새파랗게 질린 얼굴로 도가와를 응시하고 있었다. 그가 골동품상에 팔려 했던 물건은 외국에서 건너온 시계였다고 했다.

"훔친 시계를 팔아 돈을 갈취하려고 했느냐?"

다키이가 추궁하자 다쿠마가는 벌벌 떨기 시작했다. 바들바들 몸을 떨면서도 그대로 굳어 버렸는지 도가와에게서 시선을 떼지 못하고 있었다.
"정말이냐, 다쿠마?"
한페이타는 다쿠마가 부정하기를 바랐다.
"거짓말이지?"
"야마모토 씨가 그런 짓을 했을 리 없잖아."
슈지로와 이조도 믿고 싶지 않았다.
"거짓말이라고 말해라, 다쿠마! 거짓말이라고 해!"
한페이타는 창백해진 얼굴로 다쿠마를 다그쳤다.
"다케치 선생님!"
기어이 다쿠마가 울음을 터뜨렸다. 그 눈물이 무엇을 의미하는지 알아차린 한페이타와 다른 무사들은 아연실색했다.
다키이는 무시하는 표정을 지었다.
"역시 하급무사는 어쩔 수 없는 하급무사지. 원래 태생이 나쁜 놈들은 어쩔 수 없다는 걸 다시 한 번 알게 되었다."
도가와도 업신여기는 눈길로 다쿠마를 보더니 그 시선을 그대로 한페이타한테 옮겼다.
"정말이지 도사 번의 수치구나. 야마모토에 대한 처벌은 다케치, 네가 책임지고 처리해라."
다쿠마는 한페이타를 따라 모여든 젊은이 중 하나였다. 한페이타는 자신이 짊어지게 된 책임의 무게에 압사당할 것만 같았다.

도가와와 다키이가 거실에서 사라지자 다쿠마는 자기가 저지른 사안의 중대함을 깨닫고는 통곡하기 시작했다. 한페이타의 손에는 다쿠마가 골동품상에 넘겼던 외제 시계가 있었다.

"무슨 일이 있었는지 말해 보아라, 다쿠마."

"같이 있던 다나무라가 팔아 버리라고 해서……."

다쿠마는 "죽을죄를 지었습니다!"라는 말만 되풀이하며 고개를 들지 못했다.

다나무라의 술버릇이 나쁘다는 것은 그 자리에 있는 사람들이 모두 잘 알고 있었다.

"다케치 선생님, 다쿠마는 다나무라에게 부추김을 당했을 뿐입니다!"

이조가 다쿠마를 감쌌다. 그 자리에 있는 대부분의 사람들이 다쿠마를 동정하고 있었다. 그러나 한페이타는 다쿠마가 저지른 짓을 눈감아 줄 수 없었다.

"내가 말했지, 다쿠마. 우리는 훌륭한 사무라이가 되어야 한다고. 여기서 너를 그냥 봐주면 앞으로 우리가 아무리 양이를 소리 높여 외쳐도 아무도 우리 말을 들어 주지 않을 것이다."

슈지로 또한 입 밖으로 내지는 않았지만 다쿠마가 책임을 면할 수는 없다고 생각하고 있었다.

어떠한 형태로 책임을 지게 할 것인가? 한페이타는 고뇌를 거듭하다 숙장의 마음으로 판결을 내렸다.

"다쿠마…… 할복해라."

다쿠마는 숨이 멎는 듯했다.

"우리는 도사의 번주께서 양이의 기수가 되어 주시기를 청하기로 결심했다. 다쿠마, 사무라이라면 깨끗하게 배를 갈라 주군께 사죄해라."

다쿠마는 새하얗게 질렸고, 거실은 순식간에 쥐 죽은 듯이 조용해졌다.

료마는 검술 연습에 여념이 없었다. 료마를 상대로 연습 시합을 하면 지바 도장의 문하생조차 벽에 내동댕이쳐져서 "졌소" 하고 곧바로 항복하는 경우도 있었다. 료마의 실력은 다른 문하생들을 압도했다.

"검을 놀리는 솜씨가 한층 더 예리해졌네, 사카모토 군."

주타로가 칭찬했다.

저녁 무렵 연습을 끝내고 료마는 평소처럼 돌아갈 채비를 하고 있었다.

"사카모토 군, 잠깐 시간 좀 내 주지 않겠나?"

주타로가 평소와 다름없이 싱글벙글 웃는 얼굴로 물었다. 료마는 별로 깊이 생각해 보지도 않고 주타로를 따라 방 안으로 들어가 보니 이미 술상 준비가 다 되어 있었다.

주타로가 당장 한 잔 쭉 들이켰다.

"아아, 연습 후의 술맛은 정말 각별하군."

"이건……."

료마는 술잔을 들고 어리둥절하고 있었다.

"가끔씩은 괜찮아. 자네도 마시게."

"네……."

료마가 단숨에 술잔을 비웠다.

"난 자네가 좋아."

뜻밖의 말에 료마가 입에 머금었던 술을 품 하고 내뿜었다.

"죄송합니다."

료마는 허겁지겁 방바닥에 묻은 술을 옷소매로 닦았다.

"아하하하, 괜찮으니까 그냥 내버려 둬. 난 자네의 그런 인품에 끌렸다는 말이니까."

"아, 하하하."

한순간이었지만 식은땀이 흘렀다. 그런 료마에게 주타로는 얼굴을 가까이 들이댔다.

"그런데 나만 그런 게 아니야. 내 동생도 마찬가지지. 자네, 사나를 어떻게 생각하나?"

"물론 저 역시 사나 아가씨를 아주 존경하고 있고……."

"존경은 됐고. 여자다워졌다는 생각이 들지 않나?"

"……네에."

"성숙하고 아름다워졌지."

"네."

"요염함도 생겼고."

"……네에."

그 말을 부인할 수는 없는 노릇이다.

"실례합니다"라는 얌전한 목소리와 함께 사나가 방문을 열었다.

"술안주를 가지고 왔어요."

주타로는 과장된 태도로 감탄했다.

"오오, 마침 잘 가지고 왔구나, 사나. 참 세심하지 않나, 사카모토 군?"

"네."

주타로의 말투가 연극을 하는 사람처럼 부자연스러웠다.

사나가 쟁반을 들고 사뿐사뿐 들어왔다. 쟁반에는 조림이 든 그릇이 놓여 있었다. "드세요" 하며 전에 없이 긴장된 표정으로 료마 앞에 내밀었다. 료마 앞에 놓았는데 주타로가 옆에서 먼저 칭찬을 했다.

"아이구, 이거 조림이 아주 맛있어 보이는군. 사나, 네가 만든 것이냐?"

"네."

"사나가 만들었다네, 사카모토 군."

"감사합니다."

료마가 인사를 하자 사나의 볼이 발갛게 물들었다.

어찌된 일인지 주타로가 갑자기 배를 잡고 외쳤다.

"아이고, 아야야! 갑자기 배가 왜 이렇게 아프지? 측간에 좀 다녀와야겠네."

배가 아프다고 하는 사람은 주타로인데 이상하게도 사나가 배 아픈 듯한 표정을 짓고 있었다.

"괜찮습니까?"

료마가 걱정이 되어 일어나려고 하자 주타로는 배를 잡으면서 벌떡 일어섰다.

"괜찮네! 사나, 네가 잠시 사카모토 군을 상대하고 있거라. 아야야야."

주타로가 방문을 닫고 나가 버리자 안에는 료마와 사나 두 사람만 남았다.

"드세요."

사나가 술병을 들고 권했다.

"네? 아, 고맙습니다."

주타로를 걱정하던 료마는 깜짝 놀라 사나가 주는 술을 받았다.

"그럼, 사나 아가씨도……."

료마가 술병을 잡자 사나는 잠시 망설이다가 주타로의 술잔을 들어 앞으로 내밀었다.

"조금만 주세요."

그렇게 술잔에 받은 술을 사나가 단숨에 마셔 버렸다.

"휴우…… 맛있다!"

"다행이네요."

제9장 목숨의 값어치

료마가 구김살 없이 웃었다.

복도에서는 측간에 있어야 할 주타로가 방 안의 동태를 살피며 귀를 쫑긋 세워 엿듣고 있었다. 두 사람의 웃음소리가 흘러나오자 씩 능글맞은 웃음을 지으며 소리 죽여 살금살금 가 버렸다.

료마는 조림을 먹더니 "맛있다!" 하고 외쳤다. 입에 발린 소리가 아니라 진심에서 우러난 칭찬이었다.

"사나 아가씨가 이렇게 요리를 잘하시는 줄 몰랐네요! 이제 아무 곳이나 골라서 시집을 가셔도 되겠어요."

"……저는 가문 따위 따지지 않습니다. 아버님과 오라버니께서도 그렇게 말씀하셨어요. 제가 좋다고 생각하는 남자와 결혼하면 된다고."

"그래요?"

"전 이제 뭐든지 만들 수 있어요. 조림, 무침, 튀김도 할 수 있고 회까지 만들 줄 알죠. 그리고 아침에 드시는 된장국도요."

"네에……."

사나는 2년 4개월 동안이나 돌아오지 않는 료마를 학수고대하며 지내는 사이에 신부 수업을 받은 것이었다. 차츰 열기를 띠는 사나를 앞에 두고 료마는 점점 그 기세에 눌리고 말았다.

"사카모토 씨가 드셨으면 해요."

"……네?"

"전, 전, 계속 사카모토 씨를……."

"사나 아가씨!"

"네."

사나는 기대에 찬 눈길로 료마를 바라보았다.

"아뇨, 아무것도……. 주타로 선생님은 왜 이렇게 안 오시지? 제가 가서 잠시 상태를 보고……."

료마가 자리에서 일어서려 했다. 그런데 꼼짝을 할 수가 없었다. 사나의 손이 료마의 옷자락을 붙잡고 있었기 때문이다.

"오라버니는 괜찮아요!"

그제야 료마는 겨우 이 모든 게 주타로가 꾸민 짓이라는 것을 알아차렸다.

"제발 제 이야기를 들어 주세요."

적극적으로 마음을 표현하는 사나 앞에서 료마는 당황스러웠다.

"아니, 사나 아가씨는 많이 취하셨어요."

"전 취하지 않았어요."

"얼굴이 빨개요. 어휴, 왜 이렇게 빨간 거야? 아주 새빨개졌어요."

"새빨개요?"

사나는 자기도 모르게 료마의 옷자락을 붙잡고 있던 손을 놓고 자기 볼에 대어 보았다.

"오늘은 빨리 주무시는 편이 좋겠어요. 전 이만 실례하겠습니다."

료마는 도망치듯이 방에서 뛰쳐나왔다.

료마는 밤길을 헐떡이면서 달리다가 아무도 뒤쫓아 오지 않는 것을 확인하고서야 발을 멈추고 커다란 한숨을 내쉬었다.
  "이것 참 난처하게 되어 버렸네……. 어떻게 하면 좋지?"
  하늘을 우러러보니 달이 료마에게 환한 미소를 보내고 있었다.
  (널 좋아해. ……때가 되면 반드시 너를 데리러 갈게.)
  가오에게 언약을 하지 않았던가?

  료마가 도사 번저로 돌아오자 이조가 안에서 헐레벌떡 뛰쳐나왔다.
  "큰일 났어."
  료마에게 귓속말로 상황을 전한 이조는 당장이라도 울음을 터뜨릴 것 같은 표정이었다.
  한페이타는 자기 방에서 문제의 시계를 쳐다보고 있었다. 얼굴에는 수심이 가득했다.
  "료마입니다. 들어가도 될까요?"
  료마는 방문 밖에서 물어본 다음 안으로 들어섰다. 한페이타 앞에 놓인 외제 시계가 곧바로 눈에 들어왔다. 다쿠마의 정신을 잠시 흐트려 놓은 바로 그 시계였다.
  "다쿠마에게 할복을 시킬 작정입니까?"
  "내일 아침 해 뜨는 시간에 단행한다."
  한페이타도 괴로웠다. 다쿠마는 지금 슈지로 일행의 감시 아래 있었다. 순간적인 실수로 일어난 불상사를 뉘우치며 계속 울고 있을 것이 틀림없었다.

"다케치 씨, 다쿠마는 도미 씨 사촌이잖아요. 도사로 돌아가서 어떻게 설명하려고 그러세요?"

한페이타의 뇌리에 헌신적으로 시할머니를 돌보는 아내 도미의 모습이 떠올랐다가 사라졌다.

"그것과 이건 별개야."

"이걸 돌려준 다음 사과하고 용서를 받으면 되잖아요? 고작해야 시계 하나인데."

"그렇게는 안 된다니까! 이건 양이를 위해서야."

"양이를 위해서 동지를 죽이겠다는 겁니까?"

"너는 이 일에 참견하지 마!"

료마와 한페이타는 잠시 서로 노려보았다. 그러다가 료마가 한페이타 앞에 놓여 있던 시계를 들었다.

"제가 돌려주고 오겠습니다. 시모마치초의 사슈야라고 했지요? 누군가는 돌려주러 가야 하는 것 아닙니까?"

이조는 마당에 서서 료마와 한페이타가 주고받는 말을 듣고 있었다. 료마가 일어서는 기척에 이조는 복도로 먼저 뛰어들어가 료마를 붙잡았다.

"료마!"

"다쿠마에게서 눈을 떼지 마. 공연히 이상한 생각을 하다가 갑자기 배에 칼을 꽂을 수도 있으니까."

이조한테 당부해 두고 료마는 밤거리로 나섰다.

"정말 미안하오. 술에 취했다고는 해도 야마모토 다쿠마가 저지른 짓에는 변명의 여지가 없소."

료마는 사슈야를 찾아가서 외제 시계를 돌려주고는 사죄했다. 사슈야는 계산대 앞에 앉은 채 딱딱한 태도로 응했다.

"시계를 돌려받았다고 해서 고소를 취하할 수는 없습니다."

"그야 물론 사죄했다고 끝날 일은 아니지. 하지만 다쿠마는 할복해야 할 처지에 놓여 있소. 본인은 자기가 저지른 일을 깊이 뉘우치고 있소. 그런데도 죽어야 한다는 것이 불쌍해서 견딜 수가 없소."

료마는 땅바닥에 무릎을 꿇고 부탁했다.

"다쿠마를 용서해 주시오. 제발 죽지만 않게 해 주시오."

"그만하십시오."

"제발 부탁이오!"

료마는 이마를 땅바닥에 대고 애원했다. 사무라이가 일개 상인에게 머리를 숙여 사과하는 성의와 동료를 구하고자 하는 료마의 마음이 사슈야의 생각을 바꿔 놓았다.

료마는 좋은 소식을 가지고 숙소로 돌아가 한페이타의 방에 다쿠마와 이조를 불러 놓고 보고했다.

"사슈야가 고소를 취하한다고 말했습니다. 이제 도사가 세상 사람들에게 치욕을 당할 일은 없어졌어요. 다쿠마에게 할복을 시킬 이유가 없어졌다고요, 다케치 씨."

한페이타가 다쿠마를 보자, 살 수 있다는 한 줄기 희망에 의지하는 눈빛으로 한페이타를 보고 있었다. 이조는 벌써부터 희색이 만연한 얼굴이었다. 료마는 흔들리지 않는 눈빛으로 한페이타를 똑바로 바라보았다.

한페이타의 흔들림을 잘라 버리려는 듯이 방문이 활짝 열렸다.

"료마! 너 지금 무슨 허튼소리를 하는 거냐!"

슈지로를 선두로 거실에 있던 하급무사들이 핏발 선 눈으로 모여 있었다.

"상대가 용서하고 안 하고의 문제가 아니야. 다쿠마는 우리를 배신했다. 다케치 선생님이 할복하라고 했으면 할복해야 한다는 말이다."

"잠깐만 기다려."

"다쿠마를 용서하면 이제껏 선생님이 해 오신 일들이 모두 수포로 돌아가고 말아!"

슈지로의 외침에 하급무사들 사이에서 "옳소!" 하는 외침이 잇달아 쏟아졌다.

슈지로는 이조를 향해서도 화를 냈다.

"이조! 너는 료마가 무슨 말을 했기에 홀딱 넘어간 거냐? 그러고도 다케치 선생님의 문하생이라고 할 수 있어!"

"그만해라, 슈지로."

한페이타가 결단을 내렸다.

"다쿠마, 오늘 밤 안으로 도사에 계시는 부모님께 편지를 써

두어라."

"기다려 주세요!"

목숨만은 살려 주고 싶어 하는 료마를, 한페이타는 망설임을 떨친 눈길로 바라보더니 방에서 나갔다.

이제 더 이상 방법이 없는 것인가? 낙심한 료마는 슈지로의 말에 더욱 충격을 받았다.

"료마, 이제 꼴도 보기 싫다. 우리 동지도 아닌 주제에. 일어서, 다쿠마. 이조도 따라 와."

다쿠마는 동료인 하급무사들에 의해 끌려 나갔다. 이조는 흘긋 료마에게 눈길을 주더니 포기한 얼굴로 따라 나갔다. 슈지로는 나가면서 일방적으로 료마에게 선언했다.

"이 기회에 너한테 한마디 해 두마. 도사로 돌아가도 가오 근처에는 얼씬할 생각 말아라. 내 동생은 어울리는 집안으로 시집을 보낼 거니까."

갈데없는 분노를 어찌할 바 몰라 료마는 난폭하게 일어서서 창문을 열었다. 가시 돋은 마음이 조금은 잠잠해질지도 모른다는 생각 때문이었다. 밤하늘에는 아까 보았던 달이 아무 일도 없었던 양 둥실 떠 있었다. 료마는 안타까운 마음으로 달을 올려다보았다.

같은 달을, 가오는 도사에 있는 집에서 바라보고 있었다. 머지 않아 료마가 데리러 온다. 틀림없이…… 아니, 반드시. 가오의 볼이 발그레 물들면서 부드러운 미소가 얼굴에 떠올랐다.

아키 부교소의 감옥에도 작은 창문을 통해 달빛이 비쳐들고 있었다.
"난 말이오, 지금껏 학문으로 입신출세할 생각만 하고 있었지. 그런데…… 사숙을 열어서 문하생들한테 돈을 받건…… 누군가의 밑에서 일하며 봉급을 받건…… 결국은 료마가 검술을 하는 것과 마찬가지 아니냔 말이야."
야타로는 허공 속 한 점을 바라보며 자기 생각을 정리해 갔다. 말 상대가 되어 준 수염 난 노인은 잠에 취해 꾸벅꾸벅 졸고 있었다.
"료마라는 남자는 잘 모르겠지만 그렇다고 봐야지."
"하지만 장사는 다른 거야……. 당신이 말한 대로 물건의 가치라는 건 사람마다 다르게 매기니까…… 자기 재능에 따라 얼마든지 달라질 수 있다는 거야."
대답은 없었다. 수염 노인은 꿈속에 빠져 있었다. 야타로는 상관 않고 혼잣말을 계속했다.
"장사라……."
허공을 바라보며 깊은 생각에 잠겼다.

같은 달 아래서 다쿠마는 방 안에 틀어박혀 부모님께 올리는 편지를 썼다. 다 쓰고 나자 눈물이 앞을 가리고 오열이 멈추지 않았다.

통통 하고 덧문을 두드리는 소리가 들렸다. 다쿠마가 이상하다 싶어 덧문을 열어보니 료마가 달빛을 피하려는 듯 벽에 기대서 있었다. 주변을 날카롭게 살피고는 다시 다쿠마 쪽으로 눈을 돌렸다.

마을 외곽 길을 밤 그늘에 섞인 두 개의 검은 그림자가 질주했다. 앞서 가는 키 큰 그림자가 뒤따라오는 작은 그림자의 손목을 잡아끌고 있었다.

"여기서부터는 다쿠마 네 자유야."

료마는 발걸음을 멈추고 아무도 뒤따라오지 않는 것을 확인했다.

"야마모토 다쿠마라는 인간이 일껏 이 세상에 태어났는데 이렇게 간단하게 목숨을 버리면 너무 아깝잖아."

"료마……."

다쿠마는 숨이 턱에 차서 헉헉거리고 있었다. 료마는 크게 오르내리는 다쿠마의 어깨를 힘있게 잡았다.

"이제 너는 도사로는 돌아갈 수 없어. 하지만 분명히 어딘가에 살 수 있는 장소가 있을 거야. 자기의 죄를 잊어서는 안 돼. 그러나 비굴하게 살아서도 안 돼. 당당하게 살아가야 해."

다쿠마는 울면서 고개를 끄덕였다.

"가라, 다쿠마."

료마는 자기 지갑을 다쿠마의 품속에 찔러 넣었다.

"료마!"

"잘 살아야 돼, 다쿠마."

"미안하다…… 료마. ……고마워!"

다쿠마는 울면서 뒷걸음질을 치더니 몸을 돌려 달려가 버렸다. 료마는 달빛을 받으며 멀어져 가는 다쿠마의 등이 보이지 않을 때까지 눈으로 배웅했다.

이튿날 아침, 다쿠마의 실종이 알려졌다. 한페이타는 도사 번저의 총책임자인 후지사키의 방으로 가서 납작 엎드렸다.

"전부 다 이 다케치 한페이타의 잘못입니다!"

후지사키 옆에는 도가와가 못마땅한 표정으로 대기하고 있었다.

"네가 도주시킨 것은 아니렷다?"

"야마모토의 할복 준비는 이미 모두 갖춰져 있었습니다."

후지사키로서는 다쿠마를 찾아다녀 소동을 더 크게 만들 생각은 없어 보였다.

"그러나 다케치, 너는 이 일에 대한 책임을 면할 수 없을 것이다."

감독 책임을 지고 있는 이상 한페이타로서는 변명할 여지가 없었다.

후지사키 앞에서 물러난 한페이타는 자기 방에서 떠날 채비를 했다. 그 옆에는 료마가 있었다.

"도사로 돌아가는 건가요?"

"우리 할머니가 많이 편찮으시다. 언제까지나 아내에게만 맡겨 놓고 있을 수도 없는 일이니."

한페이타는 서둘러 채비를 하면서 넌지시 말을 꺼냈다.

"도주시킨 건 너지? 료마, 난 너를 친구로 생각한다. 너처럼 마음 편하게 같이 있을 수 있는 남자는 없다. 하지만…… 더 이상 나를 방해하지 말아라. 난 이제 눈앞의 작은 일에 사로잡혀서는 안 된단 말이다."

"……다쿠마의 목숨이 눈앞의 작은 일이라는 말인가요?"

"그렇다."

"그건 무자비한 인간이나 하는 말입니다."

한페이타는 손을 멈추고 료마를 바라보았다.

"무자비한 인간이 되어야 큰일을 이룰 수 있다."

"다케치 씨의 가슴에는 도사를 바꾸고 일본을 바꾸겠다는 엄청난 뜻이 있지요. 하지만…… 한 송이 꽃을 아끼는 마음도 있어요. 무자비한 인간은 꽃 따위에 눈길도 주지 않습니다."

앉은뱅이책상 위의 꽃병에는 보기 좋게 꽃이 꽂혀 있었다. 한페이타가 칼을 뽑아 한쪽 무릎을 세움과 동시에 칼날이 한순간 번쩍였다. 그러자 줄기에서 잘린 꽃이 툭 하고 떨어졌다.

"알지도 못하면서 함부로 입 놀리지 마라."

한페이타의 허연 칼날이 허공에 머물러 있었다.

"무사히 여행하시길 빌겠습니다."

료마는 방바닥을 두 손으로 짚고 고개를 숙여 인사하고는 한페이타의 방에서 나왔다. 료마가 나간 후에도 줄기 잘린 가련한 꽃은 남아 있었다. 그 꽃이 불쌍하게 느껴지자 료마의 말이 한페이타의 가슴속에서 맴돌았다.

내가 옳다. 한페이타는 그렇게 자신을 타이르면서 흔들리는 마음을 억지로 붙잡았다.

제10장
가오의 각오

1857년, 야타로는 하타 군 부교인 고토 쇼지로라는 청년에 의해 감옥에서 나올 수 있었다. 쇼지로는 숙부의 심부름으로 왔다고 설명했다. 그 숙부가 바로 요시다 도요였다.

1858년 1월. 야타로가 감옥에서 풀려난 지 딱 1년 후의 일이었다.

"사카모토 료마. 이 자에게 호쿠신 잇토류의 목록(스승이 전수한 사항을 적어 제자에게 주는 것. 면장이라고도 함-옮긴이)을 수여한다."

사다키치가 두루마리를 내밀자 료마는 공손하게 두 손으로 받아 들었다. 검술을 연마하는 자에게 '목록'이라는 두 글자의 서찰을 받는 것만큼 영광스러운 일은 없다. 소위 말하는 면허개전(스승의 진수를 모두 전수함-옮긴이)이라고도 할 수 있다. 료마는 감동한 나머지 할 말을 잃었다.

주타로는 자기 일처럼 기뻐했다.

"드디어 여기까지 왔군, 사카모토 군."

"축하드립니다."

사나가 축하해 주었다.

"감사합니다."

마음에 감사와 기쁨이 가득한 료마에게 사다키치는 일부러 경고의 말을 했다.

"검술을 통달한 이상 사람으로서 걸어야 할 길도 스스로 개척해 나가야 한다. 이는 쉬운 일이 아니다. 그러나 그 고통을 극복하다 보면 언젠가는 다른 누구도 아닌 사카모토 료마가 걸어야 할 길이 보일 것이다."

"선생님의 말씀을 결코 잊지 않겠습니다."

료마는 사다키치의 가르침을 가슴에 새겼다. 지바 도장의 수련은 마쳤지만 앞으로의 인생에 어떤 시련이 기다리고 있을지 모르는 일이었다.

료마가 도장에 작별을 고하고 떠나려고 하는데 사나가 뛰어왔다.

"이것으로…… 이별인가요?"

"……예."

"전…… 당신을 사모했어요."

"도사에 소중한 사람이 있습니다. 저에게는 둘도 없이 귀한 존재입니다. 저는 도사로 돌아가야 합니다."

"……그것이 료마 씨가 선택한 길입니까?"

"……예."

"그렇군요……. 당신과 검을 마주했던 나날들은 참으로 즐거웠습니다. 아무쪼록 건강하세요."

"감사합니다."

"안녕히 가세요."

사나가 살짝 미소를 짓자 료마는 고지식하게 고개 숙여 인사를 하고 떠났다. 뒤를 돌아보지도 않았다. 사나의 마음을 헤아리면 이대로 이별하는 것이 료마가 해 줄 수 있는 최소한의 배려였다.

에도를 출발할 때 료마는 가오에게 편지를 보냈다.

"난 에도에서 많은 것을 배웠어. 사카모토 료마는 앞으로 그 은혜에 보답해 나가야 해. 가오, 난 도사로 돌아갈 거야."

편지를 읽은 가오는 료마가 돌아오는 그날을 학수고대하게 되었다.

―미국이 일본과 수호통상조약을 체결한 때는 료마가 두 번째 에도 수련을 끝마친 바로 그해였네. 아니, 제대로 말하자면 미국 총영사 해리스에 의해서 체결당했다고 해야겠지. 왜 이런

제10장 가오의 각오　303

말을 하는가 하면 그 조약은 미국만 득을 보는 조약이었거든. 불평등 조약 체결을 밀어붙인 사람이 바로 막부 중신이었던 이이 나오스케였지.

히코네 번의 번주였던 이이 나오스케는 친막부 번주들의 필두라는 가문을 등에 업고 1858년 4월 다이로(에도시대에 쇼군을 보좌하던 최고 직위의 대신—옮긴이) 자리에 취임했다.
"내 의견을 반대하는 자는 아무것도 모르는 것이다. 조약 체결을 거부해서 미국과 전쟁이 벌어지면 일본에게는 승산이 전혀 없다!"
앞에 엎드려 있는 여러 대신들을 향해 이이는 교역을 하겠다는 생각을 분명하게 밝혔다.
이이의 다이로 취임에 앞서 홋타는 다시금 교토로 가서 고메이 천황에게 조약을 받아들이는 것에 대한 이해와 허가를 청했다. 그러나 천황의 칙허는 받지 못했다. 미국의 압력은 더욱 거세졌고, 막부가 더 이상 버틸 수 없다고 판단한 이이는 같은 해 6월, 칙허도 받지 않은 채 미일수호통상조약을 체결했다.
후일에까지 많은 영향을 미치게 된 불평등 조약이었다.

1858년 9월. 료마는 무사히 도사의 집으로 돌아왔다.
"이것이 호쿠신 잇토류의 목록……."

곤페이는 면장을 손에 들고 감탄했다. 이요와 하루이, 지노도 면장을 들여다보면서 흥분으로 시끌벅적 떠들어 댔다. 기분이 좋아져서 보고 싶어 어쩔 줄 모르면서도 뒤에서 참고 있는 오토메에게 료마가 말했다.

"오토메 누나도 좀 봐 줘."

"그야 보고 싶지만…… 서방님을 제쳐 두고 먼저 볼 수도 없어서……."

오토메 옆에는 남편인 오카노우에 주안이 녹차를 마시고 있었다. 주안은 사무라이가 아닌 의사였다. 곤페이가 배려해 면장을 건네자 주안은 "고맙습니다" 하고 받아서 면장을 들여다보았다.

"오오, 참으로 대단하군!"

오토메는 그제야 면장을 볼 수 있었다.

"정말 그러네."

"의사인 나는 잘 모르지만 료마군은 어릴 때부터 검술 수련을 열심히 했겠군요."

"어린 시절에는 오토메 누나한테 매일 끌려다니면서 연습했지요."

검술의 목록을 받을 정도인 료마를 끌고 다니면서 연습시켰다니 여자로서는 듣기 거북한 말이었다. 오토메는 안절부절못했지만 주안은 느긋했다.

"뭘 그러나? 당신이 사카모토 집안의 도깨비라고 불렸다는

제10장 가오의 각오 305

건 이미 다 알고 있는데."

"누가 그런 소리를 해요!"

오토메는 얼굴이 빨개졌다. 오토메가 도깨비라고 불렸다는 것은, 계모인 이요는 하치헤이의 후처로 들어오기 전부터, 지노는 곤페이한테 시집오기 전부터 알고 있었을 정도로 널리 알려진 사실이었다.

환담을 나누는 가족의 모습이 료마의 마음을 뿌듯하게 만들었다.

곤페이는 일가의 가장답게 말했다.

"아무튼 정말 잘된 일이다. 세상이 앞으로 어떻게 될지 모르기는 하지만 호쿠신 잇토류의 면장이 있으면 안심이다. 검술 도장을 열어라, 료마."

집 근처가 좋겠다며 가족들 모두가 곤페이의 말에 쌍수를 들어 찬성했다.

오랜만에 돌아온 자기 집 욕조에 료마는 느긋하게 몸을 담갔다.

"오토메 누나가 시집갈 줄은 생각도 못했네. 누나가 그렇게 얌전한 모습은 처음 보는 것 같아."

목욕탕 바깥에서 욕조에 불을 때고 있는 오토메의 목소리가 대답했다.

"사실은 답답해서 미칠 지경이야. 오카노우에가는 우리 집안과 달라서 일일이 얼마나 까다로운지 모르겠어."

오카노우에가에서 원했던 혼인이라고는 하나, 단순히 건강하고 바지런한 일손 취급을 당하니 여자인 오토메에게는 쓸쓸한 일이었다.

"넌 네가 좋아하는 사람과 결혼해야 된다, 료마."

"……당연하지."

"좋아하는 사람은 있니?"

"그건…… 말할 수 없어."

"누나한테 왜 말할 수 없다는 거야? 빨리 말해 봐."

오토메는 대나무 대롱으로 장작에 후욱 입김을 불어서 활활 타오르게 했다.

"아직 아무것도 정해진 게…… 앗, 뜨거!"

료마가 욕조에서 튀어 올랐다.

다음 날 료마는 가오와 신사 경내에서 만나기로 했다. 료마는 에도에서 가오에게 편지를 여러 통 보냈다. 편지를 받을 때마다 가오는 몇 번이고 다시 읽으며 료마가 돌아올 날을 손꼽아 기다렸다. 그런 가오의 마음이 료마를 기쁘게 했다.

"아참, 그렇지. 내가 선물을 사 왔어."

료마는 품속에서 간자시를 꺼내 가오의 머리칼에 꽂아 주었다.

"역시 내 생각이 맞았네. 아주 잘 어울려."

"고마워요……."

가오는 가슴이 두근두근 방망이질 쳤다.

"가오, 난 에도에서 이렇게 배웠어. 자기가 사는 방법을 관철시키고 싶으면 남에게나 자신에게나 변명을 해서는 안 된다고. 그렇게 할 수 있으면 무슨 일이 일어나든, 세상이 어떻게 바뀌든 소중한 것을 지켜 나갈 수 있을 거야."

"소중한 것……?"

"난 말이야, 앞으로 사카모토 료마가 무엇을 하게 될지 정말 기대가 돼."

검술을 가르치게 된다 해도 곤페이에게 도장을 열어 달라고 하지 않고 우선은 공터 같은 곳에서 아이들을 가르치는 것부터 시작해서 나중에 자기 힘으로 도장을 세우고 싶었다.

"언젠가는 검은 배도 만들어 보고 싶어. 아주 큰 배를 가지고 세계를 여행하고 싶거든. 가족들과…… 너를 태우고서 말이야."

료마는 장래의 꿈에 대해 말하고 나서 가오를 물끄러미 쳐다보았다.

"가오, 난 이제 어디에도 가지 않아. 계속 네 곁에 있을 거야. 내 아내가 되어 주지 않겠어?"

"……네."

가오의 볼에 한 줄기 눈물이 흘러내렸다. 이 날을 얼마나 기다리고 또 기다려 왔던가?

"오래 기다렸지?"

가오는 소리 내어 울기 시작했다.

앞으로는 가오와 함께 인생을 걸어간다. 료마는 그런 희망으로 불타는 인생을 가슴속에 그리고 있었다.

그러던 어느 날 료마는 길에서 한페이타와 이조를 만났다.

"호쿠신 잇토류의 목록을 받았다면서?"

벌써 한페이타의 귀에도 소식이 들어간 모양이었다. 이조도 물론 알고 있었다.

"정말 대단하다! 넌 이제 도사에서 제일가는 검호야."

"에이, 무슨 소리……."

료마는 겸손하게 웃었다. 문득 한페이타가 진지한 표정을 지었다.

"료마. 네가 없는 사이에 요시다 도요가 참정직에 도로 앉았다. 이이 나오스케가 미국에 굴복해서 조약을 체결하는 바람에 이제 이 나라가 위기에 처한 판인데 요시다 도요란 자는 아예 처음부터 양이는 무리라고 포기하고 있어. 저 남자에게 도사를 맡기면 돌이킬 수 없는 일이 벌어질 거야."

한페이타는 초조했다.

료마는 아키 부교소의 일로 딱 한 번 도요를 만난 적이 있었다.

(내가 천재이기 때문이다!)

사뭇 남을 깔보는 듯한 남자였다. 도요에 대해 회상하던 료마는 이조의 목소리에 현실로 되돌아왔다.

"료마, 우리 동지가 되어 줘. 함께 다케치 선생님의 힘이 되어 드리자고."

"그 실력은 양이를 위해 쓰는 게 마땅하다."

한페이타도 뜨거운 기대를 품고 권했지만 료마는 아무래도 수긍할 수가 없었다.

"실력을 활용한다면…… 양이를 위해 누군가를 벨 수도 있다는 건가요?"

한페이타는 그 질문에 대답하지 않은 채 료마를 가만히 쳐다보았다.

"난 집안의 돈으로 에도까지 수련을 다녀왔어요. 지금은 그 은혜를 갚는 게 먼저예요."

료마는 두 사람을 남겨 두고 따로 걸어 나갔다. 한페이타에게서 멀어지는 거리만큼 마음도 멀어지는 듯한 쓸쓸함을 느꼈다.

─요시다 도요가 참정직으로 돌아온 것은 이이 나오스케의 정치를 비판한 번주 야마우치 요도 공이 은거하셨기 때문이었지. 이렇게 해서 도사의 정치를 위임받은 요시다 님이 처음 손을 댄 것은 도사 번의 개혁이었네.

도요의 개혁은 재정 긴축으로 시작되었다.

"앞으로는 일체의 사치를 금한다. 나를 포함해서 모두의 녹봉을 지금의 반으로 줄인다."

도요는 인사 조치도 단행했다.

"소바요닌(번주의 개인 생활을 보필하던 비서관-옮긴이)과 같은 쓸데없는 직책은 폐지한다. 지금까지 수고가 많으셨소, 시바타 씨."

소바요닌인 시바타 빈고로서는 청천벽력과도 같은 명령이었다.

이렇게 개혁을 추진하는 한편 도요는 1년 전 감옥에서 풀어준 야타로를 자택으로 불렀다.

"나가사키로 가라."

도요는 마당에 부복한 야타로에게 명했다.

"일본은 개국했다. 앞으로 도사 번도 외국을 상대로 교역을 해서 돈을 벌어야 한다. 누구를 상대로 무엇을 팔 수 있는지 나가사키로 가서 조사해 오거라."

"제, 제가 말씀입니까?"

중요한 임무였다. 도요는 야타로가 옥중에서 보낸 편지를 읽고 쓸 만한 인재라고 여겼다.

"너는 장사에 재능이 있는 것 같더구나."

"가, 감사합니다!"

참으로 운명은 어떤 계기로 바뀔지 모르는 일이었다.

느닷없이 자리에서 쫓겨난 시바타는 화가 나서 펄펄 뛰었다.

칼을 휘두르며 방문을 부수고 난동을 부리는 바람에 가족들이나 하인들은 도대체 어떻게 해야 할지 손도 쓰지 못하고 있었다.

"저, 나리. 다케치 한페이타라는 자가 뵙고 싶다고 찾아왔습니다."

하인이 머뭇거리며 고했다.

"다케치?"

처음 듣는 이름이었다.

마당에 들어온 한페이타는 도요가 뒤흔들고 있는 도사 번에 대해 우려하는 마음을 절절하게 늘어놓았다.

"지금 세간에는 독단적으로 개국을 결정한 이이 나오스케 님에 대한 분노와 어떤 일이 있더라도 외세를 몰아내야 한다는 양이의 기운이 높아지고 있습니다. 허나 요시다 님은 그것을 모르고 계십니다. 한시라도 빨리 시바타 님께서 도사 번 정치로 돌아가 주시지 않으면 우리 번에는 미래가 없습니다."

시바타는 한페이타의 말에 흥미를 느끼고 찬찬히 이야기를 들어보려 자세를 고쳐 앉았다.

"다케치라고 했겠다? 자네에게 도요를 몰아낼 방도가 있다는 말인가?"

"도사에 양이의 폭풍이 일어나면 요시다 님은 실각하게 되겠지요. 시바타 님께서 힘을 보태 주시기만 한다면 제가, 이 다케치 한페이타가 그 폭풍을 만들어 보이겠습니다."

시바타에게 생각이 있다는 것을 감지한 한페이타는 식당집 2층 방으로 슈지로, 세이헤이, 에키치, 모타로 등 문하생 중에서도 나이가 많고 서로 마음이 통하는 동지들을 불러 모았다.

"아무도 못 오게 밑에서 감시하도록 해라. 어려운 이야기니까……."

평소처럼 자기를 따라오던 이조를 한페이타는 부드럽게 타일렀다.

이조는 얌전히 아래층으로 내려가 계단 밑에서 칼을 품에 안고 앉았다.

"그야 내게는 어려운 얘기일지 몰라도……."

감정은 이미 상해 버렸다.

2층에서는 한페이타가 은밀한 이야기를 털어놓고 있었다.

"교토에 계시는 산조 사네토미라는 분을 혹시 아는가? 귀족 중에서 가장 양이에 힘쓰시는 분이다. 실은 말이야, 시바타 님께 이런 이야기를 들었어."

조금 전 한페이타가 제시한 이야기를 들은 시바타는 잠시 생각에 잠긴 뒤 한 가지 제안을 했다.

(도사를 양이로 물들인다니……. 그렇다면 산조 사네토미 님을 우리 편으로 끌어들이면 어떨까?)

(그렇게 할 수만 있으면……. 하지만 조정은 저희들에게 완전히 딴 세상입니다. 어떻게 사네토미 님과…….)

(밀정을 보내면 되지.)

야마우치 요도의 여동생인 히사히메가 산조 사네토미의 형인 산조 긴무쓰에게 시집을 갔기 때문에 도사 번과 산조 가문은 인척 관계에 있었다. 그 점을 이용해 밀정을 히사히메의 시녀로 보내 교토의 정세를 살피게 한다는 계획이었다.

이이 나오스케는 개국 정책에 반대하는 자들을 탄압하기 시작했다. 번주가 갑자기 은거해 버린 도사에서 남자가 움직이면 눈에 띄지만 시녀라면 어딜 가나 크게 주목받을 일이 없었다.

"너희가 아는 여자 중에 혹시 이러한 임무에 적합한 사람은 없나?"

한페이타가 묻자 다들 아는 여자 중에 그럴 만한 사람이 있나 궁리해 보았다.

"다케치 선생님!"

슈지로가 흥분한 얼굴로 한페이타에게 가까이 다가갔다.

가오는 료마한테 받은 간자시를 손에 들고 이제야 찾아온 행복을 곱씹고 있었다.

방문에 슈지로의 그림자가 비쳤다. 가오는 순간적으로 간자시를 숨기려 했으나 아무래도 오빠인 슈지로에게는 이야기를 해야겠다는 생각이 들어 자세를 고쳐 앉고 슈지로가 방 안으로 들어오기를 기다렸다.

"너한테 할 얘기가 있다."

슈지로가 가오 앞에 앉더니 대뜸 말을 꺼냈다.

"주군의 여동생이신 히사히메 님이 교토에서 지내고 계시다는 건 알고 있겠지? 다케치 선생님이 히사히메 님의 시녀가 될 적임자를 찾으셔서 내가 너를 추천했다. 시녀라고는 하지만 진짜 임무는 따로 있다. 산조 사네토미 님의 움직임을 파악해서 우리에게 전하는 일이야."

"오라버니."

"이건 막중한 임무다! 양이를 위해 교토로 가다오, 가오."

"그건…… 언제까지……?"

"아마 평생 그쪽에서 살아야 되겠지. 이건 도사 번을 위한 일이고, 나아가서는 일본 전체를 위한 일이다."

"싫어요! 왜 제가 가야 하나요? 전 도사를 떠나고 싶지 않아요. 도사에서 시집가서 행복하게 살고 싶어요."

"……료마를 말하는 거냐? 그놈은 절대 안 된다! 양이가 무엇인지 알려고 하지도 않고, 국가가 존망의 위기에 처해 있는 지금 이 시국에도 나서지 않는 놈한테 너를 내줄까 보냐?"

"료마 씨에게도 나름의 생각이 있어요!"

슈지로가 손바닥을 날렸다. 가오는 볼에 느껴지는 날카로운 아픔을 버티지 못하고 방바닥에 쓰러졌다.

"오라비의 말을 거역하겠다는 소리냐?"

가오는 울면서 방에서 뛰쳐나갔다.

슈지로에게서 사정을 들은 한페이타는 싫어하는 사람에게 억지로 일을 시키고 싶은 생각은 없다고 말했다.

"다른 여자도 있어. 굳이 네 여동생을 보낼 필요는 없다, 슈지로."

"다케치 선생님……. 우리는 하급무사로 태어난 고통을 죽을 만큼 맛보고 살았습니다."

슈지로가 조금씩 속내를 털어놓기 시작했다. 지금 이대로 가면 가오도 하급무사 출신이라는 신분을 평생 짊어지고 학대를 받으며 살아갈 수밖에 없다. 그런 여자가 번주의 여동생을 모시는 시녀가 되어 교토에서 살 수 있는 기회다.

"전 동생의 행복을 바라기에 교토로 보내야겠다는 결심을 한 겁니다."

눈물을 머금은 슈지로의 말투가 갑자기 험악해졌다.

"게다가…… 료마는 가오를 행복하게 해 줄 남자가 아니니까요."

"……료마?"

한페이타는 무슨 소리인가 하는 표정으로 되물었다.

나가사키로 떠날 채비를 다한 야타로는 신사에 가서 참배를 했다.

"내가 번에서 임무를 받게 될 줄이야! 이제야, 이제야 출셋길이 열렸습니다. 정말 감사합니다. 출세하면 새전을 듬뿍 낼 테니, 오늘은 좀 봐주세요."

기특하게도 손을 모아 감사 기도를 올리는가 싶더니 자기 마음대로 새전은 나중에 바치겠다고 하고, 이제 출발하려고 뒤돌아 나서던 발길이 그 자리에 우뚝 멈췄다. 본당으로 이어지는 돌계단을 료마가 올라오고 있었다.

료마는 힘껏 죽도를 휘두르고 싶어 아무런 방해도 받지 않을 만한 곳을 찾아 경내로 온 참이었다.

"야타로, 여기서 뭐하는 거야?"

"흥, 난 지금까지의 이와사키 야타로와는 다르다. 이제부터 나가사키로 떠날 참이거든. 도사 번이 앞으로 외국과 교역을 준비하기 위한 사전 조사를 위해서 말이다. 요시다 님께서 굳이 나에게 맡기시더란 말이지."

도요의 지시라는 말을 듣고 료마는 의외라는 생각이 들었다. 바로 얼마 전에도 한페이타의 입에서 요시다 도요의 이름을 들은 참이었다.

"정말 훌륭하신 분이야, 요시다 님은. 하급무사라고 차별하지 않고 재능으로 사람을 알아봐 주시니 말이야."

까딱하다 칼을 맞을 뻔한 적도 있었으면서 야타로는 입에 침이 마르도록 도요를 칭찬했다.

"그렇구나……. 열심히 잘해 봐, 야타로! 너라면 어떤 일이라도 할 수 있을 거야."

"잘난 척은 혼자 다 하네. 다음에 만나면 이 몸은 너 같은 놈이 인사도 하지 못할 정도로 대단한 신분이 되어 있을지도 모르는데."

감옥에 갇혔던 일 따위는 다 잊어버린 듯한 불손한 태도가 참으로 야타로다웠다.

"그래, 그런 기세로 임하라고."

료마는 웃으면서 격려했다.

집으로 돌아오니 조금 후에 가오가 아주 다급한 얼굴로 찾아왔다. 신발도 신지 않고 맨발로 뛰어온 가오는 료마의 얼굴을 보자마자 울음을 터뜨렸다.

"가오……. 도대체 무슨 일이야?"

깜짝 놀란 료마는 손님을 맞으러 현관으로 같이 나왔던 오토메와 서로 얼굴만 마주 볼 뿐이었다.

밤이 깊어 가면서 귀뚜라미 울음소리가 울렸다.

한페이타는 등불에 의지해 책을 읽고 있었다. 문득 귀뚜라미 소리가 그치기에 얼굴을 들고 장지문 너머로 마당을 보았다. 자리에서 일어나 장지문을 열자 달빛 아래 료마가 서 있었다.

방 안으로 들어온 료마는 한페이타와 마주하고 앉아 입을 꾹 다문 채 한페이타의 눈만 바라보았다. 한페이타도 시선을 피하지 않고 똑바로 마주 보았다. 그제야 료마가 무거운 입을 열었다.

"전 어렸을 때부터 다케치 씨를 존경해 왔습니다. 다케치 씨가 하는 말은 옳다. 다케치 씨가 하는 일이라면 틀림없다. 그렇게 생각해 왔습니다."

"……지금은 다르다는 말이냐?"

"다케치 씨가 변해 버렸기 때문이지요. 에도에서는 야마모토 다쿠마에게 할복을 명하고, 이번에는 가오에게 교토로 가라고 합니다. 양이라는 것이 죽마고우를 제물로 삼아야 할 정도로 중요하다는 뜻인가요?"

"……말할 나위 없지."

"그렇다면 지금부터 이조나 다른 사람들과 같이 시모타에 가서 외국인들을 닥치는 대로 베어 죽이면 되겠네요."

"일본을 지키기 위해서는 지금의 막부를 바로 세워야 한다. 막부를 올바르게 세우려면 도사 번이 강해져야지. 그러기 위해서는 우리가 번의 정치에서 힘을 쏠 수 있어야 한단 말이다."

"그래서 요시다 도요 님을 적으로 삼겠다고요? 저는 요시다 님이 잘못된 행동을 하시는 분으로는 보이지 않던데요. 야타로는 그분의 천거로 임무를 맡아 나가사키로 갔어요. 그런 상급무사는 지금껏 없었잖아요?"

"넌 가오와 헤어지는 게 싫어서 이러는 거잖아."

한페이타가 미묘하게 말을 돌렸다.

"……전 가오와 결혼하기로 약속했어요. 가오를 교토로 보낼 수는 없습니다."

"그게 사무라이가 할 말이냐?"

"저는 남들이 한다고 그대로 따라 살 생각은 없으니까요! 세상이 어떻게 굴러가건 소중한 것은 목숨을 걸고서라도 지킨다. 전 이 검에 대고 그렇게 맹세했어요."

료마는 칼을 세워서 흔들리지 않는 결의를 보여 주었다.

가오는 사카모토가에서 오토메와 함께 있었다. 오토메가 목욕물을 뜨겁게 하면서까지 자백을 받으려 했을 때에도 끝까지 료마가 털어놓지 않았던 상대가 바로 가오였다.

"가오가 료마의 색시가 되어 준다면야 나로서는 더 바랄 게 없지. 서로 좋아서 하는 혼인이 제일이야. 걱정하지 마. 양이 때문에 료마와 가오가 떨어져야 한다면 내가 나서서라도 절대로 그런 일이 벌어지지 않게 해 줄 테니까."

"오토메 언니."

오토메의 마음이 고마워서 가오는 눈물이 나올 지경이었다.

방문이 열리면서 한페이타를 찾아갔던 료마가 돌아왔다.

"다케치 씨랑 이야기하고 왔어. 걱정하지 마, 가오. 넌 내가 지켜 줄 테니까."

"……료마 씨."

가오가 안심을 한 것도 한순간뿐이었다.

"하지만 오늘은 이만 집으로 돌아가는 게 좋겠어. 우리 집에서 재울 수는 없어. 너희 아버님도, 그리고 슈지로도 걱정을 많이 하고 있을 거야."

"돌아가기 싫어요!"

"우리는 아직 부부가 된 게 아니잖아. 시집도 안 간 처녀가 외간 남자의 집에서 묵었다는 소문이 돌고, 그 일 때문에 너와 헤어져야 한다면 나는 어떡하라고?"

오토메는 가오의 기분을 이해할 수 있었다. 하지만 이야기가 꼬이면 일이 더 복잡하게 될 것이 뻔했다.

"료마 말이 맞아, 가오. 내가 같이 가 줄게."

"내일 우리가 항상 만나던 신사에서 기다리고 있을게."

료마가 미소를 지으며 말하자 가오는 가까스로 고개를 끄덕였다.

그러나저러나 료마가 언제 저렇게 남자다워졌을까? 오토메는 가오가 부러운 동시에 자기의 처지가 떠올라 일말의 적적함을 맛보았다.

한페이타는 도장에서 한 점을 쳐다보며 홀로 말없이 깊은 생각에 잠겨 있었다.

"무엇을 망설이는가?"

목소리가 들렸다. 목소리의 주인을 찾아보니 어둠 속에 앉아 있는 남자의 무릎이 보였다.

"너는 양이에 전력하는 것으로 이름을 떨치고 나라를 움직이는 남자가 되고자 했던 것 아니었나? 도대체 무엇을 걱정하는 것이냐?"

한페이타 자신의 목소리였다. 망설이는 한페이타를 또 한 명의 한페이타가 질책하고 있었다.

"료마의 말 따위 다 잊어버려라."

"하지만……."
"그렇게 약해서야 네가 바라던 남자가 어떻게 되겠느냐"
"닥쳐라!"
소리친 순간 또 하나의 한페이타는 사라져 버렸다.
이튿날 한페이타는 시바타 빈고의 저택을 찾아갔다.
"아무래도 히라이 가오에게는 지나치게 무거운 짐일 것 같습니다."
한페이타는 가오에 대한 이야기를 백지로 돌리려 했다.
"다케치, 나는 그 계집이면 된다."
"죄송합니다. 곧바로 다른 계집을 찾아보겠습니다. 실은 두세 명 마음에 짚이는 계집이 있습니다."
"내 얼굴에 먹칠할 생각이냐!"
시바타는 일부러 상석에서 내려와 한페이타 바로 옆까지 와서 압력을 넣었다.
"벌써 히사히메 님께 말씀을 전해 올렸단 말이다. 지금 와서 다른 계집으로 대신하겠다면 누군가는 할복해서 책임을 져야 할 지경이 되었다."

료마는 약속한 신사에서 가오를 기다렸다. 울보에다 겁쟁이였던 료마에게 가오는 어릴 때부터 언제나 친절했다. 구마 강까지 도시락을 들고 온 적도 있었다. 마침 그 무렵에 가오에게는 좋은 혼담이 들어왔고, 료마는 가오에게 잘된 일이라며 기뻐하다가 가오를 화나게 했고 울려 버렸다.

(난…… 료마 씨를 좋아했는데. 어릴 때부터 항상 료마 씨만 바라보고 있었는데!)

(나도 네가 좋아. 하지만 너를 여자로 여기는지 아니면 그냥 여동생처럼 귀여워하는 건지는 잘 모르겠어.)

가오의 행복을 바라면서 료마는 에도로 검술 수련을 위해 떠났고, 도사로 돌아온 것은 15개월 후였다. 설마 가오가 혼담을 거절하고 야타로의 사숙에서 공부를 하고 있었을 줄은 꿈에도 생각하지 못했다. 그때 료마는 가오가 시집을 가지 않아서 안도했고 자신의 마음을 깨닫게 되었다.

그리고 아버지가 돌아가시고, 한페이타나 슈지로와 사이가 서먹해진 가운데 두 번째 에도 행이 결정되었다.

(료마 씨는 이미 멀어진 사람이었네요.)

(난 지금도 변하지 않았어. 아직도 널 좋아해.)

한결같은 삶의 방식으로 살아갈 자신이 생겼을 때 반드시 데리러 오겠다고 약속하고는 가오를 오랫동안 기다리게 했다.

(내 아내가 되어 주지 않겠어?)

(……네.)

료마는 그 순간 가오가 흘린 눈물만큼 아름다운 눈물을 본 적이 없었다. 이제부터는 손을 맞잡고 평생을 같이 살아갈 수 있다. 료마는 기쁨과 책임감으로 온몸이 죄어드는 것 같았다.

가오는 기쁨이 가득한 얼굴을 거울에 비춰보았다. 료마에게서 받은 간자시를 머리에 꽂자 가오의 얼굴이 한층 더 빛났다.

슬슬 약속한 시간이었다. 가오는 잰걸음으로 현관을 향하다가 그 자리에 멈춰 섰다. 슈지로가 현관에 서서 절박한 얼굴로 가오를 바라보고 있었다. 현관 입구로 눈길을 돌리니 한페이타가 허공을 응시하며 앉아 있었다.

슈지로가 자리에 앉더니 바로 앞에 칼을 놓았다.

"가오, 네가 끝까지 료마와 결혼하겠다고 우기면 나는 할복할 생각이다."

"네……?"

가오는 도움을 청하는 눈으로 한페이타를 보았다.

"다케치 씨!"

한페이타는 처음 보았던 자세 그대로 미동도 하지 않았다.

슈지로가 앞깃을 열어젖히고 칼을 뽑았다.

"이러지 마세요, 오라버니! 제발…… 제발……."

가오는 참지 못하고 울음을 터뜨렸다.

신사에서는 료마가 가오를 기다리고 있었다. 까악 하고 까마귀가 불길하게 울며 날아올랐다. 불길한 예감이 든 료마는 가오를 데리러 히라이가로 서둘러 갔다. 현관도 창문도 모두 굳게 잠겨 있었다.

"가오!"

이름을 불러 보았지만 안에서는 인기척이 없었다. 불안감이 커지면서 이리저리 기웃거리고 있는데 "사카모토 님!" 하고 부르는 목소리가 있었다. 조지로가 포장된 만두를 들고 서 있었다.

"좀 전에 히라이 님께서 저희 가게로 축하를 위한 만두를 주문하셔서요. 가오 아가씨가 어디 멀리 가시는 모양이더라고요."

"뭐라고……!"

료마는 망연자실해서 우두커니 섰다.

가오는 시바타 빈고의 저택으로 오빠에게 이끌려 갔다.

"히라이 슈지로의 여동생 가오입니다. 이번에 히사히메 님을 모시라는 분부를 받자와 더할 수 없는 행운으로 여깁니다. 이 목숨을 다 바쳐 내려 주신 소임을 다하겠습니다."

가오는 자꾸만 흐트러지는 감정을 억누르면서 시바타 앞에서 고개를 조아리고 사무라이 집안의 딸답게 격식에 맞게 인사했다. 슈지로로부터 무슨 일이 있어도 눈물을 보여서는 안 된다는 엄명을 받은 상태였다.

가오 옆에는 한페이타와 슈지로가 마찬가지로 감정을 억누른 채 엎드려 있었다.

"얼굴을 들어 보라."

시바타의 말에 가오가 억지 미소를 지으며 고개를 들었다.

"아리따운 계집이 아니냐, 다케치."

시바타 빈고는 기분 좋게 가오에게 말을 걸었다.

"임무는 알고 있으렷다? 네가 얼마나 잘하느냐에 따라서 도사를 양이로 뒤덮고, 요시다 도요를 몰아낼 수 있다."

"반드시 소임을 다하겠습니다."

가오가 고개를 깊이 숙였다.

"오냐, 말 잘했다. 아주 든든하구나."

슈지로는 안도하여 소리 없이 한숨을 내쉬었고, 한페이타는 눈을 감은 채 아직도 망설이고 있는 또 하나의 자신을 억눌렀다. 가오는 머리를 숙인 채 눈물이 나오지 않도록 혼신의 힘을 다해 참고 있었다.

저택 앞쪽이 웅성거리더니 "가오!" 하고 멀리서 부르는 목소리가 가오의 귀에 분명히 들렸다. 한페이타와 슈지로의 귀에도 들려왔다.

시바타 저택의 하인들이 "뭐하는 놈이냐!", "물러나라!" 하며 소리쳤다.

"무슨 일이냐?"

시바타 빈고가 불쾌한 목소리로 한마디 뱉었다.

"가오!"

다시 분명하게 료마의 목소리가 들렸다.

저택 앞쪽에서 료마가 억지로 저택 안으로 들어가려다가 문지기들에게 잡혔다.

"가오, 가면 안 돼! 가오!"

료마는 문지기 몇 명을 상대로 몸싸움을 벌여 맞고 채이면서도 가오의 이름을 계속 불러 댔다.

가오는 깊이 숙인 얼굴을 타고 흐르는 눈물을 더 이상 막을 수가 없었다.

바깥에서는 료마와 문지기들의 몸싸움이 더욱 격해지고 있었다.

"여기는 너 따위가 감히 들어올 곳이 아니다."

문지기들에게 저지당하고 발길질까지 당하자 료마의 손이 자기도 모르게 칼로 향했다.

"칼을 뽑을 셈이냐!"

문지기들이 일제히 경계를 하면서 료마를 에워쌌다.

"료마! 바보 같은 짓 하지 마라!"

한페이타가 창백하게 질린 얼굴로 저택 안에서 뛰쳐나왔다.

"가오 자신이 결정한 일이다! 자기 스스로 정했다고!"

료마의 멱살을 잡고 외쳤다.

"가오가…… 스스로……?"

망연자실한 료마에게 한페이타가 다시 한 번 못을 박았다.

"슈지로가 할복하는 것을 막으려고 스스로 교토로 가는 길을 선택했지."

시바타 빈고가 소바요닌이라는 직위에서는 물러났지만 고치 성으로 들어가는 것 자체가 금지된 것은 아니었다. 등성해서 오가는 길에 도요와 만나는 일도 있었다.

이날 시바타는 복도를 걸어가는 도요의 모습을 발견하고 불러 세웠다.

"요즘 들어 미토나 사쓰마 근방이 시끄러워지고 있는 모양입니다. 외국과의 교역을 추진하는 이이 나오스케 님의 정책을 용납할 수 없다면서 말이지요. 세상 인심, 언제 어떻게 바뀌게 될지 모르는 일 아니겠습니까?"

웃으면서 가려고 하는데 이번에는 도요가 시바타를 불러 세웠다.

"나는 10년 후, 50년 후, 아니 100년 후를 바라보고 있소. 세상 인심 따위에 휘둘려서 우왕좌왕하면 정사를 어떻게 보겠소?"

그 말을 던지고 사라지는 도요를 시바타는 증오에 찬 눈으로 바라보았다.

"……어디 두고 보자!"

이렇듯 도사에 불온한 분위기가 떠도는 가운데 가오가 히사히메의 시녀가 되기 위해 교토로 떠나는 날이 다가왔다.

1859년 12월. 한페이타는 다케치 도장으로 슈지로, 이조, 가메야타, 세이헤이, 에키치, 모타로 등을 모이게 해 이튿날로 다가온 가오의 출발을 보고했다.

"표면적인 임무가 있긴 하지만 가오는 우리를 위해 떠나는 것이다. 다들 나름대로 신경 써서 출발을 축하해 주어라."

다들 어렸을 때부터 가오를 알고 지낸 만큼 단순하게 기뻐해도 되는 것인지 복잡한 심경이었다. 이제 다시는 도사 땅을 밟을 수 없을지도 모르는데 정말로 가오는 자기 스스로 가겠다고 나선 것일까?

이런 의심을 없애려는 듯이 한페이타가 더욱 목소리를 높였다.
"일본은 지금 죽느냐 사느냐 하는 갈림길에 서 있다. 지금 이 시대 일본에서 양이의 움직임과 상관없이 살아갈 수 있는 사람은 단 한 사람도 없다!"

양이의 움직임에 따르느냐 거스르느냐.

료마는 옆에 놓아 두었던 칼을 들고 반쯤 뽑았다. 달빛을 받아 하얀 칼날이 번뜩였다. 오토메는 그 칼날을 노려보는 료마를 복도에서 보고 있었다.

"힘으로 가오를 빼앗아 올 생각이니? 나도 분하기는 마찬가지야. 하지만…… 가오가 스스로 정한 일이라면 할 수 없잖니."

그렇게 말하더니 오토메는 고이 접힌 종이를 내밀었다. 가오가 보낸 쪽지였다.

료마는 언제나 찾던 신사를 향해 뛰었다. 밤의 장막이 내린 경내에서 료마를 기다리고 있는 가오의 모습이 달빛 속에 떠올랐다. 가까이 다가갈수록 감정이 더욱 북받쳤다.

"가오!"

료마는 가오에게로 뛰어가서 그대로 끌어안았다.

"난 이제 아무 데도 가지 않는다고 했잖아! 무슨 일이 있어도 우리는 헤어지지 않을 거라고 약속했잖아!"

"죄송해요……. 죄송해요."

가오는 료마의 가슴에 얼굴을 묻고 울었다.

"제가 없어도…… 료마 씨는 살아갈 수 있어요."

"그러지 마! 왜 그런 소리를 하는 거야!"

"제 대신에 살아 주세요. 제가 살 수 없었던 삶을……. 당신에게는 저보다 훨씬 더 소중한 것이, 생각지도 못할 만큼 커다란 무언가가 분명히 있을 거예요. 그걸 찾아 주세요. 틀림없이 찾을 수 있을 테니까. 전 그렇게 믿어요. 그럼요, 료마 씨는 이 세상에 단 한 사람밖에 없으니까요……. 제가 사랑한 사람은 당신 하나뿐이니까요."

"가오……."

"안녕히……. 잘 있어요."

작별 인사를 듣고도 차마 보낼 수가 없어 료마는 가오를 안은 두 팔에 더욱 힘을 주었다.

제11장
끓어오르는 도사

야타로가 보낸 편지를 사키는 다시 한 번 야지로에게 읽어 주고 있었다.

"전 나가사키에서 열심히 일하고 있어요. 번주의 대리로 외국 상인들과 만나서 거래에 대한 이야기를 하고 있어요."

"방금 거기를 다시 한 번 읽어 봐라."

벌써 몇 번째 요구인지 몰랐다. 사키는 웃음을 참으면서 읽어 주었다.

"번주의 대리로."

"야타로가 번주 대리라니! 외국 사람과 대등하게 이야기하고 있다고? 도대체 무슨 장사에 대한 이야기인가? 아무튼 그 녀석 머리 하나는 기가 막히게 좋다니까."

야지로는 감개무량했다.

"너희 아버지의 자식 자랑은 끝이 없구나."

미와가 옆에서 어이없다는 듯이 말했다.

사키가 편지를 계속해서 읽기 시작했다.

"매일 밤 상인들을 데리고 마루야마의 유곽에서 잔치를 벌이지요. 물론 전부 번에서 내준 돈입니다. 전 출세했어요, 아버지. 이와사키 가문의 앞날은 이제 창창합니다."

"크, 좋아! 몇 번을 들어도 좋단 말이야. 사키, 다시 한 번 처음부터 읽어 봐라."

야지로는 흥분해서 난리였다. 미와는 더 이상 봐 줄 수가 없어 장작을 가지고 오려고 문 쪽으로 향했다.

"작작 좀 하세요."

"아니, 아들이 출세해서 기쁘다는데 뭐가 문제야? 야타로가 나가사키에서 대단한 인물이 되었단 말이야."

"알았어요, 알았어."

미와도 기쁘기는 마찬가지였다. 웃으면서 문을 열었다.

"에그머니나!"

미와가 비명을 질렀다. 눈앞에 야타로가 서 있었다. 후줄근한 나그네 차림새에 멍한 눈빛이었다.

"야, 야타로! 네가 왜 여기……?"

야지로도 무슨 일인가 싶어 깜짝 놀란 얼굴로 뛰어나왔다.

"너, 나가사키에 있다고 하지 않았나?"

"너무 많이 써 버렸어요……. 나가사키에서 나랏돈을 너무 써 버렸단 말이에요. 마루야마의 게이샤들이 너무 예쁘고 색기가 넘쳐서, 너무너무 재미있고 즐거워서…… 정신을 차리고 보니 100냥이나 썼더라고요. 전 파직되고 말았어요!"

야타로는 땅바닥에 털퍼덕 주저앉아 울기 시작했다.

"뭐라고!"

야지로도 털썩 주저앉고 말았다. 방금 전까지 그토록 자랑스러웠던 아들이 파직을 당해 돌아온 것이다.

―돌이켜보면 바보도 그런 바보가 없었지. 하지만 세상 사람들은 나의 사소한 비극 따위에 아무 관심도 없었다네. 어째서냐 하면 그 무렵 에도에서 천하를 뒤흔들 만한 대사건이 일어났기 때문이지. 막부의 다이로, 맞네, 천황의 뜻까지 무시한 채 개국을 하고, 반대파를 모조리 처벌했던 이이 나오스케가 암살당했기 때문이야.

다이로로 취임한 나오스케는 어려운 문제를 몇 가지나 떠안고 있던 도쿠가와 막부를 다시 세우기 위해 힘을 다했다. 그 방편 중 한 가지가 미일수호통상조약이었다. 천황의 허가도 없이 조약이 체결되자 막부에 대한 양이론자들의 비난은 날이 갈수록 심해졌다.

나오스케는 반대파를 탄압하기 시작했고, 그로 인해 많은 사람들이 투옥되거나 사형에 처해졌다. 이것이 바로 '안세이의 대옥'이다.

나오스케의 가차 없는 탄압은 전국으로 뻗어나가 요시다 쇼인도 체포되었다. 또한 귀족이나 번주들도 예외가 아니어서 미토 번의 번주인 도쿠가와 나리아키에게는 무기한 칩거 명령이 내려지기도 했다.

1860년 3월 3일. 나오스케의 독재에 대한 불만과 위기감이 쌓일 대로 쌓인 낭인들이 에도 성으로 등청하는 나오스케를 급습하는 '사쿠라다 문 밖의 사변'이 일어났다. 나오스케 암살에 관여한 자들 대부분은 미토 번에서 이탈한 낭인들이었다.

―이이 나오스케의 정책에 반론을 제기했다가 칩거를 명령받은 전 도사 번주인 야마우치 요도 또한 이 소식을 듣고 깜짝 놀랐지.

"뭐라! 이이 다이로가……?"
할 말을 잃은 요도는 살해범이 18명의 미토 낭인들이라는 소리를 듣더니 갑자기 껄껄 웃기 시작했다.
"세상에, 그런 일이! 문을 열어라. 내 근신은 끝났다. 모든 문을 활짝 열어젖혀라!"
방 안으로 햇볕이 들어오자 요도는 갑자기 웃음을 멈췄다.
"천하의 다이로가 성문 앞에서 그토록 간단하게 살해당할 줄이야. 막부의 힘이 그 정도로 약해져 버렸단 말인가……!"

눈부신 햇빛을 정면으로 받으면서도 요도의 마음은 컴컴한 암흑 속으로 빠져들 것만 같았다.

한페이타가 나오스케의 암살 소식을 들은 것은 단 하나의 혈육이었던 할머니 도모의 마지막 순간을 지킨 직후였다. 인생무상이라는 말이 떠오르는 가운데 한페이타의 마음 가운데 자리잡은 생각은 할머니의 죽음을 하나의 매듭으로 삼아 자기의 길을 걷겠다는 결의였다.

"겨우 18명의 이름도 없는 낭인들이 이이 나오스케에게 천벌을 내린 것이다!"

한페이타가 열기를 띠고 하는 말을 슈지로, 이조, 가메야타, 세이헤이, 에키치, 모타로 등 10여 명의 문하생들이 뚫어지게 바라보며 열심히 듣고 있었다.

"막부가 천황을 무시하고 개국했기 때문이다. 우리도 미토의 낭인들과 똑같은 칼을 가지고 있다. 세상을 뒤집을 수 있단 말이다!"

한페이타가 칼을 뽑아 들고 외쳤다.

료마는 도장 입구에 서서 한페이타의 말에 힘차게 응하는 문하생들을 둘러보고 있었다. 료마가 모르는 사람들, 아직 젊은 이케다 도라노신이나 다케야마 고타로 등이 얼굴을 발갛게 달구며 흥분하고 있었다. 다케치 도장에는 문하생들이 더욱 늘어난 것 같았다.

한페이타는 문가에 선 료마의 존재를 의식하면서 이야기를 계속했다.

"이제 상급무사 앞에서 기죽을 필요가 없다. 우리 하급무사의 힘으로 도사 번을 양이의 기수로 만드는 것이다!"

"옛!"

모두 소리를 합쳐 대답했다.

문하생들이 모두 가 버리자 료마와 한페이타는 오랜만에 마주 앉았다.

"요즘 어떻게 지내냐?"

"매일 바다를 보러 다녔어요."

가오가 교토로 떠나 버린 이후로 료마는 가족들에게도 말을 하지 않았고, 웃음을 아예 잊어버린 사람처럼 지냈다. 바닷가에서 홀로 밀려오는 파도의 수를 헤아리기도 하고, 수평선 멀리 눈길을 돌리기도 했지만 머릿속에는 언제나 가오에 대한 생각뿐이었다.

"아직도 가오의 일로 나를 원망하나?"

한페이타의 물음에 료마는 약간 간격을 두고 신중하게 대답했다.

"제가 얼마나 안일한 생각을 하고 있었는지 뼈저리게 느꼈어요. 주위가 아무리 소란스러워도 나에게는 나만의 삶이 있다고 생각했는데 역시 세상과 상관없이 살아가는 건 무리인가 봐요. 그렇다면…… 먼저 나서서 세상 속으로 뛰어드는 수밖에 없겠죠."

료마는 한 손에 들고 있던 목도를 휙 하고 흔들었다.

"료마…… 그래서 내 이야기를 듣고 있었던 거냐? 내 편에 서서 같이 싸워 줄 생각이야?"

한페이타는 료마가 양이에 찬동해 줄 것으로 기대했다. 그러나 료마의 마음은 다른 곳에 있었다. 이조나 가메야타 등 한페이타의 문하생들이 양이의 이름 아래 정신없이 앞으로만 돌진하는 것 같아 걱정이었다.

"일본은 유사 이래 가장 큰 위기에 봉착했어요. 외국에서 밀려드는 파도가 가만히 있는다고 해서 잠잠해질 리가 없지요. 지금 아무것도 하지 않고 있다가는 일본이라는 나라 자체가 멸망해 버릴지도 몰라요."

"그런 생각까지 하고 있었던 거냐?"

한페이타는 반가운 마음에 몸을 앞으로 내밀었다. 사쓰마, 조슈, 도사가 각각 번주들을 앞세워서 교토로 가 천황의 권위로 막부에 양이를 엄명하실 것을 간청해야 한다. 우선 막부를 올바로 세우는 것이 중요하다. 그 목적을 달성하기 위해서는 도사를 양이 일색으로 물들이는 일이 선결 과제였다.

"요시다 도요를 자리에서 끌어내려야 한다. 도요는 번의 정사를 관장하는 참정직에 있으면서도 지금 일본이 위기에 처해 있다는 것을 전혀 모르고 있어."

"그러니까 다케치 씨가 지금 하려는 일은 요시다 님을 자리에서 끌어내리는 건가요? 그렇다면 다른 사람들을 그렇게까지 선동할 필요는 없잖아요. 아까도 그런 말을 했지요. 우리 역시 미토의 낭인들과 똑같은 칼을 가지고 있다, 이제는 상급무사에게 기죽을 필요가 없다고요."

"그 말이 어때서?"

"그런 말을 들으면 다들 그런 생각을 갖게 되잖아요. 상급무사를 상대로 싸움을 거는 사람이 생기면 어쩌려고 그래요?"

한페이타는 료마가 쓸데없는 걱정을 한다며 웃었다.

"내 허락도 없이 그런 짓을 할 사람은 없다. 난 말이야, 앞으로 우리 손으로 나라를 움직인다는 기개를 가지라고 한 소리야."

"모두들 다케치 씨 말에 심취해 있어요. 다케치 씨의 한마디에 제정신을 잃어버릴 정도로 일희일비한다고요. 제발 그 사실을 잊지 말아 주세요."

"네가 먼저 나서서 세상 속으로 뛰어든다더니, 겨우 그런 소리였냐? 나에게 설교까지 하면서."

"용서하세요."

료마는 자기 걱정이 기우에 지나지 않기를 바라면서 일어섰다.

"료마…… 많이 변했구나."

"아까도 말했잖아요. 난 내가 정말 안일했다는 걸 깨달았다고……. 그뿐이에요."

그 말만 하고 료마는 돌아갔다.

사건은 바로 그날 일어났다. 가메야타가 새파랗게 질린 얼굴을 하고 다케치의 집으로 뛰어들어 왔다.

"도라노신이, 이케다 도라노신이 상급무사를 베어 죽였습니다!"

"뭐라고?"

도라노신이 일으킨 사건은 질풍처럼 문하생들 사이로 퍼져 나갔다.

"도라노신의 동생인 주지로가 술에 취한 상급무사의 칼에 죽음을 당했거든."

세이헤이는 잰걸음으로 걸으면서 에키치에게 설명했다.

"그래서 도라노신이?"

"소식을 듣고 달려가서 그 자리에 있던 두 사람을……."

세이헤이와 에키치가 지나간 뒤에 새장을 등에 진 야타로가 나타났다. 샛길에 있다가 두 사람의 이야기를 듣게 되었던 것이다.

도요의 저택에도 소식이 전해졌다. 가신의 보고에 따르면 주지로가 살해당한 현장으로 달려온 도라노신이 동생의 원수를 갚겠다며 마스나가 한사이와 옆에 있던 야마다 히로에까지 베었다고 했다. 마스나가와 야마다는 번주의 시종을 맡은 가문의 상급무사들이었다.

도요는 엄한 얼굴로 보고를 받았다. 옆에 있던 도요의 조카 쇼지로가 "그래서?" 하고 가신에게 현재 상황을 보고하라며 재촉했다.

"성내에 있는 상급무사들이 분노에 차서 속속들이 야마다의 저택으로 모여들고 있습니다."

"이케다 도라노신이라는 자는 체포되었느냐?"

"그게, 하급무사 놈들이 내주지 않겠다고 해서……. 수십 명에 이르는 하급무사들이 다케치 도장에 모여 이케다를 숨겨 주고 있습니다. 다케치 도장의 문하생이라면서요."

"감히 상급무사에게 대들겠다는 것이냐, 하급무사 나부랭이들이!"

쇼지로가 거친 목소리로 화를 냈다.

도요는 그 옆에서 "다케치" 하고 입안으로 중얼거렸다. 아는 이름이었다.

─그때까지 상급무사와 하급무사 간의 작은 충돌은 몇 번 있었지. 하지만 그 정도로 큰 소동은 도사 번이 생기고 처음이었다네. 그야말로 하급무사가 일으킨 반란이었지.

다케치 도장으로 문하생들이 속속 모여들었다. 모두들 분기탱천해 있었다.

"잠깐! 모두들 진정해라! 너희들 상급무사와 싸울 작정이냐! 바보 같은 생각들 하지 마라!"

"다케치 선생님 말씀이 옳다. 다들 진정해!"

한페이타와 슈지로가 펄펄 뛰는 문하생들의 흥분을 가라앉히려고 애썼지만 세이헤이, 이조, 에키치처럼 오래전부터 함께한 동지들 사이에서도 상급무사에 대한 분노의 목소리가 터져 나왔다.

도라노신은 도장 구석에 쭈그려 앉아 있었다. 동생이 살해당한 슬픔과 사람을 베어 죽인 흥분으로 감정이 억제되지 않아 넋 나간 얼굴로 눈물만 흘렸다. 도라노신의 모습은 에도막부가 세워진 이후 250년이라는 오랜 세월에 걸쳐 하급무사들이 상급무사들에게 품고 있던 뿌리 깊은 한과 맞물려, 보는 이의 분노를 끝없이 치닫게 했다.

"드디어, 드디어 이날이 왔어."

이조가 감격에 겨워 울음을 터뜨렸다.

한페이타는 더욱 목청을 높였다.

"역적이 될 셈이냐? 상급무사에게 칼을 들이댄다는 건 번주께 반기를 든다는 것과 마찬가지다!"

웅성거림이 뚝 그쳤다. 그 찰나에 이조의 목소리가 울렸다.

"상급무사에게 기죽지 않아도 된다고 하신 건 선생님이잖아요!"

"우리가 미토의 낭인들과 같은 칼을 가지고 있는 건 바로 이때를 위해서다."

가메야타가 이조의 말을 거들자 도장 여기저기에서 "옳소!", "상급무사와 싸우자!"라는 외침이 들렸다.

"기다려, 기다리란 말이다!"

슈지로가 필사적으로 분위기를 가라앉히려고 할 때 문간에 료마의 모습이 나타났다. 료마는 한 사람 한 사람 둘러보면서 들어왔다. 도장 안이 더욱 소란스러워졌다.

"우리에게 가세하려고 온 거야?"

모타로가 반기면서 물었다.

"호쿠신 잇토류의 목록을 받은 칼잡이가 우리 편이 되어 주면 무서울 게 없지!"

이조는 모두를 고무시켰고, 그 말에 도장 안의 사람들은 더욱 흥분했다. 그런 모두에게 료마는 냉정하게 말했다.

"……다케치 씨 말이 맞아. 무작정 칼을 휘둘러 봤자 역시 하급무사는 어쩔 수 없는 무뢰한들의 모임이라는 소리만 들을 뿐이지."

그 말을 하자마자 이조의 입이 불쑥 나왔다. 세이헤이는 노골적으로 낙담하는 표정을 지었다.

"싸울 생각이 없으면 썩 나가 버려!"

"그래도 굳이 하겠다면 우선은 다케치 씨에게 이 도장과의 인연을 끊겠다는 절연장부터 쓰는 게 먼저 아닌가? 스승의 말을 거역한다는 건 더 이상 문하생이 아니라는 뜻이니까. 안 그런가요?"

료마의 말에 한페이타는 모두를 둘러보았다. 다들 갑자기 기가 푹 죽어 버렸다. 모두가 따르는 다케치에게 절연장을 쓸 수가 없었다.

"그럼 이 억울함을 도대체 어떻게 하라는 말이야!"

이조가 울먹이면서 호소했다.

"상급무사들한테 굽실거리면서 도라노신을 그냥 내주라는 말씀입니까, 선생님?"

에키치가 달려들었다.

"그럴 일은 없다. 내가 가서 상급무사 쪽 잘못도 있었다는 걸 인정하게 만들 테니까."

한페이타는 나름대로 각오를 하고 있었지만, 료마는 이 시점에 한페이타를 보내는 것이 위험하다고 판단했다. 상급무사들은 틀림없이 작정을 하고 기다리고 있을 터였다.

"우선 내가 다녀올게요. 그쪽도 화가 나서 펄펄 뛰고 있어요. 그런 곳에 다케치 씨가 들어갔다가는 입을 열기도 전에 칼부터 날아들 거예요."

료마는 휙 하고 돌아서더니 여유롭게 나가 버렸다.

살해당한 야마다 히로에의 저택에는 상급무사들이 모여 있었다. 성질 급하게 벌써 전투 장비까지 다 갖추고 온 사람들도 있었다. 그 얼굴들 속에는 도가와 신지로와 다키이 고스케도 섞여 있었다. 야마모토 다쿠마의 외제 시계 사건 때 그를 규탄하던 상급무사들이었다.

"놈들은 이케다를 숨겨 두고 우리한테 칼을 뽑아 들 작정이다."

다키이가 흥분해서 소리치자 도가와도 하급무사들을 가만히 두면 안 된다며 날뛰었다.

"다들 준비되었나? 지금부터 다 같이 쳐들어가서 야마다 씨를 죽인 이케다 도라노신을 끌어내 거기 모여 있는 하급무사 놈들에게 본때를 보여 주자고!"

상급무사들이 기세를 올리고 있는데 도요와 쇼지로가 측근들을 이끌고 등장했다.

"모두들 정신 차리고 머리를 식혀라!"

도요는 입을 열자마자 일갈했다.

"상급무사에게 칼을 들이댔다는 것은 하급무사들이 목숨을 걸고 달려들겠다는 뜻이다. 함부로 쳐들어갔다가는 곧바로 칼싸움이 벌어지게 된다. 하급무사들이 얼마나 모여 있는지 알고나 있느냐?"

도요가 묻자 상급무사들은 당혹스러운 표정으로 서로의 얼굴을 마주 보았다. 아무도 모르고 있는 모양이었다. 그때 전혀 뜻밖의 방향에서 대답 소리가 들려왔다.

"대략 50여 명입니다. 제가 이 눈으로 확인하고 왔습니다."

현관 흙바닥에 야타로가 엎드려 있었다.

"하급무사들은 창과 활까지 준비하고 그동안의 한을 풀겠다는 둥, 드디어 때가 왔다는 둥 기세를 올리고 있습니다."

야타로는 어디서 엿듣고 있었는지 이조와 가메야타 등이 외쳤던 말을 그대로 보고했다. 그러나 쇼지로는 야타로의 보고를 그대로 받아들이지 않았다.

"야타로, 어째서 하급무사인 네가 우리에게 그런 정보를 알려주는 것이냐?"

"상급무사님들이 계셔야 비로소 저희 하급무사들도 존재합니다. 그 사실을 잊고 대들다니 천벌을 받을 놈들입니다."

그렇게 자기를 낮추었는데도 야타로는 쇼지로의 갑작스런 발길질에 나동그라졌다.

"나가사키에서 100냥이나 되는 돈을 낭비한 놈이 어디서 감히 입을 놀리느냐?"

"죽을죄를 졌습니다."

야타로는 벌떡 일어나 다시 땅바닥에 납작 엎드렸다.

"요시다 도요 님의 기대를 저버린 것은 참으로 죽어 마땅한 죄인 줄로 압니다. 하지만 그 100냥은 제 나름대로 장래에 우리 번을 위해 유용하다고 생각해서 나가사키를 휘어잡고 있는 상인들이나 외국 상인들을 접대하는 데 썼습니다. 결코 저 자신을 위해 사용한 것이 아닙니다."

"이놈이 아직도 정신을 못 차리고!"

"기다려라, 쇼지로."

두 번째로 발길질을 하려는 차에 도요가 쇼지로를 말렸다.

"이와사키, 그러니까 네가 쓴 돈이 앞으로 몇 배가 되어서 돌아올 것이다, 그렇게 주장하고 싶은 게냐?"

"예! 그렇습니다."

도요는 땅바닥에 납작 엎드려 있는 야타로를 음미하는 듯한 눈길로 바라보았다.

"좋다, 믿어 주마. 너의 재능을 믿고 나가사키로 보낸 사람이 나였으니까. 내 눈이 틀렸을 리가 없다. 너를 고마와리로 써 주마. 얼마나 좋으냐, 야타로. 다시 직위가 생겼으니……."

고마와리란 하급무사들의 움직임을 살펴서 보고하는 임무로, 말하자면 밀정이라고 할 수 있었다.

"가, 감사합니다! 이 은혜는 평생 잊지 않겠습니다."

야타로는 감격했다. 나가사키에서 신나게 놀고먹던 생활에서 한순간에 다시 새장을 팔러 다니는 신세로 전락해 앞날이 막막하던 차였다. 그런데 이제 다시 앞날이 열릴지도 모르는 일이었다.

"감사합니다! 감사합니다!"

야타로는 머리를 땅바닥에 비비며 절했다.

저택 밖에서 "누구냐!", "게 섰거라!" 하는 긴박한 말소리가 들리는가 싶더니 상급무사 한 사람이 뛰어 들어왔다.

"하급무사가 왔습니다! 하급무사가 쳐들어왔어요!"

저택 안이 소란스러워졌다.

"수는?"

도요가 날카로운 목소리로 물었다.

"그, 그게 한 명입니다."

혼자서 쳐들어왔다니 도대체 어떤 자인가? 쇼지로, 도가와, 다키이가 저택 밖으로 뛰어나가 보니 상급무사들 몇 명이 칼을 뽑아 들고서 한 남자를 에워싸고 있었다.

"저는 심부름을 온 사카모토 료마라고 합니다. 제 이야기를 들어 주실 분 안 계십니까?"

료마는 태연한데, 상급무사들은 당장이라도 칼을 휘두를 것처럼 심하게 흥분해 있었다.

"누구 안 계십니까?"

료마가 다시금 물었을 때 저택에서 도요가 나타났다.

야타로가 쇼지로의 등 뒤에서 료마임을 확인하고는 작은 목소리로 고했다.

"저놈은 호쿠신 잇토류의 검술을 익혔습니다. 칼싸움을 피하십시오."

야타로의 목소리는 료마를 에워싸고 있던 상급무사들에게도 들렸다. 본능적으로 상급무사들이 뒷걸음질 쳤다. 그 틈새로 료마는 야타로의 얼굴을 확인했다. 야타로가 순간적으로 얼굴을 돌렸지만 이미 한 발 늦었다.

쇼지로가 몇 발짝 앞으로 나갔다.

"근위 측근인 고토 쇼지로다. 내가 이야기를 들어 주마."

"감사합니다. 다케치는 대화로 사태를 해결하고자 합니다. 이쪽에서도 칼을 접고 대화에 응해 주시지 않겠습니까?"

료마가 말을 꺼내자마자 "하급무사가 대화를 하고 싶다고?",

"어디서 주제넘게······" 하고 욕하는 소리가 그를 향해 날아들었다.

"이대로 가면 도사는 완전히 둘로 갈려 서로 죽고 죽이는 싸움을 하게 됩니다. 그렇게 되면 막부에서 처벌이 내려져 우리 번은 폐지되고 말 것입니다. 그래도 좋다는 말입니까?"

이번에는 아무도 대꾸하지 못했다. 쇼지로는 뒤로 돌아 도요의 판단을 기다렸다. 도요가 앞으로 나서자 료마는 예를 갖추어 부복했다.

도요는 우선 상급무사들에게 칼을 집어넣게 한 다음 다시 료마를 지긋이 바라보았다.

"본 적 있는 얼굴이군."

"예전에 요시다 님의 저택에서 뵌 적이 있습니다."

"아아······."

생각이 났다. 아키 부교와 촌장의 유착을 폭로하기 위해 야타로와 함께 왔던 자였다.

"대화로 풀 수 있다면 그보다 다행스러운 일은 없다. 쇼지로, 네가 다케치를 상대하거라."

"네? 옛!"

쇼지로는 당황했다. 이렇게까지 간단하게 처리하다니 전혀 예상 밖이었다.

료마는 안도하면서 감사 인사를 했다.

"감사합니다. 그렇다면 그 뜻을 다케치에게 전하겠습니다."

도요의 강한 시선도 아랑곳하지 않고 료마는 뒤돌아 가 버렸다.

―믿을 수 없는 광경이었어. 료마는…… 어느새 그토록 대담한 남자가 되었는지……. 그 후에 다케치 한페이타와 고토 쇼지로는 에이후쿠지라는 절에서 대면했지.

"이번 일의 발단은 처음에 상급무사가 이유도 없이 하급무사를 베어 죽인 데에서 비롯했습니다."
"상급무사가 하급무사를 베는 데에는 이유가 필요 없다."
한페이타와 쇼지로의 대화는 결국 어느 쪽이 먼저 잘못했는가에 초점이 맞춰지면서 서로에게 잘못을 떠넘기는 꼴이 되었다.
"하급무사라 해도 번주의 부하입니다. 그런 자를 죽이는 것은 주군께 반역하는 것이나 다름이 없습니다."
"번주께 반기를 든 것은 너희들이다. 요시다 도요 님께서는 조만간 에도로 올라가셔서 그곳에 계신 요도 님을 뵙는다. 당연히 이번 일도 보고를 올릴 것이다."
쇼지로가 요도의 이름을 입에 담은 것을 기점으로 해서 형세는 한페이타에게 불리하게 되었다. 쇼지로는 말을 이었다.
"요도 님께서는 이렇게 생각하실 것이다. '이이 다이로를 죽인 미토의 낭인들 같은 무리가 도사에도 있단 말인가?' 일단 이번 일은 상급무사와 하급무사 양쪽이 모두 칼을 거두는 것으로 넘어가기로 하지. 하지만 이케다 도라노신은 할복시키도록 한다. 알았느냐, 다케치?"

―결국 다케치는 더 이상 저항할 수가 없었고, 도라노신이 할복하는 것으로 사건은 수습되었지.

도라노신은 당당하게 배를 갈라 사무라이의 본보기가 되었다. 그러나 료마의 마음에는 해결되지 않은 앙금이 남았고, 한페이타 또한 자신의 부끄러운 실수를 깊이 후회하고 있었다.
"도라노신을 죽인 사람은 바로 나다. 네가 한 말이 옳았다. 내가 저들을 선동한 거야."
"많은 사람들을 하나로 뭉치는 것이 힘든 일이지요. 다케치 씨가 아니면 불가능했을 거예요."
료마는 처음부터 한페이타를 손가락질할 생각은 조금도 없었다.
그러나 한페이타는 이번 소동이 도라노신의 할복으로 완전히 해결되었다고 낙관하지 않았다. 이번 일의 전철을 밟지 않기 위해 더욱 대담한 계획을 세우고 있었다.
"요시다 도요가 우리를 용서했을 리가 없다. 이번 일은 상급무사와 하급무사의 싸움이기도 했지만 동시에 양이파와 개국파의 싸움이기도 했으니까. 놈은 지금 어떻게 우리를 없애 버릴까 생각하고 있을 것이다. 그 전에 내가 먼저 손을 써야 한다. 도사 번

내의 모든 하급무사들을 하나로 모아 세력을 규합한다. 그 일이 실현되면 아무리 도요라 해도 섣불리 우리에게 손대지 못할 것이다. 너도 우리 동지야, 료마."

료마는 상급무사들을 겁내지 않고 혼자 그 안으로 찾아 들어갔다. 그 때문에 한페이타를 따르는 사람들이 모두 료마를 다시 보게 되었고, 역시 우리 동지라고 든든하게 여기게 된 것도 당연한 일이었다.

료마는 그래도 도무지 납득할 수 없었다.

"다케치 씨, 외국으로부터 일본을 지킨다고 하면서도 실제로 하는 일은 요시다 님과 싸우는 거잖아요. 그건 좀 이상해요. 이제 도사 안에서 싸우고 있을 여유가 없는 것 아닌가요? 그렇다면 대화를 통해서 다케치 씨의 생각을 요시다 님께 이해시키면 될 것 같은데요."

"생각이 안일하구나, 료마. 놈은 그럴 위인이 아니다. 너도 조만간 알게 될 거야. 싸움을 하지 않으면 세상을 바꾸는 것은 불가능하다."

한페이타는 이야기를 끝내고 일어섰다.

한페이타가 돌아가자 료마는 툇마루로 나와 저녁노을로 물든 하늘을 바라보았다. 조용한 해 질 녘이었다. 소리 없이 료마가 칼을 손에 잡았다. 아무도 없어야 할 마당에서 수풀이 흔들리고 있었다. 그늘에서 야타로가 겸연쩍은 얼굴로 나왔다.

"야타로…… 뭐하는 거냐? 여기는 남의 집 안마당인데."

"그래서 뭐 어떻다고? 말해 두지만 말이야, 난 나가사키에서 큰일을 잘 해내 지금은 요시다 님의 측근이 되었어. 이제 반은 상급무사나 다름없다고."

"……뭐하러 왔어?"

"……널 부르러 왔다."

그날 밤 료마는 도요의 저택으로 찾아갔다. 도요는 마당에 엎드린 료마를 마루 등의 불빛을 통해 쳐다보았다.

"사카모토 료마라고 했지? 예전에 만났을 때는 빈약하다는 인상뿐이었는데……. 내가 잘못 본 것은 아니다. 네가 변한 것이지."

도요 또한 상급무사의 소굴로 혼자 찾아온 료마를 높이 평가하고 있었다. 마당에 물러나 있던 야타로는 료마를 원망스럽게 보았다.

"너에게 무슨 일이 있었느냐?"

도요가 료마의 마음속을 짚어보려 했다.

"아무 일도 없었습니다."

"거짓말 마라. 나는 알 수 있다. 넌 무언가 소중한 것을 버렸구나."

한순간 료마의 뇌리에 가오의 웃는 얼굴이 떠올랐다.

"……만약 변했다고 한다면 호쿠신 잇토류의 목록을 받았기 때문일 것입니다."

도요는 흥 하고 코웃음을 치나 싶더니 갑자기 소리 내어 웃기 시작했다.

"이런 인물이 하급무사 중에 있었다니 말이야……. 사카모토, 가까이 오라."

료마는 당혹스러워하면서도 앞으로 나아갔다.

"너희는 다케치를 대단한 자로 여기고 있겠지만 내 눈에 그놈은 입만 살았지 속은 별 볼 일 없는 소인배일 뿐이다."

도사를 양이로 물들이고 요도를 앞장세워 교토로 올라가서 막부를 바로잡는다. 다케치가 그린 그림을 도요는 일찌감치 꿰뚫어 보고 있었다. 더구나 도요는 다케치의 계획을 비웃었다.

"일본은 이미 개국했다. 도사는 한시라도 빨리 교역을 시작해야 한다. 외국 상인들에게 팔 수 있는 물건이 무엇인지, 도사에서 어떤 것을 만들어 낼 수 있는지, 나는 그런 것을 생각하고 있다. '양이, 양이' 하며 떠들어 대는 다케치와는 차원이 다르다는 말이다."

도요는 자신만만하게 자기 머리를 가리켰다. 이렇게 개명한 생각을 내보이는 도요조차도 도사에서 상급무사와 하급무사의 차별은 변함이 없을 것이라고 믿고 있었다.

"상급무사는 상급무사, 하급무사는 하급무사다. 이것만큼은 100년이 지나도, 500년이 지나도 변하지 않는다. 하지만 말이다, 나는 하급무사라도 뛰어난 자라면 발탁해서 쓸 것이다. 사카모토, 내일부터 등성하도록 하라. 새로운 오코쇼구미로 임명한다."

오코쇼구미는 번주 바로 옆에서 사적인 일을 챙기는 자로 상급무사가 아니면 할 수 없는 임무였다.

"어떠냐, 사카모토. 이건 꿈 같은 이야기다."

본래 성에 들어가는 것조차 허락되지 않은 하급무사를 느닷없이 번주 바로 옆에 둔다는 것이다. 유례없는 대발탁이었다. 쇼지로는 질투심에 몸이 떨렸다.

―난 그때 똑똑히 깨달았지. 료마와 나 사이에 하늘과 땅 만큼이나 큰 차이가 벌어졌다는 사실을 말일세.

도요는 당연히 료마가 먹잇감에 달려들 것이라고 생각했다.

"잠시 기다려 주십시오. 참으로 황공하기 그지없는 말씀이지만 답변을 잠시 생각할 말미를 주십시오."

"생각하고 자시고 할 것도 없지 않느냐?"

"너무도 엄청난 분부에 머리가 멍하니 정신이 없습니다. 황송합니다."

료마는 즉답을 피했다.

집으로 돌아오자 오토메가 욕조에 불을 때고 있었다. 손이 거칠어진 것을 봐서 시집에서 고생하고 있음을 짐작할 수 있었다.

"오카노우에 집안에 누나 자리는 생겼어?"

"그게 무슨 소리니?"

"난 너무 숨이 막혀……. 여기는 도사야. 내가 나고 자란 고향이지. 그런데 점점 내가 있을 자리가 없어지는 것 같은 느낌이 든단 말이야."

에도에서의 검술 수련, 검은 배와의 조우, 가오와의 이별. 오토메는 많은 경험들이 료마를 단련시키고 강하게 만들었음을 누구보다 잘 이해하고 있었다.

"네 자리가 없다고 느끼는 이유는 네가 전보다 커졌기 때문이야. 좋은 일이지."

그런 말로 힘을 북돋아 주고서 오토메는 료마가 갈아입을 옷을 준비하러 집 안으로 들어갔다.

료마가 혼자가 되기를 기다리고 있었다는 듯, 어둠 속에서 칼을 찬 세 명의 남자가 나타났다. 차림새를 보니 상급무사는 아니었다.

"사카모토 료마 맞지?"

가운데 있는 남자가 확인했다.

료마는 세 남자에게 이끌려 다케치 도장으로 들어섰다. 한 발짝 발을 들여놓은 료마는 도장 안 광경에 눈이 휘둥그레졌다. 도장에는 입추의 여지도 없을 만큼 하급무사들이 빽빽히 모여 있다가 방금 들어온 료마를 일제히 돌아보았다. 슈지로, 이조, 가메야타, 세이헤이, 에키치, 모타로까지 모두 고양된 얼굴로 료마를 바라보고 있었다.

한페이타는 안쪽 정면에서 료마를 지그시 쳐다보고 있었다.

"료마, 내 생각에 찬동한 하급무사들이 온 도사에서 모여들었다."

처음 보는 얼굴들도 많았다. 오이시 단조, 야스오카 가스케, 그리고 나중에는 료마와 행동을 같이 하게 되는 사와무라 소노조가 있었다.

벽에는 선명한 먹글씨로 굵직하게 적어 내려간 현판이 걸려 있었다.

료마는 그 글자를 중얼거리듯이 낮게 읽었다.

"도사⋯⋯ 근왕당勤王党⋯⋯."

"양이는 교토에 계시는 천황 폐하의 뜻이다. 양이야말로 천황 폐하를 위한 일이라는 뜻이지. 그러니까 우리 이름은 도사근왕당! 우리가 이루고자 하는 일은 존왕양이尊王攘夷다!"

한페이타가 소리 높여 선언했다. 그러더니 한페이타는 료마 앞에 혈판장血判狀을 펼쳤다.

"에도에 있는 도사 번사들은 이미 우리의 동지가 되었다. 도사에서 제일 먼저 혈판을 찍을 사람은 료마, 바로 너다."

혈판장에는 다케치 한페이타의 서명과 혈판, 그 뒤로 여덟 명의 서명과 혈판이 이어져 있었다.

"료마, 우리 동지가 되어 다오!"

"우리에겐 너의 힘이 필요하다!"

이조, 세이헤이를 앞세워 다들 입을 모아 료마에게 혈판을 찍어달라고 부탁했다.

료마는 심하게 망설이며 한페이타를 쳐다보았다. 한페이타의 눈에는 핏발이 서 있었다.

"네가 없으면 안 된단 말이다."

료마는 도장을 둘러보았다. 수없이 많은 눈들이 료마를 향하고 있었다.

문득 도요의 말이 떠올랐다.

(상급무사는 상급무사, 하급무사는 하급무사다. 이것만큼은 100년이 지나도, 500년이 지나도 변하지 않는다.)

료마는 혈판장에 손을 뻗어 옆에 놓인 벼루에서 붓을 집어들어 '사카모토 료마'라고 서명했다. 다들 마른침을 삼키며 그의 일거수일투족을 지켜보고 있었다. 다음으로 료마는 칼을 자루에서 조금 빼서 날을 드러내고 왼손 약지를 살짝 벴다. 흘러나오는 피를 오른손 엄지에 묻힌 다음 '사카모토 료마'의 서명 아래 꾹 눌렀다. 손가락을 떼자 새빨간 혈판이 찍혀 있었다.

"결심 잘했다, 료마! 정말 잘 생각했어!"

한페이타를 비롯해 거기 모인 모든 사람들이 감격해 마지않았다.

료마는 감격과 흥분의 폭풍 속에서 홀로 크게 한숨을 쉬었다. 정말로 이것이 내가 살아갈 길인가? 세상과 관계를 맺으며 살아간다는 것이 예전 친구들과 행동을 같이 한다는 뜻일까?

급하게 보고할 일이 있다는 야타로의 전갈에 도요는 잠옷 차림으로 야타로를 만났다.

"하급무사들이 또 모였다고……!"

"지난번보다 훨씬 더 많습니다. 아마 100명도 넘을 것 같습니다."

"……그럼 사카모토는? 그 자리에 사카모토도 같이 있었느냐?"

"……예."

도요의 마음속에 료마에 대한 분노가 불붙었다.

제12장
암살 지령

―다케치 한페이타의 도사근왕당에 참가한 사람은 놀랍게도 200여 명에 달했다네. 하급무사들의 모임이라고는 해도 이제 도사 내에서 무시할 수 없을 만큼 커다란 세력이 되었지.

혈판장에 하급무사들이 차례차례 서명하고 혈판을 찍었다. 두루마리가 서명과 혈판으로 점점 채워지자 한페이타의 흥분은 최고조에 달했다.

"근왕당의 왕은 교토에 계신 천황 폐하를 뜻한다. 우리는 천황 폐하를 위해 일하는 당이다. 따라서 우리 목적은……."

한페이타는 손에 든 두루마리를 펼쳐 '존왕양이'라는 네 글자를 모두에게 보여 주었다.

"존왕양이! 천황 폐하를 받들어 모시고, 폐하를 위해 일본을 외국의 마수로부터 지켜 내는 일이다!"

그 자리의 모두가 한껏 고양되어 "옛!" 하고 열기 넘치는 목소리로 대답했다. 도장 안을 채운 열기에 료마까지도 흥분됐다. 료마는 기분이 들뜨는 한편 어딘지 냉정한 눈으로 한 발 물러서서 모든 일을 바라보는 자기 자신 또한 느끼고 있었다.

도사에 오랫동안 봉인되어 있던 새로운 바람이 불기 시작했다. 근왕당의 하급무사들은 상급무사들과 길에서 마주치더라도 지금까지처럼 길을 비켜서서 고개를 숙이지 않고 그냥 지나치게 되었다.

어느 날 료마와 술을 마시던 슈지로와 이조는 그런 이야기를 하며 고소하다는 듯이 웃었다.

"도사근왕당은 이제 상급무사들도 두려워하는 존재가 되었다, 이 말이지."

슈지로는 맛있게 술을 마셨다. 료마가 혈판을 찍은 이후로 슈지로와 이조 등 옛 친구들과 료마 사이의 골이 사라지려 하고 있었다.

"가오 때문에 이런저런 일이 있기는 했지만 너는 그 아이를 포기하고, 근왕당에도 들어와 주었어. 난 이제 너에게 아무런 감정도 없다. 우린 동지잖아."

슈지로가 기분 좋게 말하자 료마는 미소 지으면서 자기 잔에 술을 따랐다. 이조도 "정말 좋아한다"며 료마를 덥석 안을 정도로 추태를 부리기도 했다.

세 사람이 술을 마시고 있는 식당에 소노조가 홀쩍 들어왔다. 소노조는 료마 일행이 앉아 있는 탁자로 오더니 세 사람 틈에 끼어들어 풀썩 앉고는 이조의 술잔을 빼앗아 직접 술을 따라 마셨다.

"나도 좀 마시자."

"넌 뭐야?"

이조가 눈을 부릅떴다.

"아직까지 얼굴도 다 외우지 못한 거야? 같은 근왕당의 사와무라 소노조야. 이 앞을 지나다가 다들 모여 있는 게 보여서 들어왔지."

우선 한 잔 비운 소노조가 료마에게 술잔을 들어 보였다. 료마도 자기 술잔을 들어 올렸다.

"사카모토 료마다."

"알고 있어. 사카모토는 다른 사람과는 다른 냄새가 난단 말이야. 어딘지 좀 깨어 있는 사람 같아."

"무슨 소리야."

료마는 얼버무리려는 듯 대꾸하고 쓴웃음만 흘렸다.

"넌 정말 다케치 한페이타의 생각에 동의하는 것 맞아?"

소노조의 질문은 내심 료마를 흠칫 놀라게 만들었고, 슈지로와 이조의 반감을 샀다.

"너, 너 이 자식, 지금 뭐라고 그랬어?"

슈지로가 흥분해서 따지고 들었다. 이조는 벌써 한쪽 무릎을 세우고 칼에 손을 댄 자세였다.

"다케치 선생님의 존함을 함부로 불렀겠다?"

"그만둬, 이조. 다른 손님들한테 피해를 주잖아."

료마가 말렸지만 소노조는 신경도 쓰지 않는 듯했다.

"너희야 예전부터 문하생이었을지도 모르지만 난 다케치하고 처음 만난 건데, 뭐."

"또, 또 이름을……!"

이조가 화를 냈다. 자기 술잔을 빼앗아서 돌려줄 생각을 않는 것도 마음에 들지 않았다.

"사와무라의 말이 맞아. 200명이나 모여 있으니 같은 근왕당이라고 해도 다양한 사람들이 섞여 있는 게 당연하지."

료마가 타이르자 이조는 하는 수 없이 입을 다물었다. 하지만 슈지로는 아무래도 소노조의 태도가 마음에 들지 않았다.

"아무리 그래도!"

"내 말이 듣기 싫으면 나가면 되잖아."

소노조가 뭔가 한마디 하려던 슈지로의 입을 막았다. 이조는 당장 나갈 작정으로 슈지로를 재촉했다. 그러나 슈지로는 꼼작도 하지 않은 채 소노조를 뚫어지게 쳐다보았다.

"아니, 들어 주지. 너는 도대체 무슨 말을 하고 싶은 거냐?"

"나도 좀 들어 보자."

료마도 옆에서 재촉했다.

"난 다케치에게 실망했어. 우리를 모아서 존왕양이의 기치를 올린 것까지는 좋아. 하지만 그 후로 벌써 며칠째야? 아무것도 하지 않고 있잖아. 양이를 하려면 당장이라도 에도로 쫓아가서 눈에 보이는 족족 양놈들을 닥치는 대로 칼로 베어 버려야 되는 것 아냐?"

너무도 과격한 발언에 료마는 어이가 없었고, 슈지로와 이조는 할 말을 잃었다. 그런데 소노조는 당연하다는 표정으로 말을 이었다.

"조슈를 좀 보라고. 구사카 겐즈이가 중심이 되어서 당장이라도 양이를 결행하려 하고 있잖아. 우리는 목숨을 버릴 각오로 근왕당에 들어온 것 아닌가? 지금 상급무사 따위를 쫓아 보냈다고 좋아할 때가 아니잖아."

"잠깐만, 지금 네가 말한 조슈의 구사카……."

료마가 다시 물었다. 슈지로와 이조 역시 처음 듣는 이름이었다.

"구사카 겐즈이. 들리는 소문으로는 요시다 쇼인의 수제자라던데."

"뭐? 쇼인 선생님의……?"

(나는 알고 싶다네. 이 눈으로 직접 외국을 보고 싶어서 견딜 수가 없다고!)

검은 배에 올라타려던 때, 호기심과 희망에 넘쳤던 쇼인의 말이 료마의 머릿속에 떠올랐다.

"이제 구사카가 조슈 양이파의 기수라고 하더라고. 그에 비해 다케치는 도대체 뭐 하고 있는 건지!"

소노조는 지금의 어중간한 상태가 도무지 마음에 차지 않았던 것이다.

"선생님은 도사 번을 움직이려고 그러시는 거야."

슈지로가 큰 줄거리를 설명해 주었다. 천황의 권위를 이용해 막부의 개국 정책을 철회하기 위해 도사는 사쓰마, 조슈와 더불어 번주를 앞세워 교토로 올라간다. 그러기 위해서 한페이타는 야마우치 요도를 움직이려 하고 있다.

"정말이야, 료마?"

소노조는 도무지 믿어지지가 않는지 료마에게 확인했다.

"응? 그래, 맞아."

허겁지겁 건성으로 대답한 료마는 다른 생각에 사로잡혀 있었다.

"구사카……."

그 남자가 자꾸만 마음에 걸렸다.

―슈지로의 말대로 다케치 한페이타는 도사 성으로 의견서를 계속 올리고 있었지. 하지만 아무리 기다려도 요도에게서는 답변이 없었어.

"……요시다 도요, 놈은 개국파니까 내 호소문을 가로막고 있는 게 틀림없어."

한페이타는 분한 얼굴로 벽에 걸린 '존왕양이'의 족자를 보았다.

료마는 벽 쪽을 바라보고 있는 한페이타의 뒷모습에 대고 말했다.

"그럼 우선은 요시다 님을 설득시킬 수밖에 없겠네요."

"그 남자는 존왕양이에 대해 아무것도 몰라."

"일방적으로 단정 짓는 건 좋지 않아요. 분란을 일으키게 되니까요."

한페이타가 돌아보았다.

"……료마. 네가 근왕당에 들어온 건 내 독단을 막기 위해서지? 그래도 괜찮다. 너는 내가 유일하게 마음을 털어놓을 수 있는 친구니까. 그냥 곁에 있어 주기만 해도 돼."

핵심을 찔린 료마는 흠칫 놀랐다. 그래도 료마는 한페이타가 양이에 전력투구를 하는 이유가 외국의 침략으로부터 일본을 지키고 싶다는 한마음에서 비롯되었다는 사실을 알고 있었다.

"실은 부탁이 있어요. 나를 조슈로 보내 주세요. 구사카 겐즈이라는 사람을 만나 보고 싶어요. 나도 양이라는 게 어떤 것인지 알고 싶습니다. 그러니까 구사카 씨 같은 사람을 만나서 이야기를 들어보고 싶어요."

료마의 부탁에 한페이타는 감격했다.

"료마! 너도 이제야 그런 마음을 가지게 되었구나. 그래그래, 그것 아주 좋은 생각이지! 구사카 씨는 아직 젊지만 참으로 총명하고 듬직한 남자야."

겐즈이는 료마보다 다섯 살가량 어리다고 했다. 료마는 더욱 더 만나고 싶은 호기심이 발동했다.

"다녀와라! 내가 소개장을 써 줄 테니까, 조슈에 다녀오도록 해."

한페이타는 두말할 것도 없이 찬성했다.

―료마에게 검술 수련이 아닌 여행은 처음이었다네. 그건 앞으로 료마의 인생 속에서 몇 번이고 되풀이하게 될 여행……, 말하자면 만나고 싶은 사람이 생기면 노력을 아끼지 않고 만나러 가는 사카모토 료마식 인생의 시작이었지.

료마가 향한 곳은 조슈의 하기였지. 조슈 번의 번주인 모리 요시치카 공의 성내 마을이었어. 구사카 겐즈이의 집은 예전에 요시다 쇼인이 가르쳤던 쇼카손 사숙 바로 옆에 있었다네.

겐즈이는 자기를 찾아온 료마를 집 안으로 들이고는 한페이타가 보낸 소개장을 열심히 읽었다. '설사 이 몸이 무사시 들판에서 허망하게 사라진다 해도 그대로 남겨 두리라 야마토의 혼'이라고 적힌 종이가 벽에 붙어 있었다. 료마가 그 시를 읽자 갑자기 겐즈이가 "흑흑" 하고 흐느끼기 시작했다.

"쇼인 선생님께서 남기신 임종 시입니다! 막부에 체포되어 억울하게 돌아가신 선생님은, 흑흑, 죽음 앞에서 당신의 뜻을 그 시에, 으허허엉!"

울음을 터뜨린 겐즈이를 앞에 두고 료마는 할 말을 잃었다.

페리가 이끄는 검은 배를 타고 밀항하려다가 막부에 붙잡힌 쇼인은 조슈 번으로 인계되어 안세이의 대옥 때 처형되기 전까지 몇 년 동안 쇼카손 사숙에 모여든 문하생들에게 엄청난 영향을 끼쳤다.

겐즈이는 눈물을 훔치면서 소개장을 접었다.

"조슈까지 잘 오셨습니다. 사카모토 씨는 어디서 쇼인 선생님을 만나셨는지요?"

"시모타 해변에서 뵈었습니다. 선생님께서 막 검은 배를 향해 떠나려고 하셨을 때……"

겐즈이는 다시 한차례 울었다. 쇼인이라는 커다란 존재를 잃은 슬픔과 억울함이 한꺼번에 밀려든 모양이었다.

"쇼인 선생님께서 미국으로 건너가시려고 했던 것은 적을 알기 위해서였습니다. 일본을 침략으로부터 지키기 위해서였지요. 저는 선생님의 뜻을 이어받아야만 합니다."

"……저어, 구사카 씨. 실은 제가 아직 양이라는 것을 잘 모릅니다. 좀 가르쳐 주실 수 있겠는지요?"

겐즈이는 다시 한 번 소개장에 눈길을 주었다. 료마는 도사근왕당 소속이고 나이도 겐즈이보다 많았다. 그런데도 료마의 말과 행동에서는 교만이 느껴지지 않았다.

"구사카 씨는 쇼인 선생님의 제자였지요. 그러니 나이 따위는 관계가 없습니다. 안 될까요?"

"참으로 솔직하신 분이군요. 사카모토 씨 같은 분은 처음 뵙습니다. 좋습니다. 제가 알고 있는 것이라면 무엇이든 대답해 드리지요. 자, 시작하세요!"

겐즈이 또한 마음을 열고 료마와 마주 앉았다.

"일본은 정말로 외국에게 침략당하고 있는 겁니까? 다들 그렇게 말을 하는데 저로서는 도무지 이해가 되지 않습니다. 미국이 싸움을 걸어온 것도 아니잖아요. 일본을 개국시키고 교역을 시작했을 뿐이지요. 그런데 그 일을 어째서 침략이라고 여기는 건가요?"

소박한 질문을 내놓은 료마를 겐즈이는 잠자코 가만히 쳐다보았다.

"좋은 질문입니다!"

"네?"

"맞습니다. 그 점을 알지 못하면 양이를 결행할 수 없지요. 사카모토 씨가 말씀하신 대로 물론 미국은 대포를 쏘면서 일본에 상륙하지는 않았습니다. 그러나 일본은 틀림없이 침략당할 처지에 놓여 있습니다."

미일수호통상조약이 그 이유였다. 예를 들어 일본의 금화 하나는 원래 미국의 은화 열다섯 냥의 값어치에 해당한다. 그러나 조약에서는 겨우 은화 다섯 냥에 맞먹는다고 간주되었다. 그렇기 때문에 교역을 할수록 일본의 금은 자꾸만 미국으로 새 나가게 되어 있었다. 미국이 막부의 무지를 이용해 체결한 완전한 불평등 조약이었다.

불평등 조약의 영향으로 일본 내 물가가 폭등하고, 서민들의 생활은 압박을 받고 있었다.

"이것이 놈들의 방식입니다. 그러다가 뭔가 마음에 들지 않으면 트집을 잡아 진짜 전쟁을 일으킬지도 모르지요. 하지만 그때는 이미 일본은 엉망진창이 되어 있을 겁니다. 그러면 고스란히 당해서 청국처럼 외국의 식민지가 되어 버리는 것이지요."

"큰일이네……."

"그래서 양이인 겁니다. 지금 움직이지 않으면 일본에는 미래가 없습니다. 무슨 뜻인지 알겠습니까, 사카모토 씨?"

"알겠습니다. 잘 알겠습니다."

그렇기 때문에 한페이타는 도사 번을 움직이려고 기를 쓰고 있었지만 요시다 도요가 그 앞을 가로막고 있었다. 도사 번에 한정된 일은 아니었다.

"조슈 번에도 나가이 우타라는 개국파 중신이 있습니다. 그놈도 존왕양이론에 귀를 기울일 생각을 않지요. 전 이제 그런 놈을 상대할 생각은 없습니다. 바보를 설득해 봐야 소용이 없어요!"

"하지만 그 사람이 번을 좌지우지한다면서요?"

"그러니까 존왕이지요! 일군만민—君萬民!"

겐즈이가 벽을 가리켰다. '일군만민'이라고 적힌 종이가 붙어 있었다.

"우리는 모두 단 한 분, 천황 폐하의 신하입니다. 양이를 실행하는 데에는 번도 번주도 상관이 없지요. 번 따위는 버리는 편이 낫습니다."

"번을 버린다니?"

료마는 깜짝 놀랐다. 번에 도움이 되는 것이 사무라이로서의 의미요 보람이었다. 겐즈이는 말을 이었다.

"막부도 마찬가지입니다. 막부가 여러 번 위에 군림하며 일본을 통치하는 것을 당연시하고 있는데, 따지고 보면 원래는 우리와 마찬가지로 천황 폐하의 일개 가신에 지나지 않습니다. 그것도 모른 채 일본을 이런 지경으로 만들어 버린 막부는 이제 무용지물입니다."

"마, 막부가 무용지물?"

"사카모토 씨, 다케치 씨의 생각은 너무 뒤처졌습니다. 이제는 번에 신경을 쓰고 있을 때가 아니에요. 일본을 지키고 싶다면 탈번(脫藩, 사무라이가 소속된 번을 나와 낭인이 되는 것─옮긴이)을 해서라도 일어서야 합니다."

"타, 탈번……!"

겐즈이는 붓을 들고 종이에 '탈번'이라고 휘갈겨 썼다.

"번을 뛰쳐나오는 겁니다. 번을 버리는 겁니다. 탈번입니다! 당신은 쇼인 선생님께 무엇을 배웠나요? 뜻이 있으면 실행할 뿐이라고 배우지 않았습니까?"

검은 배로 향하기 직전에 쇼인은 료마에게 두 팔을 벌리며 이렇게 말했다.

 (나는 아무 변명도 하지 않네. 어떤 운명이 기다린다 해도 후회하지 않을 거야. 내가 지금 해야 할 일은 검은 배를 타고 미국으로 가는 것이네! ……자네가 해야 할 일은 무엇인가?)

그때 료마는 자신과 정면으로 마주했다.

"사카모토 씨. 일본은 이제 꾸물거리고 있을 시간이 없어요. 일어서는 겁니다. 뛰쳐나가는 겁니다. 싸우는 겁니다. 흑흑흑. 아아, 쇼인 선생님!"

겐즈이는 감정을 이기지 못하고 통곡했다. 격정에 사로잡힌 겐즈이를 앞에 두고 료마는 그저 압도당할 뿐이었다.

세이헤이, 가메야타, 에키치, 모타로와 같은 한페이타의 문하생들까지도 소노조와 마찬가지로 답답함을 느끼게 되었다. 한페이타에게는 도대체 언제 양이를 실행할 것이냐는 근왕당원들의 독촉이 빗발쳤다.

"사쓰마는 시마즈 히사미쓰 공을 앞장세워서 교토로 향한다고 합니다. 우리도 번주님을 앞장세워야 하지 않겠어요? 번을 움직여야만 양이를 실행할 수 있잖아요."

한페이타는 독촉하는 근왕당원들을 간신히 진정시켰다.

―도사 번의 번주인 야마우치 요도 공은 개국을 결정한 막부

의 다이로인 이이 나오스케에게 이의를 제기했다가 근신 처분을 받게 된 분이었지. 그러니 당연히 양이파일 것이라고 한페이타는 믿고 있었어. 한페이타 입장에서 보자면 요도 공이 움직이지 않는 이유는 요시다 도요 때문이라고 생각할 수밖에 없었던 거야.

도요의 잘못된 생각을 올바르게 고치는 수밖에 없었다. 한페이타는 도요에게 올리는 의견서를 여러 통 썼다. 한페이타가 써 보낸 의견서는 쇼지로를 통해 도요에게 전달되었다. 그러나 도요는 읽어 볼 생각이 없었다.

"다케치의 근왕당 따위 조만간 없어진다. 그놈을 대신해서 사카모토 료마가 나오지 않는 한은 말이지."

도요가 료마를 높이 평가하고 있다는 사실에 쇼지로는 계속 불만을 품고 있었다. 더구나 분에 넘치는 임무를 맡기려고 했는데도 료마는 건방지게 이를 거절하는 데 그치지 않고 불손하게도 다케치의 근왕당에 가입하기까지 했다.

"쇼지로, 네가 지금 그 지위에 오른 이유는 내 조카이기 때문이다. 앞으로 번의 정사를 짊어지고 갈 수 있는 인물이 되고 싶으면 사람 보는 눈을 키워야 한다. 사카모토는 다케치 밑에서 얌전히 있을 남자가 아니다. 그놈은 뭔가 엄청난 것을 가지고 있어. 언젠가 내 사람으로 만들고 말 테다."

그 말을 들은 쇼지로의 마음에 료마에 대한 강한 질투심이

들끓었다.

시바타 빈고의 질책 또한 한페이타의 초조함에 일조했다.

"나에게 한 말을 잊었느냐? 도사를 양이로 물들이고 요시다 도요를 실각시킨다 하지 않았느냐!"

"잊지 않았습니다, 시바타 님. 교토에서는 양이의 기운이 높아지고 있습니다. 그 물결은 당장이라도 도사까지 밀려올 것입니다. 그렇게 되면 도요라 해도 생각을 바꾸지 않을 수 없을 것입니다. 산조 가문에 보낸 히라이 가오로부터 온 소식이니 틀림이 없습니다."

교토에 있는 산조 긴무쓰의 저택에 방물장수가 화장품과 장식품들을 가지고 들어갔다. 가오는 시녀의 직분으로 그 자리에 갔다가 편지 다발을 받았다.

방으로 돌아온 가오는 편지를 분류하고 방 밖에 인기척이 없음을 확인한 다음 한페이타에게 온 편지를 펼쳤다.

"가오, 네가 전해 주는 교토의 동향은 참으로 많은 도움이 되고 있다. 하지만 내가 원하는 것은 요시다 도요를 당황하게 할 만한 소식이다. 조금 더 알아봐 줘라. 빨리 부탁한다."

복잡한 기분으로 편지를 읽어 나가던 가오는 마음이 심하게 흔들렸다.

"……료마가 이제야 양이에 눈을 뜨게 되었다. 근왕당에서 내 오른팔이 되어 모두를 결속시키고 있다. 료마도 네가 잘해 주리라 기대하고 있다. 부탁한다, 가오."

"료마 씨가……?"

료마가 양이 쪽으로 기울었다는 사실 자체도 믿을 수가 없는데 가오가 더 깊이 조사해 줄 것을 기대하고 있다니.

사실 한페이타가 죄책감에 시달리며 쓴 거짓 편지였다. 절박한 궁지에 몰린 한페이타를 슈지로가 한층 더 몰아세우듯이 호소했다.

"이제는 더 이상 사람들을 말릴 수가 없습니다. 뭐든 상관없으니 일을 일으켜 주세요!"

"조금만 기다리면 가오에게서 좋은 소식이 올 거야."

"선생님, 이미 근왕당에서 빠지겠다는 사람까지……."

언제나 한페이타를 도와 양이를 빨리 실행하자고 보채는 사람들을 달랜던 슈지로였다. 그런 슈지로가 더 이상 버틸 수 없다고 했다. 한페이타는 마음이 무너질 것 같았다.

따뜻한 겨울날이었다. 이런 날이면 도요는 가마를 타지 않고 걸어서 성으로 올라갔다. 도요가 쇼지로를 데리고 현관으로 나가려는데 문지기가 "큰일 났어요, 누가 좀 나와 보세요!" 하며 거품을 물고 뛰어들었다. 문밖에서 무슨 일이 벌어진 모양이었다.

도요와 쇼지로는 가신들을 데리고 문밖으로 서둘러 나갔다. 바깥으로 한 걸음을 내딛자마자 그 자리에 우뚝 멈춰 서고 말았다. 수십 명에 이르는 근왕당원들이 땅바닥에 정좌한 채 필사적인 눈길로 도요를 뚫어지게 바라보고 있었다. 이조, 세이헤이, 에키치, 모타로, 가메야타, 단조, 가스케, 신고, 소노조, 슈지로. 그 선두에는 한페이타가 있었다.

한페이타는 도요를 응시하더니 두 손으로 땅바닥을 짚고 고개를 숙였다.

"얼마 전부터 요시다 님께 몇 번이고 의견서를 올렸습니다만 아직껏 한 번도 답변을 받지 못했습니다. 교토에 계시는 천황 폐하께서는 외국인들을 싫어하십니다. 양이를 바라고 계십니다. 우리 주군이신 야마우치 요도 공도 마찬가지로 양이를 바라고 계십니다. 그럼에도 어찌하여 요시다 님께서는 막부를 따라 개국 노선을 취하고 계시는 것입니까? 아무쪼록 저희 물음에 답해 주십시오."

한페이타 이하 모두들 존왕양이의 신념 아래 목숨을 걸고 자리에 앉아 있었다.

"네놈들은 나를 위협하려고 온 것이냐?"

도요는 그 한마디로 일동을 위압했다.

"다케치, 너는 천황 폐하, 천황 폐하 하고 가볍게 지껄이는데 천황 폐하의 뜻을 도대체 네가 어떻게 헤아린단 말이냐?"

"천황 폐하께서 외국인을 싫어하심은 주지의 사실……."

한페이타의 말이 끝나기를 기다리지도 않고 도요는 말을 잘랐다.

"그렇다면 천황 폐하께서 양이를 바라고 계신다는 말이냐? 그런 말은 들은 적도 없다. 게다가 요도 공께서는 양이라는 말을 입 밖으로 내신 적도 없는 것으로 아는데……?"

"하지만 주군께서는 막부의 뜻에 이의를 제기하셔서……."

"요도 공은 쇼군의 후계자 문제에 대해 의견을 달리하셨을 뿐이다. 개국과는 아무런 상관이 없다."

제14대 도쿠가와 쇼군의 자리를 둘러싼 공방이었다. 히토쓰바시 요시노부를 밀었던 요도 및 미토 번의 번주 도쿠가와 나리아키 등과 대치해 다이로인 이이 나오스케는 기슈 번의 번주 도쿠가와 요시토미를 밀어서 그를 쇼군 자리에 앉혔다. 그 사람이 바로 지금의 쇼군인 도쿠가와 이에모치였다. 안세이의 대옥이 한창 진행 중이기도 했기에 이이는 요도를 은거시키는 등 정적들을 멀리 격리시켜 권력의 안정화를 꾀했다.

"너는 요도 공을 내세워 천황 폐하께 청을 올려서 막부를 바로잡겠다고 하는데 따지고 보면 야마우치 가문이 이 도사를 다스리게 된 것 자체가 바로 도쿠가와 쇼군 덕분이다. 도쿠가와 가문은 야마우치 가문의 은인이다. 은인에게 반기를 드는 행동을 요도 공께서 하시리라 믿는 것이냐?"

도요는 250년 전 조소카베 가문의 멸문으로 인해 야마우치 가문이 도사를 다스리게 된 경위까지 들고 나와 논리 정연하게 타일렀다. 한페이타는 자꾸만 움츠러드는 마음을 필사적으로 다잡았다.

"그러나 여러 번주님 중에서도 명군으로 이름 높으신 요도 공이시라면 지금 일본이 유사 이래의 위기에 처해 있음을 아시고 계실 터. 과거의 은혜보다는 장래의 일을 생각하심이……."

"주제넘구나, 다케치! 네가 감히 주군께 이래라저래라 지시할 셈이냐? 더군다나 은혜를 저버리라는 말이 사무라이의 입에서 나오다니!"

"죄송합니다."

도요에게 머리를 숙이는 한페이타를 모두들 분한 마음으로 지켜보고 있었다.

"가자, 쇼지로."

걸어 나가려는 도요의 바지 자락을 한페이타가 붙잡았다.

"요시다 님! 제발 요도 공을 만나 뵙게 해 주십시오! 제가 말씀 올리겠습니다. 일본이 가야 할 길은, 도사가 갈 길은 양이밖에 없다는 것을!"

"닥쳐라!"

도요의 발이 한페이타의 얼굴을 걷어찼다.

"난 네가 정말 싫다. 좁아 터진 소견으로밖에 사물을 볼 줄 모르는 주제에 자기 생각만 옳다고 믿어 의심치 않는 놈. 아무것도 모르는 놈들을 모아서 도사근왕당입네 하며 우쭐해 가지고, 자기를 선생님이라 부르게 하고는 좋아하지. 신경 쓸 필요도 없다는 생각에 가만히 두었는데 앞으로 또 까불다가는 끔찍한 맛을 보여 줄 테니 그리 알아라. 두 번 다시 내 앞에 얼굴을 보이지 마라."

줄지어 앉아 있는 근왕당원들을 둘러보며 엄포를 놓더니 도요는 휭 하니 가 버렸다. 그 뒤를 좇아 매달리려 했던 한페이타는 쇼지로의 발길질에 코를 맞아 코피로 얼굴을 붉게 물들이며 쓰러졌다.

"으아아아악!"

굴욕감과 고통에 한페이타는 포효했다. 너무도 분한 나머지 손가락이 땅바닥을 파고들었다. 광기 어린 모습으로 절규하는 한페이타를 슈지로와 소노조도 넋을 잃고 망연자실 바라보고만 있었다.

쇼지로는 한페이타 일행을 버려 두고 앞서 가는 도요에게 다가갔다.

"참으로 주제를 모르는 놈들입니다."

"하지만…… 사카모토는 없었다."

도요가 씨익 웃었다. 만족스러운 표정의 도요를 보며 쇼지로의 속이 뒤틀렸다.

저녁놀이 비치는 논길을 따라 야타로는 종종걸음으로 집을 향해 가고 있었다. 야타로가 기세라는 처녀와 혼인을 한 것은, 료마가 겐즈이를 만나러 조슈로 떠났을 무렵이었다. 야타로는 자신이 색시를 맞이할 수 있었던 것도 도요가 하급 경찰에 해당하는 시타요코메 자리를 주었기 때문이라는 생각에 은혜를

느끼고 있었다. 마음씨 고운 기세와 혼인한 야타로는 부인에게
푹 빠져 있었다.
"여보, 나 왔어!"
기세 좋게 대문을 열자 료마가 야지로와 함께 한창 술을 마시
고 있던 참이었다. 야타로의 혼인을 축하하기 위해 술과 안주를
가지고 찾아온 것이다. 웃는 얼굴로 남편을 맞이한 아내에게는
눈길도 주지 않고 야타로는 료마에게 시선을 고정시킨 채 옆에
서 떨어지지 않았다.
 밤이 깊어 술을 양껏 마신 야지로가 곯아 떨어지고 미와가 설
거지를 하러 부엌으로 가자 야타로는 아내에게 어머니를 도와
드리라며 내보낸 다음 료마와 둘만의 자리를 만들었다.
"네가 오기를 기다리고 있었다, 료마."
 무슨 영문인지 야타로가 갑자기 싱글벙글 웃으며 친한 척했
다. 료마는 기세가 만든 음식을 안주 삼아 야타로가 따라 주는
술을 맛있게 마셨다.
"사실은 곧바로 다케치 씨께 얼굴을 보였어야 하는데 이런저
런 사정이 좀 있어서 말이야. 아무튼 네 혼인을 축하해 주는 게
먼저라고 생각했어."
"그랬구나, 그랬어. 참 고맙네. 자, 마셔."
"웬일이야, 야타로? 어째서 그렇게 싱글벙글인 거야?"
 료마도 좀처럼 드문 일이라 신기해했는데 야타로는 그래도
웃음을 멈추지 않았다.

"그나저나 료마가 근왕당에 들어가다니 말이야. 네가 양이파가 되리라고는 생각지도 못했는데."

"너도 화났어? 모처럼 요시다 님께서 성으로 들이겠다고 하셨는데 내가 그 제의를 거절해 버렸잖아. 네 얼굴에 먹칠해 버린 것 아닌가?"

"그런 건 신경 쓰지 마. 난 말이야, 료마, 네가 참 존경스럽다. 오코쇼구미는 원래 하급무사는 절대로 될 수 없는 신분이지. 그렇게 엄청난 출세 길을 버리고 자기 신념을 관철시켰잖아. 넌 정말 대단해."

야타로는 기분 좋게 료마의 술잔을 채워 주었다. 이렇게까지 야타로가 추켜세우자 료마는 오히려 불편해졌다. 야타로가 칭찬하는 것처럼 신념을 가지고 양이를 주장하는 것이 아니었기 때문이다.

"야타로, 솔직히 말하자면 난 다른 사람들과 같은 마음으로 근왕당에 들어간 게 아니야. 이번에 조슈에 다녀오면서 그걸 똑똑히 알게 되었어."

료마가 속내를 털어놓았지만 야타로는 듣고 있지 않았다. 적당히 맞장구치면서 자기 술잔에 술을 따랐다. 료마는 료마대로 겐즈이로부터 많은 영향을 받았다. 그 일로 머릿속이 꽉 차 있었다.

"내 안에도 일본을 지키고 싶다는 마음은 있거든."

"있잖아, 료마. 나에게 미안하다는 생각이 있거든 내 부탁 좀 들어줘."

"그건 내가 일본인이기 때문이지. 도사 사람이기 전에 난 일본인이야."

"오코쇼구미라는 직위가 너에게 필요 없다면 나한테 주면 안 되겠어?"

"도사 안에서 아무리 중요하다는 소리를 들어도 나로서는 반갑지 않아."

"네가 나서서 요시다 님께 좀 부탁해 줘."

"근왕당에도 내가 있을 자리는 없고 말이야."

"네가 어떻든 그건 내가 알 바 아니라니까! 나를 요시다 님한테 천거하라고!"

"야타로, 넌 도사를 벗어나고 싶다고 생각해 본 적 없어? 상급무사 하급무사라는 신분에 얽매이지 않고 자기가 원하는 대로 마음껏 살아 보고 싶다는 생각이 든 적 없냐고?"

"말을 딴 데로 돌리지 마. 난 남들이 부러워할 정도로 예쁜 색시를 얻었단 말이야. 출세해서 아내를 호강시키는 것이야말로 남자가 살아야 할 길이야."

료마는 물끄러미 야타로의 얼굴을 보았다. 땅바닥을 기어 다니는 것처럼 비참한 생활을 버리고 학문을 의지해 언젠가는 통행증까지 위조해서 에도로 가려고 기를 쓰던 남자였다.

그런 남자가 어쩌다가 이렇게 변해 버렸나 하는 생각이 들었다. 야타로는 야타로대로 자기 말은 안 듣고 엉뚱한 소리만 늘어

놓는 료마에 대해 얼토당토 않는 지레짐작을 하고 있었다.

"네 속이 뻔히 들여다보이는군. 자기 발로 출세 길을 걸어찬 주제에 근왕당이 마음에 들지 않으니까 갑자기 아까워진 거겠지. 하지만 넌 이제 돌아갈 수 없어. 오늘 아침 근왕당 놈들이 요시다 님의 저택으로 쳐들어가서 다케치가 발길질을 당했다고 하더군. 네가 그런 다케치를 버리고 요시다 님한테 붙을 수 있겠냐?"

"뭐?"

료마는 충격에 사로잡혔다.

"료마, 제발 부탁이니 요시다 님께 말씀 좀 드려 줘. 오코쇼구미는 이와사키 야타로에게 맡기시라고!"

"다케치 씨가……."

"내 말 듣고 있는 거냐, 료마? 내 얼굴을 보라니까!"

잠에서 깬 야지로가 엉덩이를 긁적이면서 나왔다. 술이 더 마시고 싶은 모양이었다.

"벌써 마실 만큼 마셨잖아요. 그만 들어가세요."

야타로는 험상궂게 야지로를 내치려고 했다. 그 사이에 료마는 야타로의 집에서 뛰쳐나갔다. 야타로는 곧바로 뒤를 쫓으려다가 야지로한테 붙잡혀서 팔다리를 버둥댔다.

"내 술 어딨냐! 네가 전부 마셔 버렸냐?"

야지로가 아들에게 시비를 걸었다.

한페이타는 잠꼬대를 하면서 자고 있었다. 발길질 당한 얼굴은 잔뜩 부어올라 멍이 들어 있었다. 도미는 한페이타의 이마에 올려놓았던 물수건을 꼭 짜더니 대야의 물을 갈려고 종종걸음으로 방에서 나갔다.

한페이타는 비몽사몽간에 신음을 흘렸다.

(난 네가 정말 싫다. 좁아 터진 소견으로밖에 사물을 볼 줄 모르는 주제에 자기 생각만 옳다고 믿어 의심치 않는 놈.)

도요에게 있는 욕 없는 욕 다 얻어먹고 발길질까지 당한 굴욕감이 몸의 고통과 더불어 되살아났다.

"이대로 끝내 버릴 참이냐?"

누군가 묻는 소리에 한페이타는 눈을 뜨고 방 안을 둘러보았다. 등불의 빛이 구석에 앉아 있는 남자를 비췄다. 또 하나의 한페이타가 다시 나타난 것이다.

"다케치 한페이타와 요시다 도요는 물과 기름이다. 놈은 앞으로 영원토록 너의 적이다. 여기서 끝나면 양이의 불은 꺼져 버린다. 도사 번의 장래는 물론이고 일본의 미래도, 그리고 너 자신도 다 끝장이다."

"그만해……!"

한페이타가 모기만 한 소리로 저항하려 했다.

"너는 시바타 님에게 버림받고, 가오에게 원망을 듣고, 슈지로나 이조 같은 문하생들에게 멸시당할 것이다."

"제발 그만해! 그럼 나보고 어쩌란 말이야?"

한페이타는 소리 죽여 울었다.

"울지 마라, 다케치. 나에게 좋은 생각이 있다. 이 궁지를 단숨에 벗어날 수 있는 방법이지……. 난 네 편이다."

또 하나의 한페이타가 미소를 지었다.

도미가 대야의 물을 갈고서 한페이타의 방으로 돌아가려는데 쿵쿵 하고 대문 두드리는 소리가 났다.

"다케치 씨, 도미 씨, 사카모토 료마입니다!"

도미가 문을 열어 주자 서둘러 뛰어 들어온 료마는 헐떡헐떡 거친 숨을 몰아쉬면서 다케치의 상태가 어떤지 물었다.

"피투성이가 되어서 돌아왔어요. 뭐라고 하는지 알아듣지도 못할 소리를 고래고래 지르더니 그대로 쓰러져 버렸어요. 도대체 무슨 일이에요, 료마 씨? 저희 남편한테 무슨 일이 일어난 건가요?"

도미는 불안감에 시달리고 있었다. 료마는 자기가 긴박감에 사로잡혀 있다는 사실을 숨기고는 억지로 웃는 얼굴을 만들었다.

"괜찮아요, 도미 씨. 제가 이야기를 들어 볼게요. 도미 씨는 좀 기다려 주세요."

한페이타의 방은 등불이 방문을 비출 뿐 쥐 죽은 듯이 고요했다.

"다케치 씨, 나예요, 료마예요."

료마는 복도에서 기척을 한 다음 방문을 열었다. 한페이타는 이부자리 위에 반듯하게 정좌하고 있었다.

"료마."

 평소처럼 웃는 얼굴로 료마를 맞이했지만, 흐트러진 잠옷 사이로 가슴팍이 드러나 있었다.

 "도대체 무슨 일이 있었던 겁니까? 요시다 님한테 발길질을 당했다는 게 사실인가요? 요시다 님한테 무슨 소리를 한 거예요, 다케치 씨?"

 쉴 새 없이 질문을 퍼붓는 료마에게 한페이타는 온화하게 미소 지었다.

 "료마, 너에게 부탁이 있어."

 "네……?"

 "요시다 도요를 죽여 줘."

 "그게 무슨 소리예요, 다케치 씨……."

 한페이타의 손이 와락 료마의 멱살을 잡았다.

 "그놈만 없어지면 만사가 해결돼.……이렇게 좋은 생각을 왜 여태까지 하지 못했는지 모르겠다. 료마, 도요를 죽여라!"

 한페이타의 얼굴이 한순간에 변했다. 비장할 정도의 표정으로 얼굴을 들이대는데 멱살 잡은 손이 바들바들 떨리고 있었다.

 "난…… 놈한테 발길질을 당했다.……모두의 앞에서! 난 사무라이야. 그런 치욕을 당하고도 잠자코 있으란 말이냐? 요시다 도요가 살아 있는 한 도사근왕당은 아무것도 할 수가 없어. 우리가 목숨을 걸고 양이를 실행할 작정이라는 것을 놈한테 똑똑히 알려야 한단 말이다!"

"알았어요, 다케치 씨. 내가 요시다 님을 만나 보고 올게요. 그 사람이 무슨 생각을 하고 있는지 확인하고 오겠다고요. 나도 일본이 외국한테 침략당하는 것은 참을 수가 없으니까요. 만약 그 자리에서 요시다 님이 이상한 소리를 하면……."

"……어쩔 테냐?"

"그 자리에서 베겠어요."

료마는 자기 가슴을 두드리며 한페이타에게 약속했다.

야타로는 잔뜩 골이 나서 술을 마시고 있었다.

"친구라고 생각했는데……. 료마…… 쌀쌀맞고 이기적인 놈……."

술기운이 완전히 돌아서 말도 안 되는 원망을 주절주절 늘어놓고는 이제 자야겠다 싶어 일어서려는데 대문을 콩콩 두드리는 소리가 났다.

"누구야, 한밤중에!"

야타로가 대문을 열어보니 삿갓을 쓴 사무라이가 서 있었다. 사무라이는 삿갓을 살짝 들어 야타로를 바라보았다.

"고, 고토 님……! 일부러 여기까지 오시다니 도대체 무슨……?"

집안사람들이 들을까 걱정되어 야타로는 집에서 나왔다.

"사카모토에 대한 일이다."

쇼지로가 료마의 이름을 꺼내자마자 야타로는 가슴속에서 기대감이 부풀었다.

"혹시 료마가 저에 대한 얘기를? 저에게 오코쇼구미 자리를 양보해 준 겁니까? 자식, 역시 좋은 녀석이야. 제 친구는 그 녀석밖에 없다니까요."

"친구라…… 그럼 역시 네가 적임자구나."

"고맙습니다. 이와사키 야타로, 이제부터 목숨을 걸고 소임을……."

"네 목숨 따위는 필요 없다."

"……예?"

"필요한 것은 사카모토의 목숨이다."

"네?"

"사카모토를 죽여라, 이와사키."

"……네에?"

쇼지로는 귀신처럼 살벌한 얼굴로 야타로의 머리끄덩이를 잡고 가까이 끌어당겼다.

"사카모토를 죽이란 말이다!"

제13장
잘 있거라, 도사여

 료마는 지친 얼굴로 찻집 평상에 걸터앉았다. 옆에는 가타나(70~80센티미터 전후의 긴 칼로, 와키자시와 함께 차고 다녔다-옮긴이)와 와키자시(길이 50~60센티미터 정도의 짧은 칼로, 주로 좁은 곳이나 가타나를 쓸 수 없는 상황에서 사용했다-옮긴이)가 나란히 놓여 있었다. 지금은 자신이 사무라이라는 사실을 견딜 수가 없었다. 한숨을 작게 내쉬더니 녹차를 목구멍 안으로 쏟아부었다.

 야타로는 거리를 오가는 인파 속을 넋이 빠진 사람처럼 걷고 있었다. 품속에 숨긴 것이 자꾸 신경을 긁었다. 그날 밤, 쇼지로에게서 받은 작은 약봉지였다.

 (이것을 술에 타서 놈에게 먹여라.)

 (고토 님……!)

 (상급무사의 명령이다. 너도 갓 혼인한 부인과 영영 이별하고 싶지는

않을 것 아니냐?)

 망설일수록 눈물이 나올 것 같아 기세의 이름을 입안에서 웅얼거렸다. 찻집 앞을 지나려다가 야타로는 흠칫 놀랐다. 평상에 료마가 앉아 있었다. 찻잔을 손에 든 채 멍하니 있으니 쇼지로의 명령을 실행하는 데 다시없는 기회를 만난 셈이었다. 야타로 속에서 두 가지 마음이 서로 실랑이를 벌였다.

 "멍하니 앉아서 뭐해?"

 야타로는 가게 주인에게 차를 주문하고는 료마 옆에 자리를 잡았다.

 "차를 마시면서 골똘히 생각할 일이라도 있는 거야?"

 "응……. 사람들 모두가 서로 사이좋고 즐겁게 같이 살아갈 수는 없는 걸까?"

 "흠."

 야타로는 건성으로 대꾸했다.

 "돌아가신 어머니는 이렇게 말씀하셨어……. 증오 속에서는 아무것도 생겨나지 않는다고."

 "그래? 그건 무슨 뜻이지?"

 야타로는 아무렇지도 않은 척하면서 가게 주인이 놓고 간 녹차 잔을 들었다. 그런데 생각했던 것 이상으로 긴장한 모양이었다. 찻잔을 잡은 손이 바들바들 떨리는 바람에 야타로는 허겁지겁 잔을 내려놓아야 했다.

 료마는 그런 야타로의 상태를 눈치채지 못하고 있었다.

"날 낳아 주신 어머니는 상급무사에게 죽임을 당할 뻔한 나를 구하려다가 돌아가셨어. 하지만 그런 일을 당했으면서도 어머니는 사람을 증오하면 안 된다, 목숨을 소중하게 여기라고 가르치셨지. 상급무사나 하급무사, 양이파나 개국파, 일본인이나 외국인, 모두가 가족처럼 사이좋게 살면 이 세상에 싸움 같은 건 없어질 텐데……."

야타로를 상대로 그런 말을 중얼거리더니 료마는 소변을 보러 자리에서 일어나 가게 뒤편으로 갔다.

야타로는 료마의 찻잔을 흘깃흘깃 곁눈질하면서 품속에 손을 넣어 약봉지를 꺼냈다. 손가락이 떨리는 바람에 봉지를 열기가 힘들었다. 침착하라고 자신을 타일러 가며 봉지를 열고 재빨리 주변을 살폈다. 가게 주인은 다른 손님과 이야기를 하고 있었고, 지나가는 사람들은 아무도 야타로를 보고 있지 않았다. 야타로는 떨리는 손으로 약봉지 안에 든 가루를 료마의 찻잔에 털어 넣고 손가락으로 휘휘 저어서 녹였다.

"미안미안, 저쪽에서 애들하고 좀 놀다 오는 바람에……."

료마의 목소리가 들려왔다. 야타로는 재빨리 젖은 손가락을 자기 옷에 문질러 닦고는 아무렇지도 않은 얼굴로 돈을 내놓았다.

"난 이만 가야겠어. 일하러 돌아가야지."

평상에서 일어선 야타로는 료마가 불러 세우는 소리에 내심 흠칫 놀랐다.

"색시한테는 잘해 주고 있지? 그렇게 사랑스러운 부인을 얻다니 넌 정말 복 받은 줄 알아야 돼. 애는 언제 가질 거야?"

"별 참견 다 한다."

퉁명스럽게 대답하자 료마가 웃었다. 야타로는 걸어가려다가 료마를 돌아보았다. 료마가 미소 짓는 얼굴로 야타로를 보고 있었다. 야타로는 그 미소를 떼어 내듯이 발걸음을 옮겼다. 상급 무사의 명령이었다. 쇼지로가 내린 사명이었다.

"내가 잘한 거야……. 어쩔 수 없는 일이었어……."

그런 말로 자신을 합리화하고 있는데 등 뒤에서 료마가 괴로워하면서 찻잔이 땅바닥에 떨어지는 소리가 들렸다. "우웩!" 하고 료마가 피를 쏟아 내더니 땅바닥에 뒹굴면서 온몸을 뒤틀었다.

야타로는 너무 무서워 전신의 털이 곤두섰다. 뒤를 돌아보니 료마가 웃으면서 가게 주인과 이야기를 나누고 있었다. 야타로의 무서운 상상이었다. 그때 료마가 찻잔을 손에 들고 입으로 가져가려 했다.

"료마! 마시지 마! 마시면 안 돼!"

야타로는 소리를 지르며 찻집을 향해 뛰어갔다.

신사 경내에는 나뭇잎이 바람에 나부끼는 소리만 들릴 뿐 인기척이라고는 찾아볼 수 없었다. 야타로는 울음 섞인 목소리로 고백했다.

"고토 쇼지로의 명령이었어. 요시다 님의 조카 말이야. 그건 요시다 님이 너를 죽이라고 명령했다는 뜻이야. 네가 다케치와 한 패가 되어 버렸기 때문이겠지."

료마는 영 납득이 가지 않았다.

"말해 두겠는데, 료마. 난 너를 살려 주고 싶었던 게 아니야. 그냥 화가 나서 그랬던 거지. 도사에서 하급무사는 여전히 버러지나 마찬가지인데 상급무사한테 명령을 받았다고 버러지가 다른 버러지한테 독을 먹이다니……. 이렇게 우습고…… 이렇게 비참한 일이 어디 있냐!"

속에 쌓여 있던 울분을 토해 내더니 긴장이 풀렸는지 야타로가 울음을 터뜨렸다.

사카모토가 마당에 맑고 투명한 아침 햇살이 비치자 참새들이 지저귀었다. 료마는 잠 못 이루며 밤을 꼬박 새고 이부자리에 누워서 천장을 바라보았다.

복도를 따라 경쾌한 발소리가 다가오더니 방문이 열리고 하루이의 얼굴이 보였다.

"료마 삼촌, 이제 일어나."

"응, 그래. 벌써 아침인가?"

료마는 방금 잠을 깬 사람처럼 기지개를 켰.

그날 아침, 도요는 평소처럼 옆에 대기하고 있던 쇼지로에게 물었다.

"간밤에는 어디를 다녀온 게냐?"

"간밤에는…… 간밤에는…… 그게, 여자에게 잠시 가 있었습니다."

우물쭈물 제대로 대답을 못하는 모습을 보며 도요는 쇼지로가 거짓말을 하고 있음을 느꼈다. 마침 그때 가신이 료마가 찾아왔음을 알렸다.

"사카모토가……?"

도요는 이상하다는 표정으로 들고 있던 붓을 옆에 놓았다. 그 곁에서 쇼지로는 필사적으로 마음속 동요를 감췄다.

료마가 마당에 부복해서 기다리고 있으니까 도요가 방에서 나와 툇마루에 섰다. 쇼지로도 같이 있었다.

"무슨 일이냐, 사카모토?"

"다케치 한페이타에게 발길질을 하셨다고 들었습니다. 다케치는 하급무사들을 결속시켜 이제는 상급무사를 위협할 만한 힘을 가지고 있습니다. 이대로 가다가는 도사가 완전히 둘로 갈라지고 말 것입니다."

료마의 직언에 가신들이 흥분해서 웅성거렸다. 쇼지로는 기회는 이때다 싶어 마당으로 뛰어 내려가면서 칼을 뽑았다.

"뭣이라? 어디 하급무사 주제에 감히 요시다 님께 그런 불손한 말을……!"

"기다려라!"

도요는 쇼지로를 제지하고, 료마에게 다시 물었다.

"그래서 네가 하고 싶은 말이 무엇이냐?"

"다케치 한페이타를 성안으로 들여서 소임을 맡겨 주십시오. 하급무사도 정사에 가담해서 의견을 내놓을 수 있는 기회를 주시면 싸움이 일어날 일은 없을 줄로 압니다."

"넌 참으로 재미있는 놈이로구나."

도요는 즐거운 듯이 웃었다. 예전에 도요는 하급무사라도 능력이 있으면 발탁하겠다고 말한 적이 있었다. 그 말을 잊은 것은 아니었다.

"내가 다케치를 걷어찬 것은 놈이 무능하기 때문이다. 지금 도사에 필요한 것은 돈이다. 그래서 나는 사치를 금하고 교역을 장려해서 번의 재정을 다시 세우려 하고 있다. 그것도 모르면서 양이, 양이 그딴 소리만 입에 달고 있으니……. 다케치는 아무것도 모른다."

"하지만…… 하지만 지금 일본이 침략당할 위기에 처해 있음을 요시다 님께서도 알고 계시지 않습니까?"

"말이 지나치다, 사카모토!"

야단을 친 사람은 쇼지로였다. 어떻게든 베어 죽이고 싶어 안달이 나 있었다.

도요는 신경 쓰지 않고 말을 이었다.

"외세를 내쫓는 것은 막부가 할 일이다. 우리는 자기 번의 일만 생각하면 되는 것이야. 조슈나 사쓰마가 무슨 짓을 하건 상관없다. 나는 도사를 지키는 것만 생각하고 있어. 난 말이다, 누구보다도 도사를 사랑하는 사람이다. 어떻게 하겠느냐, 사카모토? 그래도 나를 베겠느냐?"

료마는 깜짝 놀라면서 도요를 쳐다보았다.

"너도 도사에서 태어나 도사에서 자라나지 않았느냐? 다케치 따위는 버리고 나에게로 오너라."

도요의 말에는 진심이 담겨 있었다.

그 옆에서 쇼지로가 칼을 들어올렸다.

"네 이놈, 요시다 님을 벨 생각이었더냐!"

"쇼지로! 넌 물러나 있어라!"

도요가 질타했다.

료마는 가슴속에 감추어 두었던 각오를 들키고, 요시다의 포용력을 알게 되자 어깨의 힘이 빠져 버렸다.

"요시다 님은 훌륭한 분이십니다. 다케치 씨를 그냥 싫어하시는 것이 아니라는 사실도, 야타로를 통해서 저를 독살하려 하실 분이 아니라는 사실도 알고 있었습니다."

"뭐라?"

"그렇지만 저는 다릅니다. 이제는 도사만 생각할 수가 없게 되었습니다. 정말 죄송합니다."

료마는 땅바닥을 두 손으로 짚고는 고개를 깊숙이 숙였다.

료마가 물러나자 도요는 쇼지로를 방 안으로 끌고 들어가 소리를 지르며 엎어 쳤다.

"바보 같은 놈!"

어린 나이에 아버지를 잃은 쇼지로는 도요의 보살핌을 받으며 이만큼 자랐다. 도요의 입장에서 보자면 쇼지로를 아꼈던 만큼 더욱 화가 났다.

"네 입지가 위협받는다는 생각에 사카모토를 독살하려 한 것이냐?"

"잘못했습니다, 숙부님. 사카모토가 미웠습니다. 숙부님을 사카모토에게 빼앗기는 것 같아 견딜 수가 없었습니다! 저를 저버리지 말아 주세요, 숙부님. 제발 저를 미워하지 마세요. 용서해 주세요!"

쇼지로가 엎드려 울음을 터뜨렸다. 생각해 보면 쇼지로는 외롭게 자란 아이였다.

"넌 정말 바보로구나. 내가 너를 저버릴 리가 없지 않느냐."

도요는 그 모습에 연민을 느끼고는 쇼지로의 등을 토닥거려 주었다.

이와사키가의 저녁 식사로 호박, 고등어, 닭고기 등 건더기가 듬뿍 들어간 호화로운 죽이 나왔다. 기세가 한창 먹을 나이인 야노스케의 그릇에 죽을 듬뿍 덜어 주자 야노스케는 신 나서 어쩔 줄 몰랐다.

야지로는 기분 좋게 술을 마셨다.

"내가 도박에서 이기니 이렇게 좋은 일도 생기지?"

"가끔씩 이런 일이 있으니까 당신이 도박을 그만두지 못하는 것 아니에요?"

미와 또한 평소의 잔소리는 어디로 갔는지 기분이 좋아 보였다.

야지로의 노름판에 운이 따르기 시작한 모양이었다.

"요즘에는 어떤 판에 끼든 질 것 같단 느낌이 별로 안 든단 말이지."

그러다가 몇 번이나 쫄딱 망했던 일 따위는 다 잊었는지 마냥 신이 나 있었다.

쉬지 않고 바지런히 일하던 기세는 시어머니가 권하자 그제야 수저를 들었다. 모두들 즐겁게 식사를 하고 있는데 야타로는 음식을 입에 대려 하지 않았다.

"……여보, 만약 내가 맡은 임무를 제대로 해내지 못하면 그때 당신은 어떻게 할 거요?"

"어떻게 하다니요……?"

"그냥 만약의 얘기야. 그래서 당신은 어떻게 할 건데?"

"전 당신 아내잖아요. 무슨 일이 있어도 끝까지 당신과 함께 해야죠."

그런 아내가 너무도 사랑스럽고 고마워서 야타로는 감격에 겨워 눈물이 나올 것 같았다.

"그래……. 실은 말이야."

막 말을 꺼내려는 야타로 옆에서 야노스케가 오랜만에 보는 사치스러운 죽을 정신없이 먹어 치우고 있었다. 바로 이런 것이 가족의 행복이라고 일컬을 만한 광경이었다.

"당신, 무슨 일 있어요?"

기세가 먼저 말을 꺼냈다.

"고토 님, 아니 요시다 님의 명령을 거역해 버렸어. 반드시 해야 한다고 명하신 일이었는데 나는 할 수가 없었어."

"만약이라더니, 진짜더냐!"

야지로의 안색이 변했다.

"도망치자, 기세! 우리 모두 함께 도사에서 도망치는 거야!"

"무슨 소리를 하는 게냐? 난 이제야 운이 좀 따르기 시작했는데."

"요시다 님을 거역하고도 무사하리라고 생각하세요? 어림없어요, 아버지."

"네가 벌인 일이잖아."

"그래, 이 바보 같은 놈아!"

이제는 덩달아 미와까지 야지로와 한편이 되어 야타로를 타박했다.

"됐어, 그럼! 기세, 우리 둘이서 도망치자."

"싫어요. 전 도사를 떠나고 싶지 않아요."

"아니, 방금 끝까지 함께하겠다고……."

야타로가 기세의 손을 잡아끌자, 기세는 야타로의 손등을 때렸다.

"싫다니까요!"

야지로가 맹렬하게 죽을 더 먹기 시작했다.

"있을 때 먹어 둬라. 무슨 일이 벌어질지 모르니까. 배가 고프면 싸우지도 못한다."

미와도, 기세도, 배부르다고 했던 야노스케까지 다시 수저를 들고 정신없이 죽을 퍼 입으로 넣고 있었다. 야타로는 어이가 없었다.

드르륵 하고 현관문이 열리더니 아키 부교소의 나카무라 야스이치로가 들어왔다. 나카무라가 손에 들고 있는 문서는 요시다 도요가 야타로에게 내리는 명령장이었다. 야타로는 순식간에 핏기가 가신 얼굴로 부복했다.

"고토 쇼지로의 명을 이와사키 야타로가 수행하지 않은 것은 가신으로서 용서받지 못할 일이다. 그러나 여러 사정을 감안해 이와사키 야타로에게는 책임을 묻지 않는다."

나카무라가 문서를 다 읽었다.

"네? 이건 도대체 어떻게 된 연유인지……?"

야타로는 자기도 모르게 얼굴을 들고 물었다.

"그걸 내가 어떻게 알아? 어쨌든 요시다 도요 님께서는 야타로 너를 용서하겠다고 말씀하신 것이니까 감사하도록 해."

나카무라가 자기 임무를 마치더니 재빨리 돌아갔다. 기가 빠진 야타로는 그 자리에 털썩 주저앉았다.

다케치 도장에 석양이 들어 족자에 쓰인 '존왕양이'라는 글자를 비췄다. 한페이타는 비쳐 드는 석양 안쪽에서 또 하나의 한페이타와 대치하고 있었다.

"넌 알고 있었을 텐데. 료마가 도요를 죽일 수 없다는 걸. 그러나 이제는 뒤로 물러날 수 없다, 한페이타."

"......알고 있어."

한페이타는 빛 안쪽에 있는 또 하나의 자기에게 대답했다.

한페이타는 무언가를 기다리고 있었다. 이윽고 도장 문이 열리면서 세 남자가 들어왔다.

"잘 와 주었다. 오이시, 나스, 야스오카."

한페이타가 료마의 혈판을 받던 날 밤, 료마를 데리러 갔던 근왕당의 사무라이들이었다. 한페이타의 지시대로 아무에게도 뒤를 밟히지 않도록 항상 경계를 늦추지 않았다.

"너희에게 큰일을 부탁해야겠다."

한페이타가 미소를 지었다.

료마는 이튿날 아침 일찍부터 천장을 바라보고 있었다. 전날 밤의 일을 회상하니 정신이 말똥말똥해지는 것이 도통 잠이 오지 않았다.

소노조는 골목 그늘 안으로 료마를 잡아끌더니 핏발이 선 눈으로 이렇게 말했다.

"근왕당의 요시무라 도라타로가 탈번했다. 우리도 탈번하는 거야, 료마."

소노조는 품속에서 지도를 꺼냈다. 탈번한 다음 어디로 어떻게 가야 할지 경로까지 이미 생각해 놓은 모양이었다. 도사에서 관문을 피해 국경을 넘어 세토내해로 몰래 빠지는 길이었다.

"잠깐 기다려 봐, 소노조. 도사를 버린다는 건 부모 형제까지 모두……."

"지금밖에 없단 말이다, 료마! 지금 우리가 움직이지 않으면 이 나라는 끝장이라고!"

료마는 그 자리에서 대답하지는 않았지만 어떻게 해야 할지 망설이고 있었다. 복도에서 발소리가 들렸다.

"료마 삼촌, 이제 일어나."

하루이가 방문을 열고 얼굴을 내밀었다.

"어, 그래. 벌써 아침이야?"

료마는 방금 일어난 사람처럼 기지개를 켰다.

이날 아침 식사는 오토메가 자리를 같이 해서 된장국을 맛있게 먹고 있었다. 남편과 싸울 때마다 친정으로 돌아오곤 했지만 이번에는 분위기가 좀 달랐다.

"다른 여자가 있어, 그 사람."

오토메는 예전부터 남편이 인색하다고 투덜대곤 했는데 오토메에게는 아무것도 사 주려 하지 않던 사람이 그 여자한테는 값비싼 오비까지 선물했다는 것이다.

"그게…… 정말이냐?"

곤페이가 놀라서 물었다. 놀란 김에 최근 들은 소식이 머리에 떠올랐다.

"그, 그러고 보니까 요시무라 씨네 도라타로가 탈번해서 큰 소동이 벌어졌던데."

도라타로 이야기라면 지노도 들은 바 있었다.

"도사에서는 양이를 펼칠 수 없다면서 나가 버렸다고 하던데요."

"탈번하면 다시는 도사로 돌아올 수 없는 건가요?"

하루이가 걱정스러운 표정으로 묻자 오토메가 고개를 크게 끄덕였다.

"그럼. 붙잡히면 사형을 당할지도 모르니까."

료마는 내심 놀라면서 어떤 표정을 지어야 할지 모르고 있었다. 요시무라가는 직위에서 파직되고, 경우에 따라서는 멸문을 당할지도 모른다고 했다.

곤페이는 밥을 우물대면서 농담으로 물었다.

"설마 우리 료마는 그런 짓을 하지 않겠지?"

대답이 없었다. 료마 쪽을 흘깃 보았더니 젓가락을 든 채 멍하니 허공을 쳐다보고 있었다. 료마의 상태가 이상하자 이요, 지노, 하루이가 모두 료마를 주목했다.

"……료마?"

오토메가 부르는 소리에 료마는 그제야 정신이 돌아왔다. 가족들 모두 의심스런 표정으로 료마를 보고 있었다. 료마가 눈을 깜박이자 곤페이는 당황해 눈길을 돌렸다. 이요, 지노, 하루이도 어쩔 줄 모르고 있었다. 오토메가 억지웃음을 지으며 말했다.

"오라버니가 탈번하지 않을 건지 물으셨잖아."

"그게 무슨 말씀이에요, 형님."

료마는 얼버무렸지만 뭐라 형언할 수 없는 묘한 분위기가 식탁에 감돌았다.

"잘 먹었습니다. 오늘은 검술 연습을 하는 날이에요."

료마는 그런 분위기를 알아차리고는 자리에서 일어났다.

"료마는 도사에서 도장을 연다고 그랬지?"

이요가 생각났다는 듯이 식사를 계속하면서 물었다.

"그야 물론 그래야지요, 어머님."

지노도 다시 수저를 움직이기 시작했다.

곤페이는 된장국을 먹으면서 맞장구를 쳤다.

"당연한 일 아닙니까, 어머님."

"앞으로 어떻게 될지는 아직 모르겠어요. 다녀오겠습니다."

거실에서 나온 료마는 간신히 마음을 다잡고서 밖으로 나갔다.

곤페이를 비롯한 다른 가족들은 마치 무언가로부터 도망치는 사람들처럼 묵묵히 식사를 하고 있었다. 그런데 료마가 나가고 나자 일제히 수저를 놓았다. 모두들 마음속의 동요를 억누르고 있었다.

"설마…… 료마가……."

드디어 이요가 입을 열었다. 오토메도 느끼는 바가 있었다.

곤페이는 튕겨 오르듯 자리에서 일어섰다. 거실을 뛰쳐나가더니 료마의 방으로 뛰어들어가 장롱 서랍들을 열고 뒤지기 시작했다. 뒤쫓아온 오토메, 지노, 하루이, 이요가 입을 모아 말렸지만 곤페이는 무서운 표정으로 닥치는 대로 서랍을 열고 안쪽을 헤집었다.

곤페이의 움직임이 갑자기 뚝 멈췄다. 옷 사이로 종이 한 장이 끼어 있었다.

"뭐, 뭐야, 이건……?"

곤페이가 손에 든 종이는 료마가 소노조로부터 받은 지도였다.

"탈번…… 경로……."

오토메의 목소리가 떨렸다. 지노, 이요, 하루이는 사태의 심각성을 깨닫고 안절부절못했다.

"용납 못 해! 이런 일은 절대 용서할 수 없어!"

곤페이는 지도를 집어던지더니 료마의 방에서 나가려고 했다. 곤페이의 옷자락을 오토메가 붙잡았다.

"기다려 주세요, 오라버니. 료마가…… 그걸 원하면……."

"뭐라고……?"

"아까 료마의 얼굴을 오라버니도 보셨잖아요. 료마는 계속 참고 있었던 거예요."

"무슨 소리를 하는 거야? 탈번은 주군에 대한 대역죄야. 붙잡히면 사형감이라고!"

곤페이는 화가 나서 오토메의 손을 뿌리쳤다.
"그런 건 료마도 다 알고 있어요!"
오토메가 반론했다. 곤페이가 걱정하는 것처럼 누군가의 말에 속아서 이런 짓을 생각할 리가 없었다. 오토메가 알고 있는 료마는 일반적인 틀을 가지고 헤아릴 수 없는 생각을 하는 남자였다.
"제가 아는 료마는 뭔가 엄청난 것을 가진 남자예요. 도사라는 작은 틀로는 만족할 수 없는 엄청나게 큰 잠재력을 가진 사람이라고요. 다들 알고 계시잖아요. 료마는 이제야 겨우 찾은 거예요. 자기가 해야 할 일을…… 이제야 찾은 거라고요!"
다들 가슴속에서 납득하고 있었다. 하지만 곤페이는 사카모토가의 가장으로서 그것을 인정할 수 없었다.
"무슨…… 무슨 말도 안 되는 소리를 하는 거야? 그 녀석은 울보에다 오줌싸개에다 제대로 하는 일이라고는 하나도 없는 놈이었잖아."
"그건 옛날 얘기예요, 오라버니."
곤페이는 순간 입을 다물었다. 굳이 다른 사람의 입을 통해 듣지 않아도 충분히 알고 있었다. 료마는 호쿠신 잇토류의 목록을 받아 올 정도의 남자였다. 그래도 곤페이는 료마를 말릴 수 있을 만한 이유가 없을까 싶어 열심히 머리를 굴리고 있었다.
"료마는 사카모토가의 차남이다. 우리 집안이 하급무사라고는 하지만 본가는 사이타니야 아니냐? 돈 걱정 할 필요도 없는

데. 굳이 도사를 나갈 것까지는……."

"그건 아니예요, 오라버니."

오토메는 고개를 저었다.

"료마를 도사에 붙잡아 두고 싶은 건 우리 이기심이에요. 하고 싶은 일이 있는데도 평생 도장이나 맡아 지키라고 하는 건 잔인한 고문이나 다를 바 없어요. 료마를 나처럼 살게 하고 싶지 않아요. 자기의 신념대로 살아가게 하고 싶다고요."

오토메는 온 힘을 다해서 오빠를 설득했다.

마침 그 시간에 료마는 한페이타와 마주하고 있었다.

"요시다 도요는 나쁜 사람이 아니에요. 그야 물론 다케치 씨와 생각이 다를 수는 있지요. 하지만 그분도 그분의 방식으로 도사를 깊이 사랑하고 있어요."

"……그게 도요를 벨 수 없었던 이유냐?"

료마와 한페이타 사이에 팽팽한 긴장의 끈이 느껴지자 그것이 싫었는지 한페이타가 표정을 풀었다.

"그만 됐다, 료마. 신경 쓰지 마라. 도요가 살아 있다는 말을 듣고 오히려 안심이 되더구나. 네 말대로 생각이 다르다고 해서 죽이는 건 잘못된 일이다. 난 너에게 도움을 받았어. 도미한테도 미안하다고 해야지. 걱정을 너무 많이 시켰으니 말이야."

한페이타는 녹차를 마시면서 은근슬쩍 복도 쪽의 기척을 살폈다.

복도에는 도미가 있었다. 쟁반을 끌어안고서 방 안의 대화에 귀를 기울이고 있다가 한페이타가 무서운 계획을 그만두었다는 소리를 듣고는 안도의 눈물을 머금으며 조용히 물러났다.

한페이타는 단념하지 않았다. 다만 아내에게 쓸데없는 걱정을 시키고 싶지 않았을 뿐이었다.

"다케치 씨. 안 돼요."

료마는 바닥을 손으로 짚고 고개를 숙이며 애원했다.

"제발 그만두세요, 다케치 씨. 죽마고우인 료마의 부탁입니다. 제발 그만둬 주세요."

강가에서 놀기도 하고 함께 참새를 잡기도 했다. 곤페이와는 부모 자식이라고 해도 될 만큼 나이 차이가 나는 료마에게 한페이타는 좋은 벗인 동시에 형과 같은 존재였다. 한페이타가 이대로 도요 암살을 밀어붙이면 료마가 친하게 지내던 한페이타는 사라져 버리고 만다.

"사람이란 나이가 들고 나름대로 지혜가 생기면 같은 곳을 계속 바라볼 수가 없게 된다."

한페이타는 그런 감정을 끊어 버리려는 듯이 말했다.

"……다케치 씨!"

한페이타의 뜻을 꺾을 수 없다는 실망과 분함에 료마는 무너져 내릴 것만 같았다.

아궁이에 땔 장작을 팬 야타로는 옆에서 기다리고 있던 기세에게 물었다.

"우리는 앞으로도 언제나 같이 있는 거지?"

야타로는 생긋 웃는 기세가 사랑스럽기만 했다. 이대로 평생을 같이 하고 싶었지만 알 수 없는 불안과 공포 역시 느끼고 있었다.

풀을 밟는 소리가 가까이 다가왔다.

"갑자기 네 얼굴이 보고 싶어져서."

료마가 다가왔다. 료마는 야타로 옆에 놓여 있는 주판을 보더니 뜻밖이라는 표정을 지었다.

"주산도 할 수 있어?"

"부교소 대문에 낙서한 일로 감옥에 갇혔을 때 같이 있던 노인에게서 장사의 이치를 배웠어. 같은 물건이라도 손님에 따라 가치가 다르다는 말이 재미있어서 말이지. 이것을 발견했을 때 나도 모르게 사 버렸어."

야타로는 귀찮아하는 말투로 설명하고는 장작을 계속 팼다.

"장사에 흥미가 있는 거야?"

"되게 시끄럽네. 앞으로는 사무라이도 주산을 할 수 있는 편이 출세하기 쉽겠다고 생각했을 뿐이야. 볼일 없으면 빨리 집에나 가."

야타로가 장작을 패려고 도끼를 들어 올렸는데 료마는 옆에서 재미있다는 표정으로 웃고 있었다.

"이야, 놀랍네. 야타로, 너와는 꽤나 오랫동안 알고 지냈다고 생각했는데 그런 생각을 가지고 있다는 건 오늘 처음 알았는걸."

료마도 어렸을 적에 사이타니야에 놀러 가서 곁눈질로 보고 배운 주판 튕기기를 흉내 내곤 했다.

"나도 장사에는 흥미가 많아. 우리 본가는 전당포인 사이타니야거든. 거기 계산대가 내 놀이터였지. 말하자면 나에게도 장사꾼의 피가 흐르고 있다고 할 수 있어."

"이제 알겠다. 네가 세상을 그리 수월하게 살아가는 이유가 그거였구나."

야타로가 비꼬았다.

"세상을 수월하게 살고 싶었으면 계속 도사에 남았겠지."

"……그게 무슨 뜻이야?"

"아니, 아무것도 아니야. 바쁜데 방해해서 미안해. 그럼 난 간다."

료마는 주판을 돌려주고 야타로를 바라보았다. 할 말이 더 남았나 싶어 야타로가 마주보자 료마는 "잘 있어" 하고 인사하더니 왔던 길로 몸을 돌렸다.

"료마……. 정말 뭐 때문에 온 거야?"

"네 얼굴이 보고 싶어서 왔다고 했잖아."

료마가 돌아보며 웃었다.

―지금 돌이켜보면 그때 내가 느꼈던 당혹감은 틀린 것이 아

니었네. 하지만 설마 그대로 료마가 사라져 버릴 줄이야 꿈에도 생각하지 못했지.

 그날 밤 료마가 집으로 돌아와 보니 집 안은 불빛 하나 켜지지 않은 채로 조용했다. 이상하다고 생각하면서 2층을 올려다 보자 료마의 방에서 불빛이 어른거렸다.
 방으로 들어가 보니 오토메가 료마의 옷을 깁고 있었다.
 "뭐하는 거야?"
 "튼튼하게 기워 놔야지, 안 그러면 오랜 여정에 버티질 못하잖아. 이것도 가지고 가."
 오토메는 옆에 준비해 두었던 칼을 료마 앞에 놓았다.
 "누나……."
 "사카모토 가문에 대대로 전해 내려온 히젠 다다히로라는 명검이야."
 "다들…… 알고 있었어요……?"
 "넌 거짓말이 서툴잖아."
 "난…… 난……."
 료마는 눈물이 솟구쳐 말을 이을 수가 없었다.
 "아무 말 하지 않아도 돼, 료마. 네 몸 하나만 잘 건사하도록 해. 명검을 받았다고 해서 함부로 빼 들면 안 돼. 네가 어디에 있건 우리 가족은 언제나 너를 생각하고 있을 테니까."
 "미안해요……."

눈물을 흘리는 료마를 오토메는 힘껏 안아 주었다.

"잘 지내야 돼, 꼭! 잘 지내!"

오토메는 몸을 떼더니 료마의 얼굴을 보지 않고 그대로 방에서 나가 버렸다. 오토메의 얼굴도 눈물로 얼룩져 있었다.

"미안해, 누나."

두 손을 짚고 고개를 숙인 료마의 눈에서 눈물이 뚝뚝 떨어져 방바닥을 적셨다.

오토메는 복도에서 걸음을 멈춘 채 흐느낌이 새어 나가지 않도록 소리 죽여 울었다.

"죄송해요, 어머님……."

이요는 자기 방 이불 속에서 소리 죽여 울고 있었다.

"미안해요, 형수님…… 하루이……."

지노와 하루이도 이불 속에 있었다. 지노는 눈물을 삼키고 흐느끼는 하루이를 안아 주었다.

"죄송해요, 형님."

곤페이는 가만히 천장을 올려다보았다.

료마는 칼을 끌어안고 마음껏 울었다.

아침 햇살이 비쳐 드는 시간, 평소와 다름없이 하루이가 료마의 방문 앞에 섰다.

"료마 삼촌…… 이제 일어나."

방문을 열자 안에는 이부자리도 없었고, 료마도 없었다. 각오는 하고 있었다. 료마는 자기 길을 찾아 떠난 것이다. 하루이는 떨어지려는 눈물을 열심히 참았다.

아침 식사 때 아무도 료마에 대해 언급하지 않고 평온하게 식사했다. 그러나 평소와 같은 활기는 없었다.

"식사 끝나고 사이타니야에 다녀와야겠어."

곤페이가 갑자기 말했다.

"상급무사들은 겉으로는 떵떵거리지만 사실 재정 상태가 다들 엉망이지. 어느 집이나 한두 가지 물건 정도 사이타니야에 저당 잡혀 있을 거야. 그렇게 빚진 장부가 있으면 료마가 탈번했다고 해서 우리 사카모토 집안을 쉽사리 어떻게 하지는 못하겠지."

이것이 가족들을 지키기 위해 곤페이가 택한 나름대로의 대비책이었다.

—료마가 사와무라 소노조와 함께 탈번했다고 전해 들은 것은 그날 저녁이었다네. 그리고 료마가 사라져 버린 도사에서⋯⋯ 무서운 일이 벌어졌지.

저녁 무렵부터 한두 방울씩 떨어지기 시작한 비는 밤이 되자 본격적으로 쏟아졌다.

"누구냐, 너희들은!"

등불을 든 하인을 거느리고 길을 가던 도요는 세 명의 사무라이에게 둘러싸여 칼을 뽑았다. 세 명 모두 삿갓에 짚으로 엮은 비옷을 입고 있어서 얼굴은 보이지 않았지만, 나스 신고, 오이시 단조, 야스오카 가스케가 살기등등한 얼굴로 칼을 들고 있었다. 핏발 선 눈으로 거친 숨을 내쉬고 있었다.

등불을 들고 있던 하인이 비명을 지르며 도망쳤다.

도요는 간격을 벌리면서 신중하게 나막신을 벗어 버렸다.

"내가 요시다 도요임을 알고서 하는 짓들이냐?"

아무도 대답하지 않았다. 침묵 속에서 간격을 좁혀 도요에게 다가갈 뿐이었다. 미리 정해 둔 약속이라도 있었는지 서로 눈짓을 주고받으며 도요를 위협하면서 점점 간격을 좁혀 왔다.

"네놈들…… 다케치의 수하냐!"

도요는 간격을 벌리려고 했는데 앞에서 나스가 칼을 내리쳤고, 그 칼을 받아친 순간 야스오카가 등을 노리고 찔렀다. 도요는 몸을 날려 그것을 피하며 야스오카에게 칼을 날리려고 들어 올렸다. 그 얼마 안 되는 틈을 파고들어 오이시가 뛰어들면서 도요의 다리를 칼로 벴다.

도요의 무릎이 툭 하고 꺾였다. 나스, 오이시, 야스오카가 일제히 도요에게 칼을 날렸다.

"다케치! 이 바보 같은 놈!"

도요가 단말마의 소리를 질렀다.

한페이타는 앉은뱅이책상에서 글을 쓰고 있었다.
"빗줄기가 거세졌네요."
도미가 말을 걸자 한페이타는 온화하게 고개를 끄덕이고는 다시 글쓰기로 돌아갔다. 도미는 한페이타를 바라보며 부부가 함께 평온한 시간을 보내는 행복을 느끼고 있었다.

더욱 거세진 빗줄기가 숨이 끊긴 도요를 가차 없이 내리쳤다. 아무것도 보이지 않게 된 도요의 눈은 원통한 눈물을 흘리면서 도사의 앞날을 바라보는 듯했다.

〈2권에 계속〉

료마전 1
ⓒ 후쿠다 야스시, 아오키 구니코, 2009

2013년 2월 25일 초판 1쇄 발행

원 작 후쿠다 야스시
지은이 아오키 구니코
옮긴이 임희선
펴낸이 우찬규
기 획 우중건
펴낸곳 도서출판 학고재

주소 서울시 종로구 계동 101-12번지 신영빌딩 1층
전화 편집 (02)745-1722 영업 (02)745-1770
팩스 (02)764-8592
홈페이지 www.hakgojae.com

ISBN 978-89-5625-200-1 (세트)
　　　978-89-5625-201-8 04830

이 책에 실린 내용의 전부 또는 일부를 이용하려면
반드시 저작권자와 도서출판 학고재의 동의를 받아야 합니다.